新时代天山文丛

第七辑

王三街（二）

图尔贡·米吉提 —— 著
玉苏甫·艾 沙 —— 译

新疆人民出版社
（新疆少数民族出版基地）

图书在版编目（CIP）数据

王三街.二/图尔贡·米吉提著；玉苏甫·艾沙译.
乌鲁木齐:新疆人民出版社(新疆少数民族出版基地),
2025.1.—(新时代天山文丛).—ISBN 978-7-228
-21451-8

Ⅰ.I247.5

中国国家版本馆CIP数据核字第2024V1W627号

王三街(二)
WANGSAN JIE(ER)

出 版 人	李翠玲	出版统筹	陈 漠 陶小红
责任编辑	卢 艳 张雪艳	封面设计	姚亚龙 杨世新
版式设计	刘堪海	责任校对	朱梦瑶
责任技术编辑	马凌珊	封面题字	席时珞
封面绘画	杨世新		

出版发行	新疆人民出版社
	（新疆少数民族出版基地）
地　　址	乌鲁木齐市解放南路348号
邮　　编	830001
电　　话	0991-2825887（总编室）　0991-2837939（营销发行部）
制　　作	新疆生产建设兵团印刷厂
印　　刷	新疆新华印务有限责任公司

开　本	787mm×1092mm 1/16
印　张	18.5
字　数	240千字
版　次	2025年1月第1版
印　次	2025年2月第1次印刷
定　价	78.00元

版权专有，侵权必究。如有质量问题，请与营销发行部联系调换。

目 录

引　　言	1
第 一 章	5
第 二 章	24
第 三 章	40
第 四 章	51
第 五 章	67
第 六 章	77
第 七 章	93
第 八 章	100
第 九 章	114
第 十 章	132
第十一章	149
第十二章	164

第十三章	179
第十四章	191
第十五章	206
第十六章	226
第十七章	244
第十八章	254
第十九章	275
结　　局	284

引　言

二十世纪八十年代初的一个春天。

阿克苏城里春意盎然。从老麦田、磨坊村那边过来,往兰干街方向去的拐角处的巴扎上,一位鹤发童颜的老人在慢慢地转悠。看他的衣着打扮就知不是本地人。老人家穿着一套质地考究的深色竖条纹毛布西装,里面是白衬衫打着红领带,西装小马甲的金色纽扣在阳光下闪闪发光,脚穿黑色三接头皮鞋,头戴一顶白色礼帽,戴着金丝边眼镜,一副典型的港商打扮。老人独特的衣着打扮和不俗的气质引得过往行人纷纷驻足看他。他的身后有个年轻小伙子不紧不慢地跟随着,那是老人的孙子。他们来到街头卖干果的摊位前停了下来。

阿克苏城里最繁华的这片商业区的主街长达五百米,两边都是三层楼的商铺房,第一层主要是餐饮门店和瓜果零售、批发铺子,二层和三层多为电器和服装店。阿克苏城里以及周边县、乡进城的人们,最喜欢逛这条街,因为这里货物齐全,应有尽有。

卖干果的白胡子老汉,看起来也是一个见过世面的人。他早就看

王三街（二）

出来这位和蔼可亲的老人家与众不同。老人家用带着阿克苏方言味道的维吾尔语向卖干果的老汉问候致礼，然后拿起几粒晒得透亮的杏干，看了片刻，问道：

"这杏干多少钱一斤?"

"一公斤三块,我尊贵的客人。"卖干果的老汉赶紧回答。禁不住内心的疑惑,接着回问一句:"老人家,我看您好像是……"

"我是从香港来的。"老人微笑着回答。

"哎呀,这么说您是香港人了？那儿离我们阿克苏可远了,是吧?您的维吾尔语说得这么地道,还带着阿克苏地方口音呢,难道说你们那边也有说维吾尔语的人吗?"

"不,不,不是那样的,我小时候就在这里生活,我是在这里长大的。"

"啊？您……"

"我叫王石城,小时候,我和父母亲还有两个弟弟就住在这里,街头拐角那边,门口有一棵大白杨树的院子,就是我们家的老院子啊!"

"哎呀,这么说您就是王福才老先生的大儿子,是我们王三大哥的大哥啊!"

"对,对,您是……"

"我也是在这跟前出生长大的,我叫斯迪克,别人都叫我斯迪克干果。我和王三大哥关系特别好,王三大哥经常提起您。"

"他……他……现在怎么样?"

卖干果的斯迪克眼里闪过一丝哀愁,嘴唇不自觉地颤抖了几下。王石城老人一看他的表情就已经明白了一切,动作缓慢地摘下眼镜,擦了擦眼角的泪。尽管卖干果的斯迪克老汉也没有说什么话,但他还是默默地点了点头,就像听懂了对方的心里话。

"王三大哥的孩子们现在还在那个院子里住着呢。"斯迪克急忙说道。

王石城老人的眼睛里闪出一道光。

"是吗?"他激动地说道,"我看阿克苏城里的街巷变化很大,变得特别宽敞了。那这条街现在叫什么?"

"王三街。"

"你……你说什么?"老人睁大了眼睛兴奋地看着斯迪克干果,情不自禁地紧紧地握住了他粗糙的大手。

"这一片都叫王三街,"斯迪克干果赶紧说道,"我们现在把周边的所有街巷都叫王三街,这是你们家族后人的名字啊!"

"好啊,好啊……"听到这个,王石城老人感觉自己精神了许多。一幕幕往事慢慢地浮现在他的眼前。

"人之初,性本善。性相近,习相远……"他的耳边飘来自己和两个弟弟背诵《三字经》的声音,那声音越来越清晰……

一九二〇年那个秋天,王福才先生决定从天津返回阿克苏。八年前驾着马车带着三个孩子回天津时,他本想依照妻子的遗愿,找到天津的亲人以后,就在天津城里安度晚年。谁能料到,无情的岁月让亲戚们都失散了,天津城里只找到了他的一个本家叔叔。当时这位本家叔叔年事已高,身边连一个照料的人都没有。王福才置办了院落接他来悉心照顾,没几年,老人家也离开了人世。

老人们习惯叫作天津卫的天津城是一个大城市,城里人的生活那可是丰富多彩,住在这里的人当然也是形形色色。人总是要随着世道的变化而变的。但不知为什么,王福才忽然觉得这个曾经流下自己脐带血的城市变得非常陌生,心里常感到郁闷。年轻时,他常跑外做生意,在家里待的时间不长,老宅巷子里的后生们大都不认识他。他心里还是想回到阿克苏去,再加上妻子就葬在阿克苏,所以他心里总是惦记着。在阿克苏朝夕相处的左邻右舍、亲朋好友们热情的笑脸总是浮现在他眼前。最终,他决定带着儿子们再回阿克苏。

令王福才没有想到的是,因为自己做出的这个决定,家人又一次陷入了分离的境地。

大儿子石城与天津城里一个姓魏的富家女子成亲以后,自己创办了一家水厂,生意做得红红火火,在天津城上流社会中,石城俨然也有了自己的一席之地。二儿子石康打理着天津城里很有名的一个叫红船曲艺俱乐部的娱乐场,他和俱乐部里的当红女歌星情投意合,已到了谈婚论嫁的地步。石城坚决不同意父亲再回阿克苏,明确表明自己也不愿回去。石康虽然舍不得父亲离开,但他也不情愿搁下这里的生意和未婚妻,跟着父亲再回阿克苏。只有小儿子王三愿意陪着父亲。

百般无奈之下,王福才只好带着小儿子王三踏上了漫长的返疆之路。临走前去找大儿子时,得知石城竟改随老丈人家姓魏了,王福才无比痛心。孩子大了不由爹了,这天津城,他更是不想再待下去了。回去吧,回阿克苏,至少还有孝顺的小儿子做伴,还有埋葬在阿克苏的妻子陪着,说不定也能再闯出些名堂扎下根!

如今王石城眼前的这条王三街,正是王福才及妻子和小儿子王三的魂归之处,情深之所。沿街零零散散的商铺后面,是果园和开满五颜六色花卉的花园,整个街巷弥漫着醉人的芬芳。这芬芳在思乡人的梦里飘荡,在王三街的故事里长存。

第 一 章

提起天津城的"四门",人们马上就会滔滔不绝地评论起这四个地方在城中的地位和种种差异。最令人向往的是北门。北门那边有重要的港口码头,外来的商人进了天津城首先就要在附近住下来。他们的主要生意也都在这个区域开展。因此,这里自然形成了天津城的商业区,天津的一批富豪也随之诞生在这一片区。除此之外,这儿还有具有百年历史的文庙,慕名而来的香客络绎不绝。

钱财就像糖浆一般,无论滴在了哪里,都会引得人们像苍蝇一样扎堆往这个有"糖浆"的地方攒动。毫不夸张,在天津城北门,流通在交易市场的现大洋数都数不清,来来往往进出这里的人更是不计其数。只是最近流传着一条令人不安的消息,像乌云一般笼罩在熙攘喧闹的北门一带上空。

这天,天津城里非常有名的义同地毯厂的老板魏世奎右腋下夹着个公文包,急匆匆地走在大马路上。他没有心思关注周围的一切,杂乱无章的思绪使他顾不得想别的事情。打小就过着富足生活的他,从来没有像今天这样狼狈沮丧过,简直都不像他自己了。认识魏世奎的人都惊讶地看着脸色异常难看的他,却没有一个人敢上前问他话。他就这样心事重重地走着。

来到侯家后面和缸店街交叉的十字路口时,魏世奎似乎累得不行了,步伐一下子放慢了。他取出西装上衣口袋里叠成菱形的白色手帕,擦了擦额头上的汗珠。不远处停着一辆厢式货车,几个搬运工正忙着卸货。魏世奎惴惴不安地朝那边看了看,然后把目光转向了旁边的一座两层小洋楼。小洋楼坐落的这套豪华院落,正是北洋纱厂老板范竹斋的私宅。

魏世奎这才理了一下思绪,他来这里确实有要事要办。一直以来给自己提供优等纱布原料的范竹斋,是他交往多年的老朋友。魏世奎努力地恢复常态,他把夹在右腋窝的公文包换到另一边,然后从正在卸货的搬运工身边走过去。每次来新货,他都会仔细检查,但这次却不一样,他连看都没看车里的纱料,此时此刻他只觉得这些纱料已经和自己没有任何关系了。

范竹斋的管家对他很熟,大老远一看到他的身影,便毕恭毕敬地向他致礼。魏世奎的心情很糟糕,皱着眉头看了看范家管家,自言自语一般低声问道:"范老板在家吗?"

"在,在,请吧,魏老板!"管家朝他鞠了个躬,随即殷勤地带他往院子里走。

这座洋房院落堪称天津最有名的豪宅之一,占地面积足有十几亩,院子里栽满了各种名贵树木和花卉,几条人行小道相连交错之处有高大壮观的假山,假山上流下赏心悦目的小瀑布。在假山东边的铁栅栏里,有几只孔雀正展翅开屏,炫耀着自己的美丽。建筑和装修都极尽豪华的两层小洋楼,就坐落在绿树成荫的高坡上,楼里的人不仅能看到院子的全景,还能看到远处鼓楼西街的街景。在小洋楼的西边,有一个人造湖,湖堤是用大理石砌成的。楼顶落下的雨水和小瀑布流下的水都汇入这个湖。湖中蓝天倒映,一群群彩色的鱼儿自在畅游。

魏世奎沿着一条彩砖铺成的人行道向院子深处的小洋楼走去,他闻到一股浓郁的花香,但是此刻他没有心情欣赏。通向小洋楼的小路是上坡路,魏世奎走得气喘吁吁,好不容易才走到跟前。洋房里传来留声机发出的悦耳的歌声。

尽管已是特别熟悉,但是出于礼貌,魏世奎依然毕恭毕敬地随着佣人的指引走进了大厅。范竹斋早已在客厅等候他了。客厅非常宽敞,地面铺着魏世奎的工厂生产的精美的羊毛地毯。地毯四边绣着青山绿水的景色,正中绣着白云朵朵的蓝天。人踩在这块地毯上,有种仿佛漫步天空的自由感。客厅一侧摆放着一套橡木沙发和一张檀木桌,桌面上印有巨龙的图案,一套高档瓷质茶具摆放在上面。

"欢迎,欢迎,魏老板大驾光临,寒舍蓬荜生辉。"范竹斋非常客气而热情地同魏世奎握手寒暄,请他就座。

魏世奎谦逊地说道:"打扰您了,我很抱歉。"

"别价呀,您可千万别这么说,您能踏进这庄园就是我的荣幸。"

魏世奎略为拘谨,难为情地挪了一下身子,喝了几口香茶。随后,魏世奎开口了。

"范老板,您是不是也听说街上流传的那些令人担忧的消息了呢?"他深深地叹了一口气。

范竹斋多少明白他这话的意思,但没有急着表态。他看着魏世奎,慢条斯理地问道:"您说的是那些让人不愉快的传言吗?"

魏世奎又深深地叹了口气,略显谨慎地说:"日本鬼子占领了我们很多省份,估计很快就到咱天津城了。对此,您有什么对策呢?"

范竹斋一时也说不出什么话来,他想了一会儿,语气沉重地说:"唉,这是咱们祖祖辈辈生活的土地,就算日本人来了,我们也要在这里活下去啊。我就不信他们会一辈子扎根在这里。"

"这个嘛,真不好说,战火无情,万一有个什么闪失……"

"那我们还能有什么法子呢?大不了把自己名下的财产都捐给抗日的军队。"

"您……您就没有想过一个万全的应对之策?"

"哪还有什么法子呢,魏老板?我们又不是搞军事的人。现在除了听天由命、见机行事之外,没有别的什么良策呀。"

魏世奎不想再说下去了。他原以为自己和范竹斋能说到一块儿,这次来是想和他一起商量日本人打进天津之前如何逃灾避难之事。可看到范竹斋一副满不在乎的样子,他心里凉了大半截。

眼看就要大难临头,还能见机行事吗?那子弹可不长眼,谁撞上了就得死啊。如果就这样被日本人的子弹打死了,这么多年努力打拼攒下基业又有什么意义?谁知道呢,到时候这座豪华的院落是不是也会被一颗炸弹炸得烟消云散。

想到这里,魏世奎拿起桌子上的公文包,从里面取出几张支票。

"我和您合作了这么多年,我们之间做生意从来没有产生过矛盾纠纷。可以这么说,我们从生意上的合作伙伴逐渐变成了生活上的挚友。人们常说,生意场上没有朋友,我觉得这话说得有些偏颇。如果没有这场战争,也许我们之间的友谊会永远保持下去。遗憾的是,世事难料,不遂人愿。这是近一段时期以来从您这里进货的所有货款,我怕万一遇到什么不测,别成了我永远还不清的债务。谢谢您了。"

魏世奎一边说着,一边把支票放在了范竹斋面前。范竹斋被这位生意场上的朋友的一片诚心深深地感动了。乱世之秋,言多必有失,但是魏世奎的一席话让他的内心为之一震,或许自己在其面前过于谨慎了,正想作番解释,只见魏世奎霍地一下子站了起来,拱手致歉道:"麻烦您了,请别见怪。这就告辞。"便大步朝门外走去。

显然范竹斋已经来不及解释了:"我的老朋友,稍待片刻,我刚让佣人重新沏了一壶好茶,至少再喝一碗热热的好茶再走吧。"

"谢谢您了,刚喝的茶非常地道。现在我得回去了,还有一大堆的事情要做。您多保重!"

"您也多保重!"

范竹斋双手抱拳作揖,怔怔地瞧着魏世奎的背影出了院门。竹林那边传来几只翠鸟的鸣叫声,他心想:"这世道到底怎么了?我这么多年来拼死拼活攒下的家业,难道说真会毁在那日本人的手里啊?"

魏世奎回到家里以后,显得更加心烦意乱,甚至身边的一切都让他失望至极。这么多年来,自己就像筑鸟巢一般一点点积攒的家产,现在仿佛也看不到了。战火都快要烧到家门口了,危险离自己越来越近,正常生活中的一切都被打乱。

"留得青山在,不怕没柴烧。大难临头之际,还有什么比活命更重要的事情?"

他坐在客厅的雕花木椅上,陷入了沉思。脑海里相互矛盾的想法让他烦躁不已,随着烦恼的加剧,那个离开天津的想法也趋于成熟了。

"老爷,请喝茶。"女佣把盖碗从托盘里端起来,毕恭毕敬地递给他。

魏世奎睁开眼睛看了看,然后端起茶碗。茶香扑鼻而来,嗜好品茗的他顿时来了精神,忽然感觉胃口大开,心想:"是啊,生命在于运动,生命在于满足自身的各种欲望。人活一天,就得吃一天饭。为了生活而吃饭,为了吃饭而生活。人生就是这样,众多复杂的事务交织在一起,刚刚完成一件事,又要开始新的一件事情。每个人都是自己船上的船长。"

魏世奎把空茶碗放在茶几上,在一旁伺候的女佣赶紧过来续了一碗茶。喝完第二碗茶以后,魏世奎感到更加神清气爽。他向垂手站立在身旁的女佣点头示意,表明他对女佣的工作很满意。说得也是啊,魏家的这个女佣做饭、泡茶确实是一把好手,全家老小都喜欢吃这个女佣做的饭菜。

看到魏世奎满意的神色,女佣的脸上也露出了笑容。这时魏世奎突然开口说话:

"院子里怎么这么静啊?"

"哦,太太和少奶奶们到南开区马蹄湖赏荷花去了。"

魏世奎嘟囔道:"这天都快要塌下来了,还能安心地蹲在地上吃包子。"

女佣一言不发,默默地看着他。

"丁宝呢?"

"可能在修剪院子里的花草树木呢,他刚吃完饭出去的。"

"你跟他说一下,让他去把我的女婿叫来,晚上要在家里协商大事。"

"遵命,老爷。"

女佣迅速走出客厅。魏世奎重新闭上眼睛,陷入了沉思。不一会儿他就开始打起了瞌睡。在半梦半醒之间,他又开始焦虑起来,现实中的烦恼让他在梦中也不得安宁。

客厅里有人发出了咳嗽的声音。魏世奎惊了一跳,赶紧睁开了眼睛。外面渐渐地黑了下来。女婿魏公子(石城)在客厅另一边的雕花椅子上静静地坐着,等候岳丈醒来。时间过得真快啊!魏世奎仅仅是眯了一小会儿,太阳已经落山了。他想,人生何尝不是这样,弹指一挥间,生命已经过了大半。

想到这里,魏世奎深深地叹了一口气,面对魏公子说道:"哦,你来了啊!"

魏公子赶紧站起身来,向岳丈请安。

"刚才佣人去叫我,所以我赶紧就过来了。"

第 一 章

"嗯,坐、坐,荷花也来了吧?"

"来了,父亲。她这会儿可能在外面呢。"

"好。"

魏世奎又叫来女佣,询问晚饭是否准备好了。

"准备好了,老爷。"女佣毕恭毕敬地回答说,"大家都等着您呢。"

魏世奎招呼魏公子道:"走,我们也过去吧。"

餐厅就在龙柱宽檐的东边。这是一个空气清新的房间,窗下小湖边高大的竹子将枝条伸向窗前,各种花卉的芬芳随着微风飘进了餐厅里。因今天魏世奎犯困打了个盹儿,所以晚餐的时间延迟了一会儿。按照这个家的规矩,只要魏世奎在家,他若没到餐厅,别人就不能先落座。

不一会儿,所有的人都到餐厅里就座,饭菜也赶紧摆上餐桌。尽管天还没有完全黑下来,但此时月亮已经升起,正透过竹枝间隙窥视地面,把自己的影子洒向餐厅。

这一幕实在是太美了,大家不约而同地向窗外望去。这美丽的一幕,却让魏世奎心里重新乌云密布。他无心欣赏什么月色。

"来,大家吃饭!"

魏世奎第一个动筷子吃了起来。大家都意识到今天晚餐的气氛和以往不同,缘由就是老爷的情绪不好。太太和少奶奶们也没有对今天郊游的精彩场面热烈讨论,大家都默默地吃饭。

在这样一种不太愉快的气氛中,晚餐结束了。饭菜剩了很多,显然这晚饭的气氛影响到了一家人的食欲。因为老爷还没有起身,大家都不敢离开,只是紧张地看着他。魏世奎命女佣把剩下的饭菜端出去,再沏一壶茶来。看这情形,老爷好像有很重要的话要说。

魏世奎对一切事务都很细心认真,家里的事情他也安排得井井有条,因此在多数情况下,魏太太都会服从老爷的安排,不会掺和家里的事情。闲暇之余,她常到天津的旅游景点游玩,日子过得很惬意。也就是说,她是个懂得如何生活的女人。他们的两个儿子常年在外做事,回家待着的时间很少,所以儿媳们也常跟着婆婆去游玩。家里的繁杂事务基本上都由佣人去做。

魏世奎把茶碗放回茶几,清了清嗓子,说:"今天,我要告诉你们一个重要的决定。"魏世奎努力控制住自己的情绪,不急不慢地继续说:"日本人侵占了我们很多领土,估计很快就会打到天津城。一旦战火真的烧到天津城里的话,别说是我们的家产,甚至我们的命也可能保不住。老辈人说得好,任何事情都要未雨绸缪,所以我有一个想法,把工厂卖了,暂时去香港避难。"

魏世奎说完,盯着家人看了一遍。魏太太从来都顺着老爷的意愿办事,儿媳们也对公婆言听计从。魏世奎已经告知在外做事的两个儿子举家迁往香港的计划。他们在外闯荡多年,也见过不少世面,当然知道当前的形势。父亲向他们告知举家迁往香港的计划时,两人一致表示同意,并请父亲做好准备后通知他们。魏世奎也向几个好友暗示过这件事,可他们谁也不支持他这么做。他们选择听天由命,说一定要留在家乡。就连天津城里有名的范老板这样见过大世面的人,也表示不愿离开天津。但是魏世奎跟他们想法不一样,魏世奎始终想着在保住自己家产的同时,也保住所有家人的平安,他不想冒险。他也不想把女儿荷花留在天津城里。女儿早已经嫁人了,她的丈夫不表态的话,这事办起来就有些困难。魏公子对这个家早就有感情了,他可是放弃了自己的王姓,跟了魏家的姓。但是关于撤离天津这件事,魏世奎却摸不准女婿是怎么想的。毕竟,魏公子现在已经是天津城有名的人物了。

魏世奎最后把目光转向了女婿魏公子。四十出头的魏公子白白胖胖,一脸富态,从他的言谈举止看得出天津富商的气派。但在魏世奎的心里,他终究是一个外人。魏世奎不可能把他视为己出。只要女儿不受穷、不受苦,他就心满意足了。内心里,魏世奎最担心的,是魏公子有一天会不会做出有损这个家族名声的事情。在魏世奎的心里,这样的顾虑一直存在着。所以,他就更不想把荷花和魏公子留在天津。

魏世奎稍稍定了定神,开始用一种非常严厉的目光审视魏公子。魏公子也意识到岳丈正盯着自己,可是他心里对这件事还没有一个明确的对策,所以也不知道怎么表达自己的意见。他略感尴尬地对岳丈说:

"您认为天津城里真的会发生战乱吗?"

魏世奎觉得女婿的这话特别幼稚,也不合时宜。战火将至的恐惧笼罩在所有的地方了,可女婿还在说"会不会"这类的话,真是太可笑了。

魏世奎板着脸严肃地点点头:"你还没嗅到战火味儿吗?"

魏公子面红耳赤:"我……这事……"

"嗯,天津城也就剩几天好日子了。这是无可争议的事实。我的女婿对我说的话怎么看呢?"

魏公子感到左右为难。他的事业发展得正好,自己也刚在天津富商之列站稳脚跟,他觉得,就这样再过几年,天津城里的人提到他一定会用极其尊重的语气,他肯定会成为天津城里有头有脸的大人物。可现在他突然觉得噩梦来临,所有美好的一切都将很快结束,就像刚刚开始茂盛的生命之树即将被砍伐,自己人生凋零的秋天就要到来,难以言状的不安感笼罩了他的精神世界。荷花怕父亲生气,赶紧催着他快快表态,一个劲儿地给他使眼色。

"您是个充满智慧、做事很有远见的贤达之人,如果您真的认为天津会有战火爆发,那我们也不会有什么异议的,一定会按照您的意愿行事。"魏公子总算有些反应过来了。

尽管他的话听起来有些言不由衷,但却迎合了魏世奎的心意。魏世奎赞许地看了女婿一眼。

"你的事业、家产怎么办？"

"您用什么法子处置，我就照您的法子行事。"

"嗯，你真舍得离开天津城啊？"

"我在天津城里，除了您以外什么都没有。"

魏世奎满意地点了点头。女婿的这番回答让他安心许多。

看父亲脸上露出满意的表情，荷花也松了一口气。紧张的气氛逐渐缓和下来。

"那就在这几天之内把你的厂子和家产转卖出去吧。"魏世奎叮嘱道，"不要太讨价还价了，虽然有点损失，但是总比在战争中破产要好。还有一点，这些事情要绝对保密。"

"遵命。"

"以最快的速度处置好你的事情。"

"遵命，父亲。"

这场重大的家庭会议很快就结束了，魏老板好像早就预料到这个结果，轻松地站起身来。

魏公子带着忧郁、沮丧的心情走出了餐厅。说起来容易啊，但真要在短短几天的时间里处置多年来呕心沥血发展起来的产业，并不是一件容易的事。他还不知道早有准备的岳丈已经把地毯厂卖了出去。这些年天津城里地毯产业发展很快，已经有数百家地毯生产企业，全国各地所销地毯的百分之六十都产自天津。因此，这笔交易对魏世奎来说十分顺利地完成了。不过，魏公子的水厂就不会那么容易出手。

魏公子虽然在岳丈面前不敢说什么，但心里却十分不愿意离开天津。他在阿克苏出生长大，后来跟着父亲回到了天津。繁华的城市街道，多彩的都市生活，深深地吸引着他。他不顾一切地往上爬。他娶了城里有名的富家女子，跟着她改姓魏，甚至当自己的父亲和小弟弟回阿克苏的时候也没有难舍之情。他为了讨好他的岳丈,竟说出"我在天津城里,除了您以外什么都没有"这样的话。他明知他的二弟石康也在天津城里。

石康虽然不是什么名流人物,但他所在的红船曲艺俱乐部在天津也算是比较有名的娱乐场所。在心情不好的时候,魏公子也会不由自主地感到孤独,这时候,他就会去找一母同胞的弟弟石康,在酒吧里和他喝上几杯。

魏公子失魂落魄地往前走着,身后忽然传来唤他的声音:

"孩儿他爸,你等一下!"

他回头看了一眼,荷花牵着儿子魏博气喘吁吁地跑了过来。魏公子这才想起自己从餐厅出来时把她娘儿俩落下了。他心里确实不是滋味。

"你怎么扔下我们就走了?"荷花赶上前埋怨他。

魏公子没有吭声。见儿子诧异地看着自己,魏公子感到有些难为情,脸上立马露出了笑容:

"对不起,我急着去完成父亲交代的事情……"

"没这么简单吧?"已洞悉一切的荷花盯着魏公子的眼睛说道,"在父亲跟前,虽然你说不出口,但你心里一定舍不得离开天津吧!"

魏公子没有说话,深深地叹了一口气。说实话他也不知道该怎么回答妻子的问题,矛盾的心绪使他做事没了章法。

"如果你不想去香港,直接给父亲讲清楚不好吗?他也不会勉强你的。"

魏公子看了妻子一眼:

"父亲在乎的不是我,而是你。他不想把你留在天津。如果我选择放弃你,留在这里,你会同意吗?"

荷花无言以对。她绝没想到事情会是这样。当她意识到丈夫为了自己而选择跟随父亲离开天津,一股暖流涌上了心头。她深情地望了他一眼,把头倚靠在丈夫肩头。

魏博挤在两人中间,缠着魏公子说:"爸爸,我们走吧!"

儿子的话让他俩回过神来,互相看着对方露出了一丝微笑。

荷花紧挎着魏公子,一边走一边说:"原谅我吧!"

"你不要那样说,只要能跟你一起生活,我去哪儿都愿意。"

他说这话时,语气和表情都透着难以掩饰的沉闷。但是现在这种情况下他也没有别的办法。他并不觉得岳丈的决定是错的,魏世奎是一个把凡事想得周全了再做决定的人,是一个很有远见的人。

"就这样,我们要把水厂卖了?"荷花有点伤感地说道。

"嗯。"

"这个水厂倾注了你很多的心血,如果天下太平就好了。"

"这不是我们能左右的事情,除了忍耐还有什么法子?"

"那也是。"

"爸爸妈妈,我累了。"魏博走了一会儿,撒娇说。

魏公子一把把儿子抱起来,便不再多想什么。岳丈已经宣布了离开天津的决定,所以这一大家子人只能跟着他走了。但他今天什么都不想张罗,把妻儿送回房间,他突然想去找弟弟石康。他们平时不怎么来往,只有这样陷入困境心情不好的时候,他才会突然想起自己的弟弟。石康是个非常体贴的人。在魏公子伤心烦恼的时候,他知道只有弟弟最能体谅自己的苦楚。他俩之间不存在什么利益关系,有的只是亲情血缘的温暖,没有任何所图。因此,魏公子也能敞开胸怀向弟弟倾诉心事。

魏公子一步一步向红船曲艺俱乐部方向走去。天津的夜景真是别具一格,多彩的霓虹灯就像夜晚的精灵一般勾勒出魔幻精美的画面。这些像人的眼睛一样一眨一眨的彩灯看上去还会让人产生奇妙的幻

第 一 章

觉。无轨电车的轰鸣声就像滔滔洪水的宣泄之声,但对于那些勇于接受新生事物的人来说,这已经成为天津城最独特的组成部分。坐在电车上的人,感觉自己仿佛正坐着时代的列车驶向遥远的未来。魏公子既没坐电车,也没叫黄包车。他就想和即将告别的天津城街道促膝长谈,他用好奇、留恋的目光看着周围的一切,慢慢地往前走着。想到自己就要离开天津城,他满心苦楚。

终于来到了红船曲艺俱乐部门前。他从来不进去,每次来都叫上石康去外面的高档酒吧。他这样做无非就是觉得这里的环境与自己的身份不相称。石康当然也明白哥哥的心思。为了照顾哥哥的情绪,他会跟着哥哥去外面喝酒。石康认为,人生来就没有高低贵贱之分,只要对得起自己的良心,其他一切都是次要的。他当然也不会介意哥哥的这种做法。

今天,魏公子却想进到俱乐部里面去看看。他还从没认真了解过这个弟弟谋生的地方。弟弟现在俨然已经成了这里不可或缺的重要人物,人们一说起红船曲艺俱乐部,他的眼前马上就会浮现出弟弟的样子。

他仰头看着俱乐部大门上方灯光闪耀大气醒目的牌匾,仿佛看到了弟弟熟悉的身影。此刻,弟弟在他心目中变得更加亲切,更加温暖。但一想到即将发生的一切,他又感到心酸,内心陷入无限的悲伤之中,竟不知不觉地轻声呻吟了几声。

他点燃一支烟,猛地吸了几口,感觉自己压抑的神经似乎有些放松了。俱乐部门口进进出出的人络绎不绝,从里面传出女人唱歌的声音。他走在金碧辉煌的走廊,一个年轻的服务生迎上来,从上到下看了他几眼,然后深深地鞠了一躬,问道:"先生,您订的是哪个座位?我带您过去。"

"不用了,"魏公子摆摆手说道,"你给我把石康叫过来就行了,我是他的兄长。"

王 三 街（二）

服务生从走廊里出去没多久,石康就急匆匆赶了过来。他化了淡妆,好像刚从舞台上下来。他一过来就和哥哥拥抱。尽管生活在一个城市里,但是他哥俩也有一段时间没见面了。

"你还好吗,哥哥?"石康拍着哥哥的肩膀说道。

"嗯,还好。"魏公子一脸憔悴。

石康对哥哥进到俱乐部里面感到有些惊讶。他俩问长问短寒暄了几句以后,魏公子开口说道:"我没耽误你的事吧?"

"你说什么呢,哥!"石康生气地说道,"我们是亲兄弟,这么客气可不好。我随时准备为哥哥效劳。"

魏公子听到这话一阵开怀大笑,他感到自己的精神一下子轻松了许多。除了自己的亲兄弟,谁还能用这样真诚的心迎接自己呢?

"那……就带我到一个安静的地方,我今天跟你好好地聊一聊,弟弟。"

"我们不出去了吗?"石康惊讶地问道。

"不,现在对我来说,没有比你的俱乐部更温馨的地方了。"

"好吧,哥哥,这边走。"

一听说哥哥要在俱乐部里坐一会儿,石康感到很兴奋。他带着哥哥上了二楼,这里有专设的豪华包厢。

魏公子坐在包厢里的靠椅上,他看起来非常疲惫。石康张罗着叫服务生泡了一壶天津的茉莉花茶,同时备了油炸花生米、泡豆、咸鱼和几样热菜,一一摆上餐桌。

石康往茶杯里倒了一杯茶,然后端起茶杯来:

"很高兴你能光临我们俱乐部,哥哥。和你坐在一张餐桌上吃饭是我最大的幸福。小时候,你常把自己碗里的饭分给我吃,自己都吃不饱,但是看到我吃饱饭的样子就会很开心。"

年少的时光在魏公子眼前一一浮现,他的眼角有些湿润。现在让他烦心的事太多,他需要全力应付,再也回不去小时候那快乐的日子。他抿了一口茶,觉得十分地道。

"这真是好茶。"他丝毫没有掩饰自己对弟弟的感激之情。

"只要你喜欢,我就很开心啦!"石康顿时来了精神,"哥哥,也尝尝这些饭菜吧。"

说着,石康随手拿出一瓶天津有名的陈年五加皮药酒,放在桌子上。为了让哥哥开心,石康尽心尽力招待他。这种真挚纯朴的感情只存在于亲兄弟之间。这一点,魏公子当然很清楚。所以,他在今天这样伤心痛苦的时刻,会来到自己亲弟弟的身边。

石康倒了两杯酒,一杯敬哥哥。

"我祝你事业有成、万事如意,哥哥。为了你能成为天津城更阔气更有名的老板,我们干了这一杯。"

两人举杯碰了一下,然后一饮而尽。辛辣的液体顺着嗓子滑下,魏公子将酒杯在手中顿了一下,深深地叹了一口气。

石康早知哥哥有烦心事,但哥哥不说,他也不好多问,只努力说一些让哥哥开心的话,希望他的情绪好起来。

酒过几巡之后,魏公子脸上泛起红晕。伴着时不时飘进包厢的歌声,他的情绪慢慢地高涨起来。

"弟弟,我跟你说句悄悄话吧。"魏公子激动地说道。

"好的哥哥,我的耳朵在听呢。"石康毕恭毕敬地听哥哥讲话。

"我……我要离开天津了。"

"什么?"

石康听了这话大吃一惊,一下子站了起来。尽管他们也不常联系,但是石康始终念着天津城里还有一个亲哥哥在呢,心里感觉特别踏实。自从父亲回阿克苏以后,他总感觉自己身边缺了点什么。他因为自己没有好好地送父亲一程,非常内疚痛苦。但是现在他又没有时间去阿克苏看望父亲，内心更加愧疚不安。他一生最后悔最痛苦的就是这件事。现在，哥哥也要弃他而去。

"你要去哪儿？"石康低声问道。他的心里忽然产生了一个念头，哥哥也许会去阿克苏。

"去香港。"

说完这话，魏公子赶紧打量了一下包厢的四周，生怕外人听到。他时刻都记着魏世奎说的话，不能把要移居香港的事告诉别人。但是眼前的可是他的亲弟弟呀，不给弟弟打招呼，就这样悄悄地离开天津城，他当然不情愿啊。

石康一下子泄了气。

包厢里一片寂静，这让魏公子感觉格外沉重。他终于忍不住了，抱着弟弟号啕大哭。魏公子把自己岳丈说的话一一讲给弟弟听，看着哥哥痛苦的模样，石康也开始伤心流泪。

"就算遭逢战火，背井离乡也不是什么好办法。"过了一会儿，石康语气坚定地说道，"好男儿在家园遭到侵犯之时应该挺身而出，决不能当逃兵。"

魏公子抬起头，满面愁容地盯着弟弟的眼睛。

"你说的话非常正确，很伟大，但是你和我保护不了这座城市，我的弟弟。"

"像你和我这样的人聚在一起就会有很大的力量，正所谓人多力量大。"

"不管怎么说，保住自己的命比什么都重要。"

"你是说像猫一样活着比什么都重要吗？"

"只要我们活着，就会拥有一切。"

"有些时候，为了有尊严地活着，我宁可放弃自己的生命。"

"我的弟弟，我比你大，所以你要听我的话。要不，我们一起走吧！"

"不,我不走,我在这里还有很多事情要做。"

"如果日本人打进来了,你以为还能做好生意吗?"

"这不重要,我们还有很多事情要做。"

魏公子感觉自己的弟弟变了。从前,他可是个老实、懂事的孩子,但是今天他却以另一种形象站在了哥哥面前。他们争论了很久,但是却没能达成一致。魏公子意识到了不可能说服弟弟,决定不再多说什么了。

"好吧,你也有你自己的生活方式。"他看着弟弟说道。

石康也没有再说什么。此时,弟弟石康让魏公子这个做哥哥的感到一种陌生,同时又有一种说不清道不明的钦佩:石康不再是一个成天泡茶品茗的戏子,他现在是勇士,一个敢于抗争的勇士。这感觉又很熟悉,熟悉得让他想起岳母刺字……于是他喝完杯中的酒,站起身来。

"祝你平安,我的弟弟,我们命中注定就会这样。"

"哥哥,你就不能再好好地考虑一下吗?"

"不用考虑了,这件事早已经决定好了的,我不能反悔呀!"

魏公子说完就转身往外走,也许以后兄弟俩再也没有机会见面了。他俩先是告别了父亲,而今他们兄弟也即将分别。

石康望着哥哥的背影,喊了几声"哥哥",可魏公子的脚步却没有停下来。今天他确实喝了不少。石康有些担心,想给哥哥叫一辆黄包车,于是随着哥哥走出来,来到俱乐部大门口。

"你想走什么样的路是你自个儿的事,但是,我现在要把你送进黄包车里。你这个样子可回不了家呀!"石康抓着哥哥的肩膀说道。

"不……不用了,你回去忙你的事吧。"魏公子一边说一边把石康的手往下拉,又跌跌撞撞地往前走了几步,差点摔倒。

"哥哥,你也不要太固执了,我们不要互相赌气。说不准,以后我们再也见不了面了。"

听了石康这句话,魏公子便不再挣扎。石康挥了挥手,一个中年男

王 三 街（二）

子拉着他的黄包车跑了过来。石康给他手里塞了几张钞票，吩咐他把哥哥平安送到家里。

"遵命，王老板，您放心吧。"在这一带拉黄包车的车夫，几乎都认识石康。

"路上一定要小心。"石康扶魏公子上了黄包车，又一次叮嘱。

"好嘞。"

黄包车走了，石康站在原地，一直看着车子在街道上昏暗的灯光下消失，然后沮丧地走回俱乐部。

呼吸了一会儿清新的空气之后，魏公子的酒也醒差不多了。他回想起刚才自己和弟弟之间的争论。有什么法子啊，同一个娘胎出生，又在同一间房子里长大的亲人，也会像长大的麻雀一样四处飞散。石康说得对，他们不知道还会不会有重逢的机会。这世界为什么不能让人们自己选择喜欢的方式生活呢？残酷的现实，总是把人们引向自己并不喜欢的路，虽然人们不希望这样，但又不得不随波逐流。

黄包车路过妈祖庙前的时候，魏公子突然想起了往事。那个时候，就在那边的胡同口，父亲开了一家粮店。虽然店面不大，但来买粮食的人却络绎不绝。父亲坐在店门口的木凳上，端着长柄旱烟杆，一边抽烟一边想心事，烟袋随着抽烟的动作颤动。他是个饱经风霜的人，遇到再大的烦心事，他的小眼睛里也会露出亲切的笑意。他说话很少但很在理。他不是一个趾高气扬摆架子的人，虽然自己不是很富有，但却喜欢接济穷人。

魏公子想起了很多关于父亲的往事。此时此刻，他特别思念父亲，想马上找到父亲，一诉衷肠。但是，有太多的阻碍都不允许他这么做。他感觉很多时候整个人并不属于自己，整天脸上戴着面具。虽然外表笑容满面，但是内心常常感到痛苦不堪。

这时，庙里的钟声响起。魏公子眼前浮现出父子俩最后在天津告别的场景,父亲在无限的哀怨和痛苦中低着头离开了,他的脚步是那样地沉重无助。当时,恰好也传来了敲钟声,而乐坊那边传来悦耳动听的天津时调。他记得这调子,不知不觉流下泪来,不禁跟着唱了起来:

难得有缘天放晴,
难得有幸放风筝,放风筝。
线儿线儿线儿,你再长一点儿,
要让它,要让它碰着那白云。
风儿风儿,你要小心吹,
别让它,别让它突然断了线。
风筝啊风筝,
你要帮我找找那个人。
…………

黄包车不紧不慢地在夜色中行进,天津城中各种喧杂的声音和魏公子悲伤的歌声交织在了一起。

第 二 章

> 自古逢秋悲寂寥,我言秋日胜春朝。
> 晴空一鹤排云上,便引诗情到碧霄。
>
> ——刘禹锡《秋词》

萧瑟的北风虽然不算太猛烈,枯叶和路面上的尘土却开始四处飘飞。万物萧条的秋色让沉默寡言的行人陷入沉思,心情格外沉重。头戴黑呢子坎土曼帽子,身穿一件短呢条绒大衣的王三,正慢慢地挪动着脚步往前走。披在肩上的褡裢散发着各种中药材浓浓的气味。他在心里默默地背诵刘禹锡的这首《秋词》。小时候背熟的古诗,长大了依然没忘记。这深秋的天气显然也影响到了他的情绪,常常带着一丝笑意的眼睛今天却显露出些许忧伤。鼻梁上的黑架子眼镜被他呼出的气息搞得有点模糊,没有修整的胡须上落着灰尘。快到自家门口的时候,他停下来,摘下眼镜用手帕轻轻地擦了一下。这块手帕是提拉汗用心用情精心绣成,面料是杭州产的高档丝绸,上面绣着一对在湖中戏水的鸳

第 二 章

鸯。这块手帕王三从不离身,手帕上散发的香味使他心情激动,他想起了好多年前妻子绣这个手帕时的美好时光。时间过得真快啊!过去的岁月给了他很多财富,也让他在民间享有很高的声誉,但它却把父亲和二哥带走了。大哥至今没有音讯,生死未卜。一想到这些,他的心就像被虫子噬咬,痛苦不堪。这世界发生了许多新的变化,劳苦大众得到了解放,享受着新政府新社会带来的好日子。每个人都有很多属于自己的感受、思念和回忆。在这样的好日子里能和家人团聚在一起开开心心地生活该多好啊!但是人生中的很多事并不都遂人意。年岁不饶人啊,一晃他也五十多岁了。经历了火热的青春时光,现在的他就像秋叶一样开始变黄干枯了。手帕里孕育的情意和散发的香味,让他的内心似乎得到了些许的安慰。人总是要知足常乐的,凡事都往好处想,继续迈出希望的脚步,生命的每一天都充满了甜蜜和新的内容。

王三抬起头,用充满期待的目光眺望远处。当年的果园小街现在变成了繁华热闹的商业街,店员和小商贩们的叫卖声传到了很远很远的地方。街口拐角处的两层小楼,远远地就吸引了人们的目光,那屋顶边缘的拱形建筑就像燕子的翅膀一样向两侧伸展,格子窗户上的图案非常精美。王三每次外出,提拉汗总是从那个临街的卧室窗口,不时地向下望着,盼着早早看见王三的身影。想到这些,王三脸上不禁露出了甜蜜的微笑,好像跟提拉汗说着什么悄悄话似的。他眯着眼睛往那扇窗户看去。恰好就在这个时刻,那扇窗户忽然动了一下,尽管已经年过半百依然动作麻利、风韵犹在的提拉汗那美丽的面孔,就像破云而出的月亮一样出现在了窗口。王三的心猛地暖了起来。虽然青春的岁月早已成为回忆,但是他们的爱情还是那么有温度。他们真的是幸福的一对儿,多年如一日,在生活中和睦相处,他们幸福美满的生活简直就是一个传奇。左邻右舍都很羡慕他们。自年轻时见到提拉汗第一眼起,王三就把自己的心坚定地交给了提拉汗一个人。提拉汗也把他当成上天赐予她的珍宝一般,时时刻刻为丈夫着想。王三是她的一切。相对于体贴的丈夫,所有的财富根本不值一提。永远陪伴一个人的不是财富,而是永恒的爱。

王三加快了脚步。他去博孜墩山里采集药材已经一个多星期了。回来的路上,偶遇一个长期卧病在床的农民,他让人把装有中草药的马车赶回家里,自己则留在了这个农民的家里,给患者治病。他给农民看病配药整整用了两天时间,直到病人病情好转,又给家属一一交代清楚后方才离开。

提拉汗站在窗边向他挥手。王三迈着大步往家里走去。街上人很多,到处都是向他致礼打招呼的人,他不得不停下来,回应对方的问候。虽然家和他之间的距离很近,但是他却走了很久。

"王大哥,哎,王大哥!"

就要走到家门口了,王三听到有人在喊他。近一段时间以来,王三的耳朵不好使了,听力下降了很多。俗话说,"鞋匠有时也会没鞋穿光着脚走路",他也没有太重视自己的耳病。

王三停了下来,望着他。这个人叫马木提,正在附近找门面准备开餐馆。他原先也是住这一片的,后来不知道为什么搬到了城东的柯克亚街道那边。人老了总是惦记老地方,这不,他最近又回到了这一带住。他把以前住的房子卖掉了,最近就在忙着找合适的房子。

王三急着回家见提拉汗。他的一只眼睛在院子里,一只眼睛在那个人身上,非常为难。

"等等……您等一下,王大哥。"马木提气喘吁吁地跑到王三身边。他知道王三正急着回家。

他俩握手致礼。

"嗯,你的事情怎么样,马木提?"王三礼貌地寒暄道。

"您叫我说什么好呢,王大哥,"马木提深深地叹了口气,摇着头说,

"俗话说得好,只有失去了的东西你才会去珍惜。当时,我就像头上落了块石头一样,把这么好的院子给卖了。可现在,我到哪里去找那么好的院子呢,太难了呀!"

"差不多点的院子,你买上不就得了?"王三安慰他说。

"哎,大哥,我若是不了解这里的情况倒罢了,您说这么好的地段,我愿意买自己不喜欢的院子吗?"

"不是所有的事情都会顺着我们的意愿。"

"那倒也是,但我就有这么固执的性格。"

王三听了他的话笑了起来,马木提也笑了。

"那接下来你打算怎么办?"

马木提就好像正等着王三说这句话呢,笑嘻嘻地靠近他说:"帮我一个忙吧,王大哥。"

"我?我要怎么帮你?我也不能强迫别人把自己的房子卖给你吧!"

马木提殷勤地拉着王三的胳膊说:"我知道您是个大好人,王大哥。我从小就在这里长大,我当然清楚这条街是怎么建起来的。这里的人一辈子都不会忘记您父亲和您所做的一切,包括我也一样。我很留恋这条街,这不又回来了嘛。这条街上的人和睦相处,人与人之间非常有感情。"

"你……你到底想说什么呢,马木提兄弟,我怎么听不懂你的话呀?"

马木提用手指着街角方向说:"把您的那个院子……"

马木提说的是王三的另一个宅院,现在是客栈。许多赶周末巴扎进城的农村人,就住在这个客栈里,他们把牲口安顿在院子里,自己则住在客栈的客房。除此以外,不少从外地来的人也会住在这个客栈里,因为住宿费便宜,又方便赶巴扎。现在,提拉汗体弱多病的哥哥在照料

王 三 街（二）

这个客栈。他每个月上交多少钱，王三都会照单收下，从不会问具体的细账。过去，王三家在这条街上有五十多间商铺房，一九五〇年前夕，王三慷慨地把一些商铺赠予了新政府。只要他一想起和林基路相见的一幕幕往事，他就会油然而生一种无比的敬仰和钦佩之情，他的精神世界就会有一次新的升华。一个人其实并不需要太多的钱财，只要他的钱财能用在正路上，用在为民众谋福利、谋幸福上就有价值了。

王三从思绪中回过神来，面对马木提说："你想买我的那套院子吗？"

"不、不，"马木提急忙解释说，"只要您把沿街的三间商铺房转给我就行了。那个客栈您自己留着。我想把那三间商铺房改造成餐馆。"

"哦，你是看上我的这几间商铺房了。"

"是啊，王大哥，我一辈子都不会忘记您的好。至于房子的价格嘛，您开多少钱我就给您多少。我不会跟您讨价还价争一分钱的。"

"钱的事不重要。那三间房中有一间是我已故父亲的旧居，这也是到现在我一直没有拆它的原因。我每次看到这个房子，就像看到了去世的父亲。如果我把房子转让给了你，我心里的记忆不就消失了吗？"

听了这话，马木提一下子紧张起来。他原本想，只要自己把价格提高，王三就一定会把房子卖给他的。可惜事情并没有如他所愿。

马木提还是有点不甘心，他打算做最后的努力。这里是街道的中心，白天黑夜，人来人往，正是他想要的地段。

"王三大哥，您不管是经商还是行医，从来不会让有需求的人空手而归。"马木提花言巧语继续说道，"您曾经把那么多房产毫不犹豫捐给了政府，因为财富对您来说并不是那么看重的东西。我把这些房子改造成餐馆，以后在这条街就会多一条您的足迹，我也像您一样做一件大事，这对您也好啊！"

马木提说完，心里盘算王三会怎么回答，斜眼瞟了王三一眼。

"客栈是为大众提供便利的地方,外来人员也会在此停歇,寻得暂时的家园,所以,我觉得你没有必要把客栈改成餐馆。再说了你看这里两边的餐馆、馕铺很多呀。"

"哦,只要我买下这里,一定会让他们的餐馆倒闭,我一定会取代他们。"

王三听完这话,用厌恶的眼神看了马木提一眼,心想,原来他来这里就没安好心啊,这个家伙,人还没来就想着让别人破产呢,他怎么会这么黑心啊!

马木提马上意识到自己说错了话,可是"射出去的箭说出去的话"是收不回来的。他心虚地叹了口气。

"你最好放弃你的这种想法,"王三语气坚定地说,"我不会把商铺卖了,这里也不缺餐馆。"

王三说完就往家里走。马木提看着他的背影呆呆地站着,他不是一个轻易认输的人,请求被拒绝让他感到很难堪。

"等着瞧,你这个聋子。"马木提狠狠地瞪了一眼王三的背影,自言自语道,"我抱了这么大的期望真是白费力气了,别人还说这个聋子是个慷慨大方的人,从不以财富为友,心地善良,让这样的夸赞见鬼去吧。我连自己的父亲都没这么求过,我费尽口舌,说了一大堆好话,都说服不了你。你等着瞧吧,我一定要在这条街上开个餐馆,让你瞧瞧我不是一个说空话的人。"

马木提自言自语地说了半天,然后沿着来时的路,灰溜溜地回去了。

站在窗户边上等丈夫已经很久的提拉汗,看到从不远处大步往家走的王三,心里充满了喜悦之情,赶紧下楼去迎接他。王三虽然已经五十多岁了,但是他的身板儿还是那么结实硬朗,步子迈得沉稳有力。

"怎么耽误了这么久?"提拉汗关心地望着王三,挽着他的胳膊走进院子。

"唉,"马木提刚才的一番话让王三非常扫兴,他悻悻地说道,"路上碰到一个难缠的家伙。"

"没有遇到什么不开心的事情吧?"

"你记得那个叫马木提的斜眼吧?那个卖掉麦草巴扎那边的院子后搬走的家伙,现在又回到这条街上了。"

"那跟我们有什么关系啊?"

"他想买下旁边我们家那套院子的几间门面房。"

"哦?那可是父亲留下的遗产啊!"

"对,我也是这么说的。"

王三见提拉汗和自己的想法一样,心里感到十分欣慰。父亲去世的那个晚上,提拉汗哭得特别伤心。一生遇到这样一个忠贞、善良的女人,和她共同生活,是多么幸福啊!

王三深情地握住提拉汗柔软的手,说:

"如果我们把那几间房子卖掉的话,我父亲的灵魂会不安宁。"

"是啊,孩子们也长大了,他们也该好好地闯一番事业,我们要让孩子们明白这个家里有他们爷爷的灵魂,以此培养他们不忘祖辈的忠孝品德。"提拉汗应和说。

"孩子们很聪明,他们肯定能牢记我们的教诲。"

"但愿如此。"

王三好像突然想起了什么事,紧张地盯着提拉汗:"我之前让运过来的药材怎么样了?"

"我让他们卸在了仓库里。"

王三急忙走进仓库,把那些装在粗布药袋里的草药一一仔细地检查了一遍,然后望着提拉汗笑了:

"为采摘这些草药,我差点儿从山上摔下来,这些草药可是我冒着生命危险采来的。"

提拉汗一下子紧张起来,连忙仔细地检查王三的手、脚、头和眼睛。

"我看看你有什么地方受伤了没有。"

"你放心吧,我还好着呢,要不然,我能走到你面前吗?"

"以后你就不要上山采草药了。你刚才说的话太让我担心了,以后我不会再让你上山了。"

"你不要担心,我的身手很敏捷,在山上就像黄羊一样蹦蹦跳跳。"

"哦,你都五十多岁的人了,还喜欢说笑话。"

"你不相信我吗?"

"我相信你,我的巴依老爷还是那么矫健,精力充沛。不过以后不许再爬山了。"

"哎呀,我就不该说山上发生的事情。"王三像个孩子一样调皮地皱着眉头,挠着脖子说道。

提拉汗也不示弱:"你不说我也会知道的。"

两人一边开玩笑,一边整理药材包。王三拿着一朵已经枯萎但是依然非常美丽的雪莲,放在提拉汗鼻下,让她嗅一下。

"这味道怎么这么好闻呢。"提拉汗深深地吸了一口气,说道。

"是的,这是最好的草药,是天山上的名贵药材。"

"这很难采到吧?"

"这种植物长在雪山顶,发芽开花。"

"我说你呀,为了你的草药,不惜拿自己的生命冒险。"

王三笑着说:"一个郎中就应该是这样的。"

"如果你不想让我担心,以后就不要去山上采草药了。"提拉汗很认真地说道,"你刚才说的话让我感到非常害怕。"

王三握了握提拉汗的手,没有说话。

他们走了出去。外面的风已经停了,温暖的阳光洒在院子的侧墙上，让人倍感舒服。

"我们去晒一会儿太阳吧。"王三微笑着对提拉汗说道。

"你先吃点饭吧。"提拉汗看着丈夫的眼睛温柔地说。

"等我们吃完饭出来，太阳早就落山了，"王三笑着说道，"我们还是一边晒太阳一边吃饭吧！"

"好。"提拉汗总是顺着他的心意。

王三前几天在山上采草药，风雪的寒气侵入他的身体，这会儿，他一见到阳光，就想好好地晒一下。提拉汗拿来一块毡子放在墙角边上，然后在上面铺了厚厚的褥子给王三坐。不一会儿，提拉汗就把饭准备好了，放在了王三面前。王三这几天在外，太想吃家里的饭了，开始津津有味地吃起来。舒适的阳光，体贴的妻子和她亲手做的可口的饭菜，让王三非常惬意享受。饭后，他一只手托着头，斜躺在阳光下，用温柔的眼神看着提拉汗。

"这几天你有点瘦了。"王三看着提拉汗的脸轻声说道。

"不会吧？"提拉汗摸了摸自己的脸。

"真的，你瘦了。我看你第一眼就知道了。甚至你少了一根头发我也能知道。"

"这个我相信，"提拉汗笑着说，"因为我们是最亲密的伴侣。"

王三低声说："你是我的幸福。"

"你也是。"提拉汗喃喃地说道。

这么多年过去了，他们始终相互扶持，互相关心。虽然提拉汗和王三没有自己亲生的孩子，但这并没有影响他们夫妻之间深厚的感情，他们收养了两个聪明可爱的孩子。提拉汗在王三心目中是谁都无法替代的，她也对王三忠贞不渝，始终坚守自己爱情的信念。他们的日子过得幸福而满足。王三想起他第一次见到提拉汗时的情景，她的歌声是那么美妙，一下子就吸引了他，使他沉醉。他们结婚时多热闹啊，大家在院子里跳了一整晚麦西来普,那时父亲也还在世……

沉浸在往事之中的王三脸上挂着幸福的笑容望着提拉汗。提拉汗正在给他按摩腰腿。

"好了,"王三温柔地对妻子说,"我在山上的时候,你也辛苦了,过来休息一会儿吧!"

"我哪来的辛苦呀,除了每天做两三顿饭以外,就没有别的事情。"

"你要照顾孩子们,家里还有别的事情要做,你怎么会有清闲的时间呢?"

"你就躺着吧,我再给你按摩一会儿腿脚。"

"好了,不用了。"王三说完就坐了起来。提拉汗只好把手放在丈夫的膝盖上,头歪靠在他的肩膀上。

提拉汗把那朵闻着有股淡淡药的清香味的雪莲带进了卧室。晚上,月光从窗户洒进屋内,洒在雪莲花瓣上,一层层的花瓣像张开翅膀的精灵,扑棱棱地在她的面前飘荡,像梦一般。她感觉雪莲一层层的花瓣里闪烁着一种异样的白光。提拉汗情不自禁地拿起雪莲闻了起来。这情景令王三若有所思,他感受着妻子的温情,情不自禁诵起古诗词来:

蹴罢秋千,起来慵整纤纤手。露浓花瘦,薄汗轻衣透。
见客入来,袜刬金钗溜。和羞走,倚门回首,却把青梅嗅。

他诵的是宋代著名词人李清照的《点绛唇·蹴罢秋千》。他回想起了提拉汗年轻时的样子。

提拉汗静静地听丈夫诵诗,当王三诵读完最后一句,她深深地叹了口气,然后轻轻地挪了一下身子,把头放在王三的膝盖上。

"我特别幸福。"提拉汗小声说道,"你读过很多书,肚子里都是墨水。你教会了我这样一个没进过学堂的文盲识字写字和读书。每当我听你读诗,我就会激动不已诗兴大发,自己也想写一首诗词。那个时刻,我感觉自己遨游在世界的上空。"

"这都是我小时候背过的诗。"王三诚恳地说道,"我过世的父亲让我读了很多书,如果这辈子没有父亲的话,我也会成为一个文盲。"

"父亲真的是个好人。"

"是啊。"

"我们要教育好孩子们,只有这样才能对得起父亲的在天之灵。"

"你说得对。对了,世英和阿依夏木古丽该从学校回家了吧?"

"过两天回来。"

"那你准备一下,跟孩子们欢聚的时刻一定要吃顿好饭。"

"好的。"

他们的话题一下子转移到了孩子们身上。明天是未知的,可能会更美好。未来是属于孩子们的。

当年收养托乎提时,他还是个只有三岁大的奶娃娃,王三还专门给他取了个汉族名字,叫王世英。如今,托乎提已经长成大小伙子了。王三却并不急着让他干什么。如今政府大力兴办学校,当年林基路讲到的关于全国解放以及全民受教育的愿望,现在都已经实现了。每天早晨,街上都能看到成群结队去上学的孩子们。老百姓享受到了正规的义务教育。王三把两个孩子送到了寄宿学校,现在孩子们正需要大量学习、掌握知识。俗话说:"无知比黑暗更可怕。"所以,饭可以吃得简单一点,衣服可以穿得旧一些,但是不能不用知识充实大脑,贫穷的大脑更可怕。

王三和提拉汗谈论孩子们的事情一直到很晚。

三天后,孩子们从学校回来了。自从托乎提来到这个家以后,就被左邻右舍称为"托乎提王少爷",日子过得富足美满。他患有先天性心脏病,健康状况一直不是很好。他的脸色发黄,眼神没有光泽,一副病恹恹的样子。王三为这个儿子想了很多办法,他从中医的秘方中寻找治疗这种病的药方,配了很多药。但先天性疾病始终无法根治,只能暂时控制。为此,王三也很懊恼。但是性格开朗的托乎提会对父亲说很多有趣的话,想方设法让王三开心起来。

当天晚上,提拉汗照着丈夫的安排,专门炖了鸡,还炒了几样天津菜。这是王三多年养成的饮食习惯。到了吃饭的时间,大家都坐在饭桌前,托乎提又开始调皮了,先伸手去抓鸡肉。

"你在干吗呢,哥哥?"阿依夏木生气了,"我们要先让爸爸妈妈动手。"

"我知道呢。"托乎提眨了眨眼睛调皮地说道。

"你既然知道这个道理,为什么要在爸爸妈妈动手吃饭之前就急着伸手呢?"

"等一下哦。"

托乎提一边说,一边把热气腾腾的整盆炖鸡拉到面前,先把两个鸡大腿撕开,给爸爸和妈妈各递过去一块鸡大腿肉。

"爸爸,妈妈,你们为把我们养大成人,受了很多苦和累。我祝爸爸妈妈永远健康快乐,也祝你们永远成为这个家最坚强的顶梁柱,希望你们的腿脚更加强壮,所以把这两个鸡腿分给你们吃。"

说完,他就把两个鸡腿分别递给了爸爸妈妈。王三和提拉汗会心一笑,为儿子真诚的祝福感到无比欣慰。父母的心就像一片海,他们的爱就像那片海无限广阔。他们不要求孩子们能飞黄腾达,只要孩子们过得幸福就心满意足。孩子们几句体贴的话语,就会让父母忘记为孩子所受的苦和累,让父母亲的心里充满无限的喜悦。

托乎提又掰了一个鸡翅膀递给妹妹说:"长辈们常说,'女孩是外面的人'。也许这是真的。不管怎么样,你吃了这个鸡翅以后,不要飞得太远,就绕着我们周围飞吧。尽管鸡有翅膀,但是不会远飞呀!"

听了这句话,王三和提拉汗哈哈大笑了起来。阿依夏木有些脸红,哭笑不得说不出话来。

"拿着吧,妹妹,"托乎提笑着说,"我们都不想离开你,我们都想永远生活在这条街上。"

阿依夏木这才伸出手来接住哥哥递过来的鸡翅膀。

"我的女儿绝不会远走高飞的,"提拉汗一边哄着阿依夏木一边把她拉到身边,"我要把她藏在自己的翅膀下面,悉心地养护她。"

阿依夏木被妈妈的这句话逗得乐了,忍不住使劲地亲了妈妈一口,开心地说道:"谢谢妈妈,我也希望一辈子生活在你温暖的怀抱里。"

现在轮到托乎提自己了。满屋子都是鸡肉的香味,王三也好奇地看着他接下来会怎么做。托乎提先舔了舔手指上的油,然后把鸡胸肉一下子撕下一大块,开始津津有味地吃了起来。正在啃鸡翅膀的阿依夏木看在眼里,不乐意了:

"哎哟,你这是干什么呀,哥哥?"

"怎么了?"托乎提嚼着嘴里的肉说道。

"你不把最软的肉给爸爸妈妈吃,自己吃掉了,算什么事儿啊?"

"你听我说,我的妹妹。我以后会在任何困难面前'挺胸而出',我要照顾好爸爸妈妈,所以我选了鸡胸肉。"

阿依夏木不知道该说什么了,先看了一眼妈妈,再看看爸爸。而爸爸妈妈好像为哥哥的话感到很欣慰的样子,满脸微笑看着他。于是,阿依夏木不再说什么了,气呼呼地坐在那里,心里却对哥哥做的事情很不服气。她把没肉的鸡翅膀扔在桌布上,噘嘴坐着。提拉汗笑着掐了一下女儿的下巴。其实这是饭桌上的一个玩笑,刚开始的时候,王三和提拉汗就已经明白了。

"我的傻女儿呀,"提拉汗轻轻地晃了一下阿依夏木的肩膀,笑着说,"你哥哥这是在开玩笑,逗大家乐呢!"

托乎提还在撕掰鸡肉,提拉汗的话还没说完,他就把鸡的软肉部位堆在了爸爸妈妈面前。

"爸爸妈妈,你们要多吃点,"托乎提诚心诚意地说道,"你们要多吃有营养的饭菜,要健健康康的,你们的健康就是我们的幸福。"

他说完这话,拿出一块鲜嫩的鸡肉递给妹妹。阿依夏木虽然想赌气不接,但是看到哥哥真诚的笑脸不禁又伸出了手。当她刚要抓住哥哥手里的鸡肉时,托乎提一下又夺了回去。阿依夏木又一次陷入了尴尬。

"你这样可不行啊,我的妹妹。"托乎提晃着手中的鸡肉,笑着说,"你不要这样皱着眉头嘛,吃饭的时候要开开心心的,冲着我笑一下,我才会把这肉给你哦。"

王三和提拉汗看着两个孩子打闹玩笑,都笑了起来。但是刚才就已经很不开心的阿依夏木,受不了哥哥的玩笑,哭了起来。托乎提不好意思地看了父亲一眼。

"哎呀,我的女儿怎么了?"提拉汗把阿依夏木拉在怀里说道,"你别哭了,哥哥在跟你开玩笑呢,平时他那么爱你、关心你,快别哭了。"

"你要是再哭的话,我就跟妈妈说以后不要炖鸡肉了。"托乎提笑着说。

王三突然想起了一件事,轻轻地拍了拍自己的额头说道:"哎,真是的啊,我女儿不是属鸡的吗?"

"嗯?"

"女儿阿依夏木古丽是属鸡的。"王三重复了一句。

"哦,"托乎提又开起玩笑来,"我说我的妹妹咋变得怪怪的了呢,原来她是受不了自己的生肖变成了肉呀!"

屋子里爆发出一阵笑声,阿依夏木也忍不住笑了起来。

"好了,好了,大家吃饭吧!"提拉汗催促孩子们道,"饭菜都凉了。"

王 三 街（二）

  一家人开始认认真真地吃饭了。白玉瓷壶里泡的是王三亲手调的药茶，泡得入味的茶水倒进茶碗里，一股独特的香味扑鼻而来。

  "你们多喝点这种茶水。"王三慢慢地说道，"每到换季的时候，人体都会受到影响，这茶有助于调节体内阴阳平衡，让身体保持健康状态。"

  听了这话，大家都拿起了小茶碗。一家人欢聚一堂开心吃饭的欢乐气氛持续着。王三吃了几口提拉汗炒的天津菜，不禁想起了自己的父亲和两个哥哥。岁月无情，虽然它带走了我们身边的很多东西，却带不走记忆中的往事，一个人忘不了自己所经历的一切，往事已经成为我们生命中的一部分。

  想到这些，王三深深地叹了口气。

  就算丈夫头上少了一根头发，提拉汗也会察觉。此时此刻，她当然已经明白这声叹息的原委。她把茶碗续满茶水，递给王三。

  "你也要多喝点，"提拉汗含情脉脉地盯着丈夫说道，"对我们来说，你的身体健康是最重要的。"

  她想转移丈夫王三的心思，让他别再想那些伤心的往事。人生苦短，要经历太多磨难，每一个烦恼都要耗费你的时间和心思的话，那么人就不可能活下去了。

  "妈妈说得对，"托乎提也非常关心父亲的健康，"为了我们，您也要长命百岁，我亲爱的爸爸。"

  王三被这种亲情深深地感动了，他把提拉汗手里的茶碗接过来，一饮而尽。他感到自己激动起来，诗兴大发，朗诵起李清照的《怨王孙·湖上风来波浩渺》：

  湖上风来波浩渺，秋已暮、红稀香少。
  水光山色与人亲，说不尽、无穷好。
  莲子已成荷叶老，青露洗、萍花汀草。

眠沙鸥鹭不回头,似也恨、人归早。

"谢谢爸爸,"托乎提兴奋地鼓掌说道,"我非常喜欢听您朗诵诗词。在学校的时候,每次诵读课本上的古诗词,我就会想起您朗诵时的样子,耳边回响起您的声音。您是我的骄傲,亲爱的爸爸。"

听了这些话,提拉汗顿时泪流满面。别人说那些感激、赞美王三的话,不会对提拉汗的情绪有这么大的影响。因为王三是个好人,这一片的人都知道。但是,从孩子们嘴里听到这样的话,这对做父母的来说确实是值得开心的事,就像亲口品尝自己培育的果树长出的果实一样甜蜜。孩子们有这样的孝心就足够了。王三对自己的父母也是特别有孝心。这就应了那句古话:"种瓜得瓜,种豆得豆。"

"也谢谢你,我的孩子。"王三欣慰地对儿子说,"诗歌是语言的精髓。我父亲在世的时候,也经常诗兴大发诵读古诗词,甚至还会唱上几段小曲儿。我们一定要把这个好传统传承下去。"

今天的这顿饭吃了很长时间,一家人已经很久没有聚在一起吃饭了。大家吃到了美味可口的饭菜,更重要的是通过交谈真正感受到了亲情的温暖。天色已晚,外面秋风瑟瑟,但这个家里却充满温馨。提拉汗意识到王三已经累了,她一边收拾餐桌上的碗筷,一边催促丈夫赶紧去休息。阿依夏木帮妈妈洗碗,托乎提则帮着做些其他家务。当提拉汗收拾好厨房走进卧室时,王三已经打着呼噜睡着了。提拉汗轻手轻脚地整理好滑落一边的被子,悄悄地在他身边躺下了。

第 三 章

　　北帝街是香港最著名的街道之一，位于香港九龙，连接旺角与尖沙咀两个主要商业区，是九龙城区的一条中轴线。从尖沙咀沿海至九龙半岛以北的界街，两侧建起了一幢幢商住楼。尖沙咀是当时最繁华的购物中心，即使夜晚也是游客如织。魏世奎举家迁到香港以后，就定居在了九龙城区。魏世奎是个精明的商人，别人还没有数完石子儿呢，他已经把沙子数完了，来香港之前他早已在这里联系好了一个院子，所以他们一到这里，就顺顺利利地安顿了下来。

　　魏公子和妻儿住在这个院子东角的两间屋子里。但是，魏公子对他们的住处并不太满意。俗话说得好："不熟悉的地方路不平。"他觉得他们从天津逃难过来，在熟悉这里的人情世故风俗习惯之前，应该住在偏僻角落里适应一段时间才好。虽然香港比天津更加繁华，但也不是没有偏僻的地方可选。

　　人无论走到哪里，每天三顿饭必不可少。离开天津时，魏世奎专门带上了佣人和厨子。相比在这不熟悉的地方雇请新人，把在自家干了多年的佣人一起带来,一家人定会安心得多。于是,住下来的第二天,魏家厨房的烟囱就开始冒烟了。院子里弥漫着饭菜的香味,按照天津家里的习惯,一家人聚在一起吃饭。

虽然暂时没有什么可担心的事情,但餐桌上每个人都愁眉不展。住下来后,大家都不敢轻易进出院子,总觉得心里不踏实。为此,在香港吃的这第一顿饭,魏世奎就发了一通火。

"怎么这么没精神?"他把筷子啪地按在桌子上,"饭是不是应该开开心心地吃?"

谁也不敢吭声。一向不爱操心的魏太太,在这种情形下更不知道该说什么。她显得毫不关心家事,像个大小姐一样坐在餐桌旁摆弄自己染了色的长指甲。魏世奎深深地叹了一口气。别家的夫人都把家里操持得井井有条,能耐些的,还协助丈夫做生意,能办不少事,但自己家里这位太太,只会游山玩水,除了穿着打扮,对其他事一概不感兴趣,家里的一切事务都是他一个人操心把持。但现在又有什么办法呢?他只觉得十分烦闷。

从来不在餐桌前抽烟的魏世奎,从金烟盒里取出一根烟叼在嘴里,只是拿起镀金的打火机点火时,却又突然停了下来。他又一次深深地叹了口气,把打火机放回口袋里,把雪茄烟也重新塞回金烟盒。女人们来到一个陌生城市心情当然不好,她们怀念在天津城里的好时光,耳朵里什么话也听不进去。魏世奎把所有人都看了一眼后,盯着一脸苦相的女婿。

"你呢?"他用一种厌恶的语气问他。

"我……"

魏公子不明白岳丈想说什么,结结巴巴地说不出话来。魏世奎也意识到自己说了一句莫名其妙的话,尴尬地在椅子上挪了一下屁股。其实他也陷入了一种莫名的烦恼之中。

自己发一通邪火,无非就是想从家人这里寻求一丝安慰。但他最终意识到,这个家的一切还是要自己承担。

"你……你想在这里做什么事情呢?"

魏公子默默松了口气,小心翼翼地说出自己的想法:

"我听说过关于这里的一些事,但是还不太熟悉这里的情况,所以,具体干什么我心里还没有打算。"

"哦……"

魏公子说得有道理。魏世奎没什么理由再为难女婿了。幸亏女婿没有辜负他的期望,跟着他们一家来到了香港,不然魏家这一大家子可就散了。还有什么是比一家人生活在一起更令人安心的吗?他其实应该感谢自己的女婿才对。

想到这里,魏世奎的情绪缓和了一些。

"好了,好了,你们不要再愁眉苦脸了。我们来这里是寻求安宁的,所以要努力快乐地过日子。做生意的事情可以慢慢来。我找一下这里的朋友,跟他们商量商量。"

魏公子知道岳丈是有能力、人脉广的人,来香港之前,他就已经有所准备。

所有人都起身离开了餐厅,佣人赶忙上前收拾起来。

"跟我出去一趟,如何?"魏世奎一边说,一边在女婿的陪同下走出来。

"好的。"魏公子不假思索地回答。其实他也不想沉闷地待在屋子里。

"回屋赶紧换衣服吧,我们要见的人可是这里有头有脸的人物,要注意自己的行头。"

魏公子点了点头,转身往自己的卧室走去。他感觉自己既不快乐,也不难过,现在的心情非常复杂。这可能是突然来到了一个陌生的城市,即将和陌生的人打交道的缘故吧,内心深处的苦楚只有他自己能体会到。这痛苦不为别的,就是因为离亲人越来越远了。他的心也是肉长的,又怎会不思念自己的父亲和两个弟弟?可这条路是自己选择的,虽然总有一种骨肉分离之痛伴随着他,但现实生活就是这么残酷无情。

魏公子换了身衣服,准备走出屋子,碰上了荷花和儿子魏博。

"你这是要出去吗?"荷花问他。她的脸上也看不到笑容。

"父亲好像要见什么人,要我一起去。"魏公子简短地回答道。

"爸爸,你带我去吧,"儿子向魏公子撒娇,"我在这里太无聊了,又没有一起玩耍的伙伴。"

看儿子伤心的样子,魏公子也有些伤感。在这陌生的城市,他们没有一个熟人。所有的一切都在岳丈的安排下进行着。魏公子觉得自己是那么地懦弱、孤独、无能,甚至感觉自己生活在另一个人的生命中。可是又有什么法子呢?他离原来的王石城越来越远,很多往事对他来说只是一段段回忆而已。

他蹲下身子,把儿子揽进怀里。

"对不起,好孩子,这些日子也会过去的。不久的将来,你在这里会有很多伙伴。"

他说这些话时,盯着儿子的眼睛。这是一个父亲的心,是一颗装满对儿子的深深愧疚的心。想当初自己的父亲带着弟弟王三离开他和石康的时候,心里该有多难过呀!

魏公子深深地叹了一口气。他努力克制着自己,但是心里的苦楚让他难受,眼角有些湿润。

"好了,儿子,别烦你爸爸了,今天爸爸要和爷爷去办一件重要的事。"荷花看出丈夫心情不佳,忙拉着儿子的手说,"改天爸爸带你出去转转。"

魏博不情愿地放开爸爸的手,跑出去了。

王三街（二）

"孩子还小。"荷花强作笑颜。

魏公子望着儿子的背影，难过地摇了摇头，然后走近荷花，轻轻拍拍她的肩膀。

"所有的一切都会好起来的。"他安慰妻子。

荷花深知此时此刻丈夫的内心正在痛苦和矛盾中煎熬着，她不想他为自己担忧。他现在担负的压力已经太大了。

"是的，所有的一切都会好起来的。"她帮丈夫整理了衣角，摸了摸他的手，温柔地说道，"去吧，别让父亲等太久。"

确实，魏世奎正在院子里等着女婿。他是个雷厉风行的人，此时他已经等得不耐烦了。魏公子见状，顿时觉得非常不好意思，脸上泛起了红晕。

"父亲，对不起。刚才魏博闹着要和我一起去，所以耽搁了一点时间。"他抱歉地解释。

魏世奎没有搭话，大步流星地向外走，魏公子好不容易跟上了他。大街上车来车往。香港确实是座繁华的城市，人很多，车也多。魏世奎就像是当地人一样，不慌不忙地拦了一辆出租车。

"先生，您要去哪里？"司机从车窗探出头，礼貌地问道。

"去九龙的东方商会大楼。"仪表堂堂的魏世奎举止言行很有大人物风度，眼神中透着一股坚毅沉稳。这气度让魏公子打心底里佩服。

魏公子紧靠车窗向外看，大街上热闹非凡，除了来来往往的车辆，还有很多步履匆匆的行人。拉黄包车的也特别多。不管是干什么行当的，都穿得整齐干净。尽管魏公子还未来得及深入了解香港的方方面面，但仅从目前看到的情形来说，他觉得香港和天津相比，确实毫不逊色。香港果然名不虚传，魏世奎选择这里也不无道理。事实上，魏世奎不去偏僻的郊区买房子，而要住在这样一个闹市里，也是有考虑的。居住在偏僻的郊区，相对来说接触到的人比较少，对这里的了解也会肤浅

第 三 章

一些。住在繁华的地方,更容易接触到先进的理念,开阔眼界,也好为以后的事业发展奠定基础。

很快,出租车停在了一栋建筑风格别具一格的洋房前。这栋洋房有四层。第一层是咖啡馆和茶馆,来这里谈生意的人签完合同办完事,多会舒适地坐在环境优美的咖啡馆里惬意地喝杯咖啡,看上去都是不一般的人物。二楼的阳台下,商会的金色牌匾熠熠生辉。

魏世奎下车环顾了一下四周,带着魏公子从侧面的楼梯往上走。二楼大厅摆放着了雕有龙纹的红木椅和茶几,几个中年人正边抽烟边聊天。其实他们要做的就是完成楼上的人交付的任务,安排什么事就办什么。他们中一人抬起头,盯着魏世奎,像是思索着什么,直到确认不熟悉来人。

"您找谁?"他礼貌地问道,感觉到这个人或许有些来头。

"李万庆副会长在吗?"魏世奎不动声色地问道。

"在!副会长在楼上。"那个人急忙回答。

魏世奎朝他点了点头,不等他再说什么,领着魏公子径直向三楼走去。三楼分成了几个隔间,走廊尽头的拱门前摆着一张圆桌,上面端坐着一尊关公的玉像,旁边的花瓶里插着几根金穗。隔间里散发出一种奇特的香味,每张桌子上都摆着一堆堆文件,这里的员工正埋头写东西。魏世奎这才明白,二楼是接待处,三楼是业务办事部,只有四楼才是商会会长办公的地方。看得出,外人直接上四楼并不容易,眼尖的魏世奎一眼就看到通往四楼的楼梯口拉着一根红色的带子。

"你们有什么事?"问话的看上去像是个有头衔的。

"我要见李副会长。"魏世奎不慌不忙地回答。

"在下面等着吧。"那人皱着眉头说道。

"我是他的好朋友。"魏世奎保持着礼貌的态度。

"来这里的人都是我们的朋友,照规矩您应该在下面候着。"那人毫不退让。

　　这人生硬粗暴的态度让魏世奎心里很不舒服。他摘下帽子,用手帕擦了擦额头上的汗,嘴唇微微颤抖地嘟囔道:"唉,逃难的人哪有尊严啊!"如果在天津城里敢有人对魏世奎如此无礼,那可就惹大麻烦了。可现在魏世奎却无法在他面前逞威。魏公子看到岳丈尴尬的处境,忙接过话说:"麻烦知会李副会长,魏老板前来拜访。"

　　"你们从哪儿来?"那人声色俱厉。

　　魏世奎如实回答说:"天津。"

　　"哦,怪不得呢,这么不懂规矩!会长正忙,还请楼下等着……"

　　"阮西,你们吵嚷什么?"

　　楼上传来的声音打断了那人的话。只见他毕恭毕敬地微微弯了弯腰,赶紧低声解释道:"副会长,刚才这两个天津人闯了进来,怕打扰您,我正……"

　　"天津人?"

　　四楼的楼梯尽头出现了一个戴眼镜的人,这正是魏世奎要见的李万庆副会长。他一见到魏世奎马上喊了出来:"哦,我的老朋友!"随后赶忙跑了下来。

　　李万庆身材瘦高,头发稀疏,脸有些黑,但是给人一种面善心慈的印象,他的目光炯炯有神。他急急忙忙跑下楼梯,用他瘦长的手臂一把将魏世奎抱住。叫阮西的那人见状,不好意思地挠了挠头。

　　"看来你怠慢了我的这位老兄啊,你这个不懂规矩的浑蛋,是不是刚才还用鄙夷的语气说天津人呢?无论我们身在何处,都是中国人,都是彼此的兄弟。你记住,以后不管是哪里来的人,都要恭恭敬敬地对待他们。如果我再发现你这么无礼,立刻开除你!"

　　"对不起副会长,我……"

　　"好了,你不要辩解了,以后注意。赶紧去沏一壶好茶来。"

第 三 章

"遵命,副会长。"那叫阮西的人赶忙答应。

李万庆则热情地挽上魏世奎的胳膊,毕恭毕敬地说道:"老朋友,请吧。"

四楼确实是另一番景象,大厅地面铺着上等的法国地毯,靠东墙摆着一排红木雕花桌椅。四五个老人坐在方桌旁边抽烟边打麻将。见李万庆陪着魏世奎走进来,他们礼貌地起身致敬。魏世奎走上前去,和他们一一握手致意。魏公子也跟着岳丈和他们握手。

"这位是我天津的老朋友魏先生,是个做大生意的老板。"李万庆介绍说。

众人对魏世奎表达了敬意,把麻将牌收了起来。

"老朋友,一路劳顿,你辛苦了。"客气几句,李万庆向魏世奎介绍在座的各位:"这位先生是赵留才会长,这位是香港海洋造船厂的老板安吉洛先生,这位是警署署长蓝刚,这是九龙长官曹石山先生。"

"幸会,幸会,今日与诸位见面三生有幸。"魏世奎双手作揖,礼数周到地一一致意。

"也欢迎您大驾光临,欢迎,欢迎。"

一阵寒暄之后,魏世奎坐在了他们中间的位置,魏公子也在他旁边落了座。

"我的老朋友要在香港待一段日子,"李万庆面对众人笑着说道,"还要仰仗各位多多关照。"

"会长先生,您说这话就太见外了,"警署署长蓝刚假装埋怨道,"我们都是兄弟,区区小事还客气什么呢?魏老板是您的老朋友,那也是我们的朋友嘛,他的事就是我们的事。"

李万庆笑容可掬:"当然,当然。"

正说着,那阮西提着一壶茶走了进来。只消闻这茶的香气,魏世奎便知是上好的茶叶。

"请喝茶,请。"李副会长殷勤地说。

以茶相佐,自是又一番寒暄。茶毕,警署署长蓝刚起身说道:"那就像我们说的那样办吧,我们先预防出现大的损失,然后看情况解决吧。"

两位会长之外的其他二人也都起身告辞。赵留才和李万庆送他们到楼梯口,又返身回到座位上坐了下来。魏世奎觉得他们心里有什么担忧的事,但他不知道这是不是和自己有关。

"哦,我的老朋友,这几天你在周边都好好地转了一下吧?"李万庆靠近魏世奎说道。

"我大概转着看了一些地方,感觉还不错。"

"你是有自主做事的打算,还是想入股太古公司看看情况再说呢?"说这话的时候,李万庆与赵留才会了会意。

魏世奎一时不知该说什么。此刻,他心里没有一个明确的打算。虽然他此行认识了几个愿意帮助他做事的朋友,心里也有了些许安慰,但是将来做什么生意,具体如何操作,还没有完全想好。他为难地看了看李万庆。李万庆也看出了他的心思。

"没关系啦,你好好考虑一下吧。"李万庆还要说什么,却被赵会长的话给打断:"现在局势不太好,不管是谋求长期生意还是短期投资的事儿,都要权衡利弊,再三斟酌,才能做决定。"

"难道……"魏世奎担忧地看着他。

"也许不久就会有飓风来临。"

"日本人?"

"是啊,刚才曹长官和蓝刚带来了新消息,日本人侵占香港的可能性很大。"

魏世奎顿时大惊失色。他不就是为了躲这场灾难才来到这里的吗?如若被迫离开香港又能去哪里呢?这正应了"覆巢之下,焉有完卵"这句话。

第 三 章

一向泰然处事的魏世奎,突然感觉自己像是一叶飘摇无依的浮萍,内心慌乱起来。他的眼前浮现出战火弥漫的情形,不自觉地深深叹了一口气。

"别太担心,我的老朋友,"李万庆安慰他说,"也许事情不会像我们想象的那么糟糕,香港还在英国人的统治下,日本人一时恐不能如此肆无忌惮。"

可这些安慰的话并没能让魏世奎安下心来,他已经预感到了危险正在来临。他的预感从来没有出过错。赵会长刚才的话就像往沸腾的锅里倒了一桶凉水似的,让他的心凉了一大截子。他现在心绪混乱,听不进去任何话。他们东拉西扯聊了一会儿,但都兴致不高。魏世奎起身准备告辞。

"哎呀,你这是第一次来这里,我们没能接待好你啊。"李万庆不好意思地说道,"你先休息一阵子,等我这边有个什么好的生意再介绍给你。"

"好的,我的老朋友,非常感谢你。"

"别这么客气,希望我能帮得上忙。"

"如此替我张罗,已经够让你费心了。"

"你这么说,我就不好意思啦。我每次去天津,你都招待得非常周到,可我还没来得及回报你呢。现在你已经到香港了,我也有机会尽绵薄之力,我很高兴啦!"

魏世奎心怀感激之情真诚地拥抱李万庆,并向他道别。不知为什么,两个人的内心都很难过。也许那些关于日本人将会侵略香港的话影响了他们的情绪。谁想看到残酷的战争场面呢?魏世奎不正是为逃避日本人烧起的战火,举家逃到这里的吗?真要是这样的话,他来这里避难就毫无意义了。

从商会出来,魏世奎叫了两辆黄包车。他的心情和来时相比,只能说是更加糟糕了。魏世奎一直没有说话,直到黄包车将他们一前一后送到家门口,也没有对魏公子说半句话。对此,魏公子心里很是郁闷,晚饭也没有出来吃。至于餐桌上发生了什么,说了什么话等等,他也一概不知,因为等荷花和儿子魏博回屋的时候,他早已经进入了梦乡。

第 四 章

　　马木提终于在王三家附近找到了一家店铺。这家店铺原来是艾力木·夏瓦孜的棉絮店,一天到晚传出"嗡嗡嗡"弹棉花的声音。艾力木·夏瓦孜用弹棉花弯弓、弹花锤把棉花弹得蓬松之后,均匀地铺在床被架子上,然后用滑轮拉线织网。这种精加工的网棉非常畅销,有时候艾力木·夏瓦孜白天黑夜不停地干活,都完不成客户的订单。网棉是每个家庭必备的生活用品,弹棉花虽然是个很挣钱的营生,但是噪声很大,尘土飞扬。弹棉花落下的尘土污染了周围的环境。附近餐馆的老板因为棉尘把厨房搞脏了,他们整天打扫非常累,就常跑到艾力木·夏瓦孜的店里抱怨。弹棉花的工序就是这样的,艾力木·夏瓦孜能有什么办法呢？左邻右舍抱怨不休,逼得艾力木·夏瓦孜决定把棉絮店搬到郊区。

　　正在附近奔波找店铺准备开餐馆的马木提听到这个消息,马上找到艾力木·夏瓦孜店里。天花板都拉满了蜘蛛网,到处都是棉尘的这间房子,对于马木提来说简直就像个皇宫一样。他二话没说,急忙与房东签下了租赁协议。马木提以前也生活在这条街上,所以他跟这里的人

王 三 街（二）

基本上很熟悉，租店的事很快就办好了。马木提找人在一周多的时间里就把这个被灰尘淹没的破房子装修得像模像样，并很快就把"马木提·来再提餐馆"的牌子挂在了门口。就这样，餐馆以最快的速度开张了。俗话说，"坏人的脑子也有一千种想法"，马木提的脑子里就充满了很多稀奇古怪的想法。他首先想到的，就是和周边的其他餐馆暗中较劲，把他们所有人赶出这条街，把自己的餐馆变成这里唯一的大餐厅。在他来找王三之前，他觉得自己已经有了十分的把握，绝对可以拿下客栈的那几间房子。遗憾的是，王三断然拒绝了他的请求。这原本并不是什么值得记仇的事情，但是马木提本来就是个坏心眼儿的人，把王三的拒绝当作是对自己的侮辱，开始对他怀恨在心。

餐馆开张的第一天，王三第一个来贺喜。他请了几个人来这里吃饭，就算是给马木提的餐馆开了张。但是黑心的马木提根本不买他的账，嘴上一个劲儿地说好话，心里却对王三十分怨恨，日夜盘算着怎么害他。

餐馆的生意还不错，可马木提并不满足。他一门心思想着如何让周围的餐馆都倒闭。两撇八字胡油光发亮的马木提每天都把一条毛巾搭在肩上，像个财神爷一样站在餐馆门前招呼客人。遇到熟人路过餐馆，他就会拦住他们，不管想不想吃饭，都把他们拉进餐馆里。有些人碍于面子，无奈之下进餐馆点几样饭菜，摆脱纠缠。也有些人就很不领情，他们松开马木提的手，直接就走了。马木提并不为此感到尴尬。在他看来，做生意的人脸皮要厚一点才好，怕羞的人坐在一边不吆喝，这钱可不会从天上掉下来。老辈人常说，把别人口袋里的钱装进自己的腰包不是那么容易的事情，做一个腿脚麻利能说会道的人是很有必要的，别的都无所谓了，人家说什么都是他们自己的事。

这就是马木提所谓的做生意赚钱的生意经。

本来招揽客人这种事让跑堂伙计来做就得了，但是跑堂的和马木提的面子是没法比的。相熟的人在餐馆前看到马木提,就不好意思进别的餐馆,只好来他这里。马木提要的也是这个结果,所以即使辛苦一点,他也一定要站在餐馆门口,阻止那些熟客去别的餐馆吃饭。

除此之外,他还有一个不可告人的心思。马木提的一只眼睛盯在马路上来往的顾客,另一只眼睛却盯着隔壁餐馆,进出那里的每一个人都逃不过他的眼睛。那些和马木提相识却几次出现在隔壁餐馆而不光顾他的店的人,就会成为马木提的敌人。他整天算计着快一点让自己的竞争对手倒闭。但是每个人在这个世界上都有自己那份应得的福祉,他们也会因为自己的努力而得到好的回报。马木提的餐馆开张以来,这一片还没有哪个人的餐馆倒闭。人每天都得吃三顿饭,这来来往往逛街采买的人、忙生意的人,都是餐馆的顾客。马木提的餐馆饭菜不是特别好吃,在这里吃过一次的人,也没有特地再来一次的意愿。这一片餐馆都在正常营业,马木提开的餐馆对他们的影响并不大。

马木提看到这种情形十分郁闷,他也意识到了自己家餐馆的竞争力并不是那么大。

通过正常的商业竞争来打败这些对手显然是不可能的,他又开始打新的算盘了。与此同时,王三的一举一动也都在他的监视之下。只是马木提越诅咒王三,王三的事业反而越来越好了。他从不以钱财为友,除了免费给穷人看病以外,只要自己能帮上忙的事,他都不会袖手旁观。马木提每每看到王三帮助别人就受不了,对他的怨恨就会更强烈。既然王三是个慷慨大方、心胸开阔的人,为什么没有把自己的那几间旧房子卖给他马木提呢?

马木提无论怎么想都想不通,对王三恨得咬牙切齿。其实,他们之间也没有这么深的矛盾,马木提自己也明白。是他心里熊熊燃烧的那一股妒火,让他日夜不得安心。

马木提的餐馆每天都照常营业,但这可不是他所期待的状态。隔

王 三 街（二）

壁餐馆的叫卖声传过来,如拳击耳。他站在门口一边招呼顾客,一边斜眼狠狠地看着那些餐馆。

到了冬季,餐馆的生意略显冷清,天气寒冷,进城的人也变少了,吃饭的人自然就少了。夜长昼短,太阳打东边出来,很快就落到了西边,不少餐馆到半夜都不打烊,因为每一个老板都想多挣点钱,哪怕是一毛钱。越是这样,其他餐馆就越成了马木提的眼中钉。他甚至妄想,如果自己有足够的能力,就一夜之间把这些餐馆铲平。但是现在社会有政府的管理,有法律的约束,由不得他胡作非为。

他心里一直就有这样的心思。有一天,他突然有了一个想法。这件事不能交给别人去办,只有自己亲自去干。如果被人发现的话,他别说不能在这条街上开餐馆了,就连自己的脸面都会没了。他决定亲自去做这件事。

每逢一周一次的巴扎日这天,远近农村、牧区的人们为了交易都要进城。周天的巴扎位于兰干街和王三街之间的一个空地,名叫"奥依巴扎"。虽然主要的交易市场是在繁华的市中心,但这一天的热闹气氛将影响城市的每一个角落,所有的生意人为了在这一天的巴扎上获取更多利润,都会提前一两天就开始准备。当然,各餐馆也不例外,因为来到市场的人都不可能把自己的肚子留在家里。

周日巴扎是很多人最为期待的一周中最热闹的一天。在巴扎上,有些人得到了意想不到的利润,当然也有一些人因为自己的损失而哀叹着回去。星期六晚上,店主们为第二天的经营忙碌着,这也是他们一周内休息最晚的一天,尤其是餐馆的厨师们,为第二天做准备工作,会一口气干到半夜。店铺的灯一个个熄灭,累了一天疲惫不堪的厨师和伙计们都懒得脱衣服,沾上床就睡着了。这时,只有一个人没有睡意。很久以来不停地折磨他的妒恨之火让他睡不着觉。他盼望已久的计划今晚就能实施,如果能如愿以偿,他的痛苦也会减轻很多。

第 四 章

冬夜寒风刺骨,西北风仿佛针一样扎在人的脸上折磨着人的神经。冻透了的大地不给人喘息的机会,把人慢慢地往下拖。要是哪个酒鬼躺倒在大街上,怕是会永远地睡过去。

冬天的夜晚真可怕,但是恶人的坏心眼儿更可怕。马木提躲在大街的一个角落里等了很久,他就像一个僵尸一样立在那里一动不动,几只流浪狗晃过来嗅了嗅他的鞋子,转身就走了。当狗嗅到他的鞋子时,他连动都不敢动,甚至都不敢喘气。可怜的狗反而被他给吓得夹着尾巴跑掉了。他不是没有力气动了,他是想自己站在这里,最好连这些流浪狗都别见到。他的腿脚早已经失去了知觉,身体也冻得开始麻木了。他上身穿的条绒面毛皮大衣裹住身上仅有的一点点温度,把他从被冻死的危险中往回扯。

马木提终于开始活动了,就像在太空中行走,两只脚缓慢地移动,使尽全力保持身体的平衡慢慢地往前走。过了一会儿,他的腿脚恢复知觉,体温也开始升高了,嘴里冒出一丝热气。他擦掉凝在胡子上的冰碴,使劲揉了揉眼睛,仔细地看了一下周围的情况。远处传来了一阵阵马蹄声,和野狗们撕咬的声音混杂在一起,打破了城市里夜晚的宁静。大街上一片寂静,人们早已经进入梦乡。这寂静使他感到特别安全,他调整了心绪,加快了脚步。他来到近前的一家餐馆前,走到侧面的炉子边。厨师们下班的时候,把炉子的煤火都清理干净了,连灰渣都已经凉了。他把手放进炉子里面,没有感觉到一丝暖意。他擦掉了两只手上的煤灰,准备开始搞破坏。他从毛皮大衣里取出一把斧头,猛砸炉盖。顿时,刺鼻的灰尘四处飞扬,他的鼻子开始发酸。他怕突然打个喷嚏惊动里面的人,努力使自己平静下来。不一会儿,他就把这家餐馆的炉灶给砸坏了。随后又转到另一家,就这样一口气把几家餐馆的炉灶都搞坏了。

终于,他把这一片餐馆的炉灶基本上都给砸毁了。他把这一切都干完,公鸡打鸣的时间也快到了。再过一会儿,天将破晓,餐馆的厨子们就要一个一个地爬起来干活了。他沿着黑黢黢的墙根走回了家。他掸去身上的煤灰,简单地洗漱一番,炉灶里的灰尘堵在他的鼻腔里,使他特别想打喷嚏。他回到自己的卧室,使劲打了几个喷嚏,感觉呼吸通畅了许多。他已经没有睡意了,今天所做的事情,让他激动得睡不着觉了。

马木提坐在熄了火的炉子边,回想刚才发生的一切。每一个细节他都仔细回想了一番,确认自己没有一点儿失误,不会有任何地方露出马脚。这件事做得确实很漂亮,除了天上的星星,没有人看到他所做的一切。

没一会儿,公鸡开始打鸣,从很远的地方传来了毛驴的叫声和犬吠声。马木提起身向外走去,附近的几个馕店的灯亮了,从里面传出打馕人的咳嗽声。他快步走过这里,此时大街上可以看到一两个行人。他很庆幸自己及时干完了那些事,惬意地舒了口气。此刻,他的心情是那么激动愉悦,仿佛达成了自己梦寐以求的愿望。他感觉自己的步伐也轻松了许多,精神抖擞大踏步向前走去。

当他来到餐馆的时候,住在后面宿舍的厨师和伙计们还在睡觉呢。马木提一顿叫喊,把他们搞醒。

"你们赶紧起来,今天是周天巴扎日。这是一个特殊的日子,是就算家里有人死了,也要先去巴扎把生意做完,然后才能发丧的一天。大家赶紧起来!"

伙计们哼哼唧唧地磨蹭了一会儿,然后才慢慢地起了床,用冰冷的水洗完脸后彻底清醒了,所有人都开始做自己的事情。马木提看着一声不吭低头干活的伙计们,心里油然而生一种自豪感。平日里,他对伙计们管得很严,他们也早就习惯了马木提的这种苛刻管理,任何时候都要努力做到他要求的那样。他们先把炉火点着,又做好了开早餐的准备。没过多久,提前到巴扎去的商贩们就开始一个一个地进城了。他们开始加快了干活的速度。不一会儿,蒸笼里的蒸气就冒出来了,包子、油塔子的香味开始四处飘散。整个过程中,除了厨师、伙计们简短交谈几句之外,没有人说废话。他们明白今天的生意会很火爆,将是最关键的一天,所以比起其他日子来说,厨房里忙碌的气氛更浓。

不一会儿,天色开始亮了起来,红色的朝阳在东边的地平线上缓缓升起。大街上慢慢地开始热闹起来。第一个顾客走进了马木提的餐馆,饭菜的香味伴随冬天的寒冷,弥散在这条街上。紧接着,相邻的餐馆和另一边的餐馆开始吵闹起来,但是没有一家餐馆的炉灶上冒着热气。

"哎,马木提大哥,今天这里发生了什么事?"主厨阿吾提一边往外张望一边说。

"怎么了?"马木提装作没事人似的问道。

"你看那些人。"

马木提故意转过身子看了一眼,说:

"那边吵吵嚷嚷,发生什么事了? 是不是餐馆的人吵架了?"

"再怎么说,也不可能所有餐馆的人都开始吵架了吧?"

"我也不知道。好了,好了,别管他们了,我们做好自己的事吧。"

尽管马木提嘴上这么说,但是心里却对这件事的进展特别感兴趣。他有一些心虚,万一昨天晚上有人看到了他所做的事,那他可把脸丢尽了,他在这条街就抬不起头了。他心里有鬼,时不时偷偷地往那边的餐馆看一眼。

这条街上,除了马木提的餐馆外,没有一家餐馆的烟囱冒烟。老板和厨师们都在大喊大叫,不知道吵什么呢。谁都不清楚他们在喊什么,这背后的秘密只有马木提一人知道。

过了一会儿,邻居餐馆的老板乃再热·巴合提径直往这边走来了。

王三街（二）

看到他朝自己走过来,马木提紧张得手脚开始颤抖,浑身冰凉,但是他咬紧牙关努力控制着自己的情绪。

"哎,马木提师傅,您这边的情况怎么样?"乃再热·巴合提迈过餐馆的门槛大声问道。

看到马木提家的餐馆在正常营业,乃再热·巴合提的脸上露出了诧异的表情。

"我的情况……和以前一样啊。"马木提吞吞吐吐地说道。

"您瞧瞧这些坏人做的事情。"气急败坏的乃再热·巴合提忍不住往地上猛踩了几脚,"这是哪些坏家伙想出的阴谋诡计,专瞅着周日巴扎这天干这样的缺德事。"

"什么……什么阴谋诡计?我怎么什么都听不懂啊?"马木提装腔作势地回答。

"餐馆的炉灶全被砸坏了!这大冬天的,又不能随手和好泥巴把炉灶砌好,这可咋办呢?"

"这是谁干的好事呀?"

"就说嘛,我要是知道这是谁干的,我一定会让他后悔自己从娘胎出生,这真是卑鄙的家伙!"

马木提听到这句话,心里咯噔了一下。不说也是,惹怒乃再热·巴合提这样的人是很危险的,他可是什么事都能做得出来的主儿。马木提心想,昨晚真不该把他的餐馆炉灶也搞坏了,他开始有点后悔了。可是现在说什么也不管用了,所以他努力克制自己的情绪,心想千万不能露出马脚。

"可不是嘛,偏偏在今天……"马木提为了掩饰内心的慌张,来了这么一句话。但是他的心里七上八下。正当他坐立不安之时,另一家餐馆的老板也跑来,他也和乃再热·巴合提一样,问了同样的问题,也把那个砸坏炉灶的坏人骂了一顿。

第 四 章

　　别的餐馆的炉灶没有修好,烟囱没有冒烟,所以顾客们都来马木提的餐馆吃饭。他餐馆里的伙计今天别样地忙碌。这种情形可让马木提开心得不得了。他以餐馆里忙为借口,躲避来找他的其他老板。

　　此时此刻,大街上充满了一种不愉快的气氛。随着来到巴扎上的人越来越多,那些炉灶被砸坏了的餐馆老板们开始破口大骂那个黑心的破坏者。有些人还去找了市场管理人员。还有一些人开始想办法和泥巴,抓紧时间把炉灶修好。过了半上午,他们的怒火才渐渐平息一些。负责市场管理的干部也来到现场查看情况,警察也来了。不过一时半会儿他们也很难找到是谁在搞破坏。只是他们都一致怀疑是同行的人干的缺德事,甚至还有人怀疑唯一一家餐馆炉灶没被砸坏的老板马木提。但是只有怀疑,没有证据,还是不能把那个坏人揪出来。

　　几个餐馆的老板赶中午之前把炉灶修好了,但是一大早就遇到倒霉事,这一整天的生意都受到了影响。还有几家餐馆的老板不得不放弃了这一天的生意。

　　"我就奇了怪了,就你们家的炉灶没有被破坏啊?"气急败坏的乃再热·巴合提终于说出自己心里的疑惑。

　　马木提只觉得脸一阵红一阵白,但是很快就调整好情绪,不慌不忙地回答:"你看嘛,我家的炉灶在院子里,谁就是想搞破坏也进不了院子啊!"

　　听到这句话,乃再热·巴合提再也说不出话来。不说也是,为了架火点炉子、倒炉灰方便,很多餐馆的老板都把炉灶设在大门口。但是马木提的餐馆情况特殊,他没办法把炉灶建在外边,只能放院子里面。这下子让他避免了众人的怀疑。大家只能忍气吞声,不再说什么。有些人通过马木提餐馆的厨师、伙计们打听前一晚的事,但是因为他们什么都不知道,也就没能给打听的人提供任何有用的线索。随着时间的推移,这件事情也渐渐平息下来。

王 三 街（二）

　　王三和父亲当年把果园改造成巴扎，创造条件方便大家来这里做生意。在创建这条街的初期，这条街上的打馕师傅之间也发生过类似的一件事。王福才老先生设妙计找出了那个破坏他人馕坑的打馕师傅，让他在众人面前出了丑，后来这个打馕的师傅待不下去搬走了。从那以后，这里所有的住户商贩都远离那些坏心眼儿的搞破坏的人，大家和睦相处开开心心生活在这里。可以说，这条街就是团结友爱和谐的街道，是富有爱心的大街。这是阿克苏城里人人都知道的事实，这里的人们一直秉承着这种团结友爱和谐的精神，住在王三街的人都以自己是王三街人而感到光荣。因此，这次发生在这条街上的破坏餐馆炉灶的事情引起了众怒，大家议论纷纷。

　　王三得知情况以后，马上就想到了这件事是谁干的。他记得马木提曾经说过这样的话，他要让周围的其他餐馆全部破产。这是多么恶毒的想法啊！生意场上公平竞争是自古以来就有的传统，通过阴谋诡计破坏他人的生意达成自己生意上的成功，这是坏人的作为。做生意一定要讲诚信、公平。俗话说得好，"群众的眼睛是明亮的"，"坏事传千里，四十年后也会被记得"，作恶的人总是要付出代价的。这几天，王三去这几个餐馆转着看了一下，仔细观察炉灶的损坏情况。他搞侦查还是很有一套的，当年他根据线索顺藤摸瓜，从草原上把偷油的贼抓了回来。

　　"王大哥，"有一天乃再热·巴合提这么说，"您觉得做这件事的人是从别的街道来的呢，还是从我们里面出来的坏人？"

　　"别的街上的人，有必要专门来这里搞破坏吗？"

　　"就说嘛，如果真想在生意场上公平竞争的话，有什么好手艺都使出来嘛！"

　　"坏人恶习难改。"

　　"您说得对，我觉得……"乃再热·巴合提一边说，一边朝着马木提的餐馆瞟了一眼。王三猜到了他想说什么，但是因为自己还没有确切的证据，所以他不愿意妄加评说。乃再热·巴合提特别敬重王三，打心眼儿里佩服他是一个能干大事的神人。他觉得王三肯定知道这件事是谁干的。但是王三始终不愿开口说什么，他也只好把自己的想法憋在了心里。

"不能因为被狗咬了，就去反咬狗吧？"王三意味深长地说，"你可不能犯糊涂做傻事。"

"王大哥，您放心吧，"乃再热·巴合提一下子来了精神，激动地说，"我不是那种跟狗一般见识的人。"

"嗯，让我们等等看，每件事都会有个水落石出的，死鱼总会浮出水面。"

"好的，王大哥，我会把您的话记在心里。"

此后，这条街平静了一段时间。每个人都忙于自己的生计，街上来来往往的人络绎不绝，越来越宽敞的城市街道一天比一天繁华。相反，马木提餐馆的生意却越来越差了。他原打算把自己的餐馆搞成这条街上生意最火爆的大餐馆，可顾客们自己不上门，总不能把他们绑进自己的餐馆。钱在别人口袋里，人家想怎么花就怎么花。现在，马木提站在门口招呼顾客也不行了，人家不但不怕他生气，甚至还当着他的面故意进别人家的餐馆。有些人还转过身来，用嘲笑的眼神看马木提一眼。马木提因此也将很多熟人视作自己的敌人。

秋季是牛羊肥壮的时节，也是丰收的季节，同时也是生意最好的时候。但是在这个秋季，马木提却没有好的收获，反而像秋叶一样死气沉沉。除了偶尔进来几个顾客以外，大多数情况下他的餐馆几乎是空的。厨师和伙计也是闲着没事常打盹儿，他已经撤换掉好几拨伙计了，最后就留下一个伙计和一个厨师。事情原本不该这样，城里是人多的地方，就算其他行业不景气，但是饮食行业从来没有过生意冷清的情况。马木提认为自己也可以算作是苦命倒霉的人了。

餐馆的经营状况一直这么糟糕,于是马木提的"老毛病"又犯了。去年冬天,他搞破坏,让这一片的餐馆在生意最火爆的巴扎日那一天停业了。没有人知道这件事是谁干的,虽然有人怀疑他,但是谁都没有亲眼看到,也没有足够的证据证明,所以大家都没有再深究下去。

这一次,马木提又选择了在周日巴扎天进行自己的黑夜破坏行动。因为现在是秋季,夜晚不太冷,大街上偶尔也能见到行人。马木提的忍耐到了极限,他不管街上还有没有人,准备行动了。

他瞅准了时间,就在半夜三更的时候开始行动。他首先将附近的四个餐馆的炉灶砸坏,然后向街头方向走去,这里有两家平日里生意最好的大餐馆。他很快就把一家餐馆的炉灶搞坏了,然后到了另一家餐馆跟前。里面传出叽叽咕咕的说话声,也许厨师和伙计们还没睡,或者是准备起床了。他站在一边听着里面的动静,不一会儿,屋子里面就安静了下来。马木提手拿斧头,走到了炉灶旁边,因为长时间在外面站着,他的手已经冰凉,手指也僵硬了。他心想,如果稍微暖和一下手,也许干起活儿就更快更顺。

马木提把右手一把塞进炉灶里的炉渣里,哪里想到手立刻像被蛇狠狠地咬了一口,难以忍受的疼痛从指头直冲冲涌到了大脑。疼痛难忍的马木提痛苦地发出几声呻吟,迅速把手从灰烬里抽了出来,另一只手中的斧头掉在了地上。他的手不是被什么东西给咬了,他是常和炉火打交道的人,其实心里早就明白是怎么回事,手是被炭火烫了一下。原来,这家餐馆来了几个很重要的客人,很晚才离开,厨师们也是刚下班,他们为了早上点炉方便,没有把炉子里的火清理干净,用煤灰把一大块火种埋了起来。这火种现在可烫得很呢。

马木提实在难以忍受这剧烈的疼痛,现在别说是砸炉子了,他连站在这里的心思都没了。手上的伤痛越来越厉害,他就像一个战败的士兵,一心想着赶紧逃跑,有几次跌跌撞撞地摔倒了,但是他很快又爬起来继续跑。他就那样狼狈不堪地跑回家里,家人早已经进入梦乡,昏暗的灯光下,可以看出来每一个睡着的人脸上都很安详。马木提看着他们的样子深深地叹了口气,心想,我这过的到底是啥日子呀?为啥要这么折腾自己?

右手剧烈的疼痛让他的神志有些恍惚。他提着马灯走进里屋,脱下外衣仔细查看自己烫伤的手,严重的红肿把他自己都吓了一跳。马木提的眼泪都流了出来,觉得自己很可怜。谁能想到会这样啊!这家餐馆的人就像知道他会来搞破坏,故意把火种埋起来,专等他来把手烫伤。他越想越为自己的霉运而难过。

他现在不知道到底该怎么办,家里没有烫伤药,这大半夜的去医院又不方便。

这一夜,对马木提来说特别漫长。终于等到天亮,他简直就像经历了九死一生的遭遇,苦苦地煎熬了一夜,脑子里充满了各种乱七八糟的想法。不知道疼痛还要持续到什么时候,就在太阳刚刚升起的清晨,他昏昏沉沉地闭了一会儿眼睛。没过一会儿,妻子的尖叫声迫使他睁开了眼睛。他一睁开眼睛就开始喊疼。

"哎呀,孩子他爸,这是怎么回事?你的手怎么长出这葡萄一样的火泡?!"妻子曼孜丽罕惊恐不安地盯着丈夫问道。

忍受着剧痛的马木提实在没心思理她,只觉得有一团火在他体内燃烧,难以言状的痛苦吞噬着他的心。看到丈夫没有回答,曼孜丽罕紧接着又问道:"你的手是被滚烫的面汤烫了,还是在油锅里炸了一下?"

马木提怒气冲冲地看了妻子一眼,心想,这老婆为啥问这么多没用的,赶快想个办法让疼痛停下来啊。

马木提深深地叹了口气,把头转了过去。现在,别说是说几句话了,他连呼吸都感觉困难。他想就这样安静地躺一会儿,然后再考虑下

王 三 街（二）

一步该怎么做,因为他现在脑子乱乱的。

曼孜丽罕六神无主地看了一会儿就出去了,她此刻的心情比她丈夫还要难过。她想不通丈夫的手怎么会烧伤那么严重,她希望能够帮助丈夫尽快减轻疼痛。她首先想到了送丈夫去医院,随后她又想到了王三,曼孜丽罕想到他治好了很多病患,他是这一带治疗烧伤最好的医生。

曼孜丽罕急急忙忙来到王三家。王三和提拉汗刚吃完早饭,正在收拾餐桌布。曼孜丽罕进来以后,提拉汗执意又重新铺上餐布,给客人倒了一碗茶。

"王大哥,我丈夫的手烧伤了,伤得很严重啊,请您帮忙给治疗一下好吗?"曼孜丽罕带着哭腔说。

"怎么烧伤的?"王三关心地问,他看出曼孜丽罕情绪特别糟糕。

"我也不知道,问他,也没给我说。"

"马木提昨晚在哪儿呢?"

"后半夜的时候,他开门出去了,当时我睡得迷迷糊糊的,也没太注意。我早上起来一看,他那手伤得很可怕。"

"他自己咋没来?"

"他在家里疼得叫唤着呢,我也是不知道该怎么办,突然就想起您,所以赶来您家……"

王三站起身说:"好吧,我去看看。"

"谢谢,王大哥,您念着我们老邻居的情分去给他治伤,您是个大好人。"

王三给提拉汗叮嘱了一些事情,然后就和曼孜丽罕急忙往外走。

马木提看见王三突然走进屋子,吓得脸色苍白,他慌慌张张地试图把烫伤的手藏在背后。王三用憎恶的眼光看了他一眼,但很快让自己冷静下来。无论谁做坏事都会受到惩罚的,但是,一个好医生可不管病

第四章

人是什么样的人,他的责任就是治好他。

王三什么也没说,径直走到了马木提面前。马木提像只病鸡一样瑟瑟发抖。他的手确实被严重烧伤,这也正是他应该得到的惩罚。王三往马木提家来的途中,路过一家炉灶被毁了的餐馆,那老板正在破口大骂,诅咒搞破坏的坏人。看这情形,去年冬天发生的砸毁炉灶的事现在又重演了,王三心里一下子明白了这件事是谁干的。见到马木提以后,证实了自己的想法。

王三仔细看了马木提烧伤的手以后,望着曼孜丽罕问道:"你们家有鸡吗?"

"有,有呢,王大哥。"

"你抓一只鸡过来。"王三一边说一边从口袋里拿出一个药瓶子。

"好的,王大哥,我现在就抱进来。"

王三小心翼翼地把瓶子里的药倒在马木提伤口上。马木提突然感觉自己像又一次被蛇咬了,身子痛苦地扭曲着。他试图挣扎着抽回自己的手,但是王三的大手就像铁钳子一样夹住了他的手腕。

没过多久,曼孜丽罕就抱着一只鸡走了进来。王三立刻把鸡宰了,剥了皮后,把鸡皮裹在马木提烧伤的手上。过了一会儿,马木提感觉疼痛感减轻了,他的脸色也开始慢慢恢复正常,但依然是满头大汗。曼孜丽罕见状出去准备沏茶。王三弯下腰对着马木提耳朵低声说道:"火,不只是用来做饭的,还会烧掉贪得无厌的人的欲望。一个人最好不要玩火,坏人做了坏事,火就会这样惩罚他。你若是心地善良的话,你的路才会越走越宽广,以后再别犯浑了。做饭的人最讲究干净,决不能脏了每一碗饭。"

王三说完就直起身来。马木提好像马上就要陷入地下,身体开始向一边倾斜,眼泪夺眶而出。他的舌头开始不听使唤了,内心的痛苦只有他自己知道。王三盯着他看了一会儿,转身准备往外走,正碰上从外

65

王 三 街（二）

面进屋来的曼孜丽罕,两人差点儿撞上。

"哎哟,王大哥,您要回去吗?"她惊讶地问道。

"是的。"

"喝碗茶再走吧。"

"谢谢,我先回去了。"

曼孜丽罕突然想起了一件事,急忙说道："王大哥,我丈夫的医药费……"

"哦,他已经给过了。"

王三头也不回地走了。虽然曼孜丽罕觉得有点奇怪,但又想不出是怎么一回事。她来到丈夫跟前,看到了他眼角的泪痕。

"你怎么了?"她诧异地问道。

马木提呆坐在那里,一句话都不说。曼孜丽罕气得无话可说,转身走进孩子们的卧室。"这世上的事儿太难懂了。"她坐在孩子们身边闷闷不乐,心想,"算了吧,我还是别想那些没有答案的事情了,只要我们吃穿不愁就什么都不用想。"

曼孜丽罕想到这里,小心地躺在还在睡觉的两个孩子身边。不一会儿,她又猛地坐了起来："哎哟,餐馆里现在怎么样了呢？ 男人的手烫伤了,在家里躺着,餐馆谁来管呢?"

她赶紧去找马木提。马木提疼得昨晚一夜没睡成,王三给他敷了药以后,他疼痛减轻,不一会儿就睡着了。他脸上的泪痕还没有干。

曼孜丽罕看着他,深深地叹了一口气,然后急忙转身出门去向餐馆。她一边走,一边想："天啊,生活真是多磨难。"

第 五 章

　　时间过得真快,魏世奎举家搬到香港已经有近一年的时间了。这么一大家子每天的开销可不小。常言道"坐吃山空",近一年时间里家里的钱只出不进,这让魏世奎有些承受不住。在香港这样一个高消费的城市里,维持一个大家庭确实是不容易的。

　　这些天,他们常去的地方就是东方商会。魏世奎坐在那里,一边喝茶,一边和李万庆聊天。其实,他来这里的主要目的是想通过这位老朋友的帮助,在香港找一个做生意的好路子。也多亏了李副会长,让他认识了九龙城的长官曹石山。对于一个做生意的行家来说,这也算是一件大好事。

　　魏世奎已经想明白了,着急也没用,凡事都要讲个天时、地利、人和。他决定先熟悉了香港各个阶层的具体情况再说。他时常去各个港口,观察用船运进运出的货物,搞清楚他们装卸的是什么,尤其注意观察货物包装上印着的公司商标。又时不时去大商场、各种娱乐场所转转。他还带着家人去看了几场电影,但他还是更喜欢传统戏曲和相声。

王 三 街（二）

老实说，他是这个城市的外乡人，乡愁时刻萦绕在他的心头，这感觉时常使他感到心痛。让他欣慰的是，他结识了几个天津老乡。天津人从来都是性格开朗、善良勇敢，喜欢唱曲儿娱乐，同时更有英雄主义情结。魏世奎在几个场子上认识了几个唱曲儿的天津人，听他们讲，现在在香港生活的天津人有不少。第一次和他们相会的时候，他就像见到了自己的亲人，激动得热泪盈眶。他们把家乡的英雄好汉的事迹写成评书，谱成曲调，用他们的天津大鼓震撼了听众的心灵。魏世奎尤其喜欢听天津大鼓。

有一次在香港湾仔俱乐部，魏世奎见有个人聚精会神地看一本叫《风暴三勇士》的书。这本书是天津作家郑正印创作的讴歌英雄主义的历史长篇小说。郑正印原名郑如，他的祖辈从来没有出过天津城，但是他的书却在香港大受欢迎。魏世奎也买了这本书带回家。后来，这本书成了他们全家人都喜欢读的书。尤其是魏公子，他把这本书读了两遍，书中爱国英雄们的动人事迹震撼了他的心灵。天津从来都是英雄辈出，他们就是家乡的精神支柱。读了这本书以后，魏公子的思想波动很大，甚至有些后悔跟着岳丈逃离天津城来香港避难。每当他从报纸上获悉沦陷在战火中的家乡的情况，他都会想到那些抛头颅洒热血的同胞们，内心被深深地刺痛。因为这些不为他人所知的心绪变化，魏公子开始推辞跟着岳丈出门了。魏世奎意识到了这一点，但最先开口的却是荷花。

"孩子他爸，我看你最近情绪不好。"一天，荷花试探性地问他。

魏公子用一种异样的眼神看了妻子一眼，没有吭声。

"你是不是对我也心灰意冷了？"荷花像是察觉到什么，突然问他。

魏公子顿时紧张起来。他不知道该作何解释。平日里，荷花总是照顾他的情绪，事事都顺着他的意愿。不管怎样，他放弃了自己的王姓，入赘进了这个家，所以荷花从来不为难他，对他说每一句话都很谨慎。她也不允许家里有人说魏公子的不是。现在,荷花自己却有了别的心思。

"我为什么要对你失望呢?"魏公子安慰她。

"但是你对我的态度跟以前不一样了。"荷花直截了当地说出了自己的心里话。

"我的心境是发生了变化,但是我对你没有任何改变。"

"那你为什么整天这样沉闷,回家也不爱跟我说话?"

"我……"魏公子不知如何开口向荷花坦白他对岳丈迁来香港这件事的介怀。如果不是怕荷花伤心,他一定会不管不顾地走出去,找一个僻静的地方,安安静静地待一会儿。

"我知道呢,但是让你痛苦的到底是什么?你是后悔跟着我爸爸来到香港,还是后悔入赘到我们家呢?"魏公子没想到荷花竟戳中了他隐隐的心思。但他不敢承认。

"都不是的。"魏公子显得有些慌乱,他走到角落里的柜子前,拿出一瓶高档葡萄酒,一连喝了好几杯。

"事情不是你想的那样,我没有生谁的气,我对你也没有失望过。你知道吗,把一棵树移到另一个地方,树会不适应好长一段时间,叶子会萎蔫。树重新扎下根,再次茂盛,需要漫长的过程。我们是有感情的人,难道离开家乡到了陌生的环境,精神上就不会有一些变化吗?"魏公子有些激动。

"那我应该做些什么?"荷花突然心软下来。

"好了不说了,去帮我泡一壶茶好吗?我可能上火了,最近总是口干舌燥的。"魏公子也不想再争执下去。

荷花也觉得没必要再深究下去了。尽管如此,她有一句话不得不说:"不管怎么样,你别忘了要尊重我的爸爸,他是我们的靠山。"

魏公子听了这话,内心无比复杂。难道自己不是为了表示对岳丈

王 三 街（二）

的孝心才改姓魏吗？天津即将被日本人占领，岳丈担惊受怕要离开，自己不是抛弃了亲弟弟跟着来了香港吗？甚至为了这个家，当年父亲回阿克苏的时候自己都没有好好送一下。自己那么做是为了谁？这一切又算什么？！他低着头，揉着两个太阳穴坐了很久。受了气不会抱怨，时刻分担你痛苦的人，只会是自己的父母。然而，魏公子离自己的父亲母亲实在太遥远了，他甚至不知道父亲是否还在世……这是多么痛苦的感受啊！他现在该向何处叩拜，该对着哪个方向流泪呢？他心里非常难过，父亲和两个弟弟的笑容浮现在眼前，他的内心深处涌动着强烈的思念之情。

"断了线的风筝还有什么可选择的，它只能随风飘飞。"他自言自语道。

荷花端来了刚泡的茶，这茶叶是从天津带来的，清润的茶香飘散着家乡的味道。他喝了几口，闭上眼睛哼唱起熟悉的天津小曲儿。

几天后，李万庆派人来请魏世奎和魏公子到商会一叙。

魏世奎第一次来这里的时候，就在此听到日本人可能入侵香港的消息，今天李万庆特意叫他们过来，又说起这话，大有当前形势下替魏世奎谋划生意有些力不从心、无能为力的推辞之意。俗话说得好："与其在他乡做国王，不如在故乡当乞丐。"魏世奎一下子觉得自己落入了非常可怜的境地。他来这里找朋友帮忙，绝不是要靠着他们的施舍来生活。他明白了，在香港还是要靠自己打拼。

想到这里，魏世奎便坐不住了，站起身整了整衣袖。"没关系，"他客客气气地说，"我们仰仗各位，才走到今天这一步，多谢了。"

"这……你说什么呢，我的老朋友！"

"已经够麻烦各位了，我们还是回去吧。"魏世奎说完起身就走。看来，朋友关系也会因环境条件的变化而变化。他不是从前的魏世奎，李万庆当然也不是过去的李万庆。尽管这样，他也没必要埋怨他人，他魏世奎也是有骨气的人。

"哎,老朋友,你等一下。急什么呀?这里正好有一件事。"李万庆弯着腰扶住眼镜架子,急忙翻找桌子上的资料,找出一个文件,递到魏世奎面前,"这是香港太古公司的投资合同,也可以说是公司股东权利和入股条件等说明材料。关于这个公司,我上次也跟你说过一次。老朋友,如果你愿意的话,也可以考虑一下这个项目。"

魏世奎迟疑了片刻,难为情地接过李万庆手中的文件。太古公司是一家经营多种业务的公司,据说颇有实力。魏世奎依稀记得,刚到香港时李万庆向他提起过这家公司。

"多谢了。我会仔细考虑,再做决定。"他客气地说道。

"好的。我会尊重你的任何决定。"李万庆或许真有为难之处,说这话的时候,倒是带着几分真诚。

从商会出来,魏世奎明显心情不佳。更使他大受刺激的是,叫黄包车准备回去的时候,几个车夫因抢活儿争起来,他清楚地听到,有个拉黄包车的师傅说在海上见到了日本海军!这些话使他的脑海就像被浓雾笼罩,一下子变得昏暗不清。他突然失忆了一样,记不得自己从哪里来,到哪里去。他的内心沉浸在焦躁不安之中,身体控制不住地颤抖起来。后来黄包车夫又说了些什么,他一句也没听进去。

"难道说,香港真的难逃这场战火之灾了吗?"

在魏世奎脑子里久久回响着的就是这句话。他悲愤交加,心想,天下不太平,赚钱有什么用?在焦虑不安的情绪之中吃的饭有什么滋味?日子哪会安逸!子弹可没有长眼睛,万一有颗子弹朝你飞来,或者一颗炸弹就在你身边爆炸,不但你的命不在了,灵魂也留不下。一个人舍弃自己的财产都那么难,放弃自己的生命就那么容易吗?生命对我们来说只有一次,那些转世之说不过是自己骗自己罢了。

就这么一路到了家门口,魏世奎感觉自己好像到了一个陌生的地方,慌慌张张地朝四周看去。魏公子从始至终没能说上一句话,他看着岳丈失魂落魄的样子,突然心生一丝怜悯。他从未见过岳丈如此心神不定的样子,他颤抖的身体从黄包车上下来,李万庆副会长交给他的文件一下子滑落到了地上。

"父亲,您是不是不舒服?"魏公子捡起文件,不安地问。

"我……我……"

"要不要带您去看医生?"

"是福不是祸,是祸躲不过!"

岳丈张口说出的这句话,让魏公子感觉莫名其妙。他迟疑了一会儿,搀扶着岳丈往院子里走。在这里唯一能给他们一丝温暖的地方就是这个家了。

魏太太带着儿媳们正在假山旁的一棵荔枝树下打牌。她们玩得如此开心,谁都没有想这世界上发生了什么大事,未来生活又会怎么样。看到魏世奎丢了魂的样子,大家都慌了神。

"你父亲怎么了?"魏太太赶紧上前搀过魏世奎,诧异地问道。

"我爸爸……爸爸怎么变得怪怪的?"荷花也着急了。

魏公子摇了摇头。从商会出来,他只顾沉浸在自己的思绪里,确实没在意黄包车师傅的话,这会儿只想着李副会长的态度应该不至于让岳丈受到如此打击。

他低声对荷花说道:"我们把父亲搀扶到客厅里去吧!"然后吩咐厨师去准备一碗热汤。

众人把魏世奎扶到客厅,让他坐在了柔软的沙发上。魏太太拿来一个羽绒枕头垫在他的腰下。魏世奎侧身斜躺了一会儿,突然坐了起来,就像有人在叫他,惊道:"要不是为了寻求安宁,我们会放弃那么大的产业来这里吗?"

大家都吃惊地望着他。魏公子好像猜到了岳丈的心思,弯下身子轻声地问:"父亲,您是不是听到什么了?"

"你说谁能想到街上的传言会变成真的?"

"看来日本人也会侵占这里啊……"

"是啊,刚才那个黄包车夫看见了日本军舰,看来只有我们不知道这件事。一旦日本人入侵香港,会发生什么?我们的生死又会怎么样呢?"

"父亲,您不要把事情想得太糟糕了。香港现下是英国人管辖,也许日本人怕英国人不敢侵犯香港岛。"

魏世奎没再说话,他看到桌子上的文件,像是缓过神来了,拿起来翻看一番,又扔到桌子上。这时,荷花端来了一碗热汤。

"好了,我自己来吧!"魏世奎深深地叹了口气,接过女儿手中的碗,"我还没有到生活不能自理的地步。"

"父亲……"

"你们放心吧,没什么好担心的。现在我好多了。"

魏世奎把汤喝完,然后把碗递给女儿。看起来,他的身体状况确实好多了,眼睛也像以前一样锐利有神。他用这样的目光将家人扫看了一遍。

魏公子从小就见过很多世面,从阿克苏到天津,长途跋涉,路途艰辛,见过太多的人和事。他还听父亲王老先生讲过许多励志和劝诫故事。在天津创业的过程中,他对社会变迁和人性的复杂进行过认真的分析思考。他的性格随了父亲,比较内向。他从不把自己心里想的急于告诉别人,所以,他人很难理解他内心的真正意图。说实话,他不太理解岳丈为何被战争吓成那样的一副颓废状态。难道生活在这片土地上的只有魏家一家吗?人人都想要和平,但是如果真的发生战争,仅凭一家人的能力是绝对不能避免灾难的发生的。虽然他为了迁就岳丈的想法,跟他来到了香港,但是他心里一直很后悔。每当看到岳丈因听到

王 三 街（二）

一些有关战争的传言就像热锅上的蚂蚁一样焦虑不安的样子,魏公子就会感到不解、郁闷。魏世奎焦躁不安的情绪影响到了全家人,让所有人跟着胆战心惊。儿子魏博年龄还小,每当家里出现这种不安的气氛,魏博就很害怕。有一次,儿子问他:"爸爸,要是发生了战争,我们都会死吗?"魏公子看着儿子纯真无邪的眼睛,心里一阵酸楚。

魏公子见岳丈恢复了正常,于是起身往外走。他在院子里转了一圈,没看见儿子魏博,刚才在屋子里儿子也没有出现。不见儿子,他的心一下子紧张起来,被一种惶恐不安的感觉搅得浑身冰凉。他想赶紧问问荷花,着急要找她,突然听到了儿子的喊唤声。

"爸爸,爸爸!"

魏公子朝着儿子喊叫的方向望去,见魏博哭丧着脸站在餐厅门口。

"怎么了,儿子？是不是有人欺负你了?"魏公子把魏博抱在怀里。

"没有,"魏博哽咽着说,"是妈妈让我在这儿待着的。"

"为什么?"

"爷爷好像出什么事了,是不是爸爸?"

"不,你爷爷没事,别担心。"

"发生战争了吗?"

这话听起来让魏公子觉得就像是有人用石头砸了自己的牙齿。

"不,战争是大人为了吓唬小孩说的事情。你别听那些话,我们会没事的。"

"但是,我妈妈也在害怕。她刚让我待在这儿,不准出门,我就知道可能出事了。"

"妈妈是让你在这里好好地玩儿。"魏公子安慰他。

"这又不是好玩儿的地方,你是知道的呀。"

"是啊,你是个聪明的孩子。有我们在你身边,你什么都不用担心。"

"现在你在我身边,所以我什么都不怕,爸爸。"

"好,我的儿子是真正的男子汉。"

说着,魏公子抱起儿子去院子里找荷花。魏世奎回房休息了,魏太太和家里其他女眷正在假山旁的树下说着什么。看到他们父子俩,荷花站起身来。

荷花是个非常敏感的女人,今天她一看到父亲失魂落魄地被魏公子搀进院子,就让正在看大人打牌的儿子去餐厅候着。

回到房间,荷花去哄儿子,魏公子则在客厅默默地坐了许久。过了好一阵子,荷花才走出来,魏博睡着了。

"我们得好好照顾儿子了。"魏公子叹了口气说。

荷花心事重重地看着丈夫,不知道如何回应他。魏公子把刚才和儿子说的话告诉了她。

"你说得对,无论如何,我们都不能让他受到战争恐慌的影响。"

"我很高兴,你能认识到这一点。"魏公子搂着荷花的肩膀说道。

"我知道你心里在想什么,所以我刚才不让他从餐厅出来。"

"你这样做很好。"

"我爸爸也不容易,因为对战争的恐惧,我们放弃了那么大的产业来到了这里。但是,到现在还没有开始任何生意上的事情,这样下去,爸爸的情绪会更低落。"

"嗯……今天李副会长给了父亲一份关于入股太古公司的材料。不过,我不太想做这种股东项目。这种寄人篱下的事我们不会适应。"

"看来你在做生意方面有自己的想法呀。你告诉爸爸了吗?"

"没有。"

"你呀,从来不会早早地坦露你内心的想法。好吧,我会支持你的。"

"你想办法尽量把魏博的注意力转移到别的事情上。他这样下去可不行。"

"我知道。"

"那你费心想些办法吧,多陪陪孩子。"

"好,这一点你就放心吧!"

佣人来请他们去吃饭,荷花叫醒了还在睡觉的魏博。今天的晚饭和往常一样,全家人都聚在餐厅一起用餐。魏世奎的心情好多了,在餐桌上还说了几句让大家开心的话,把孙子抱在怀里逗着玩。但是,魏公子没说太多话,他的心思都集中在了另一件事情上。魏世奎当然有所察觉,为了不打扰女婿,他早早地离开餐桌走了出去。

这件事之后,魏公子就常常独自外出。他要去哪儿,去干什么,这一切对魏世奎来说都是未知的。他并不过问什么,他想等女婿自己开口。女婿的脾气他很清楚,若他不想说,问了也得不到满意的答案。

终于有一天,吃晚饭的时候,魏公子向大家宣布了自己关于魏家新事业的打算。

这一天,一家人欢天喜地地碰杯庆祝。

第 六 章

　　王三利用中医手法给病人治疗一直都很有效果,尤其在治疗烧伤方面,当地没有比他更好的中医。他为了治好儿子托乎提的病,想了很多法子。由于自己配制的中药没有太大的疗效,为了找出另一种更好的治疗方法,他绞尽脑汁地琢磨了很长时间。他一直在翻阅古医书,最终确定了用针灸的方法治疗儿子的病。

　　因为对针灸治疗认识不多,身边人都用一种怀疑的眼光看待这种扎针的治疗手法。但是,王三发现针灸具有特别好的疗效。他拿自己做试验,给自己扎了很多次干针。他想在自己有了十足的把握之后再给儿子使用。对此,提拉汗也有些顾虑。

　　"孩子他爸,万一这种治疗方法出了什么问题可咋办?"

　　王三看到妻子眼神里的焦虑,自信地笑着说:

　　"你知道我从不会做没有把握的事情。"

　　"你说得对,只是这些普通的针能有多大的疗效呢?"

　　"这个你就放心吧!"

王 三 街（二）

王三打开药柜旁边的抽屉，拿出一大堆书和手写稿。提拉汗惊讶地看着他的一举一动。王三推了推自己的眼镜，开始读手中的书：

"针灸的起源可以追溯到中国古代。在古代，人们常常在与自然环境和其他动物的斗争中受伤或生病。为了缓解病痛，他们自然地会用手或者石头、木棍等工具按摩或刺激身体的某些部位，以减轻疼痛或治愈疾病。这种刺激方法就是最早的针灸疗法。

"随着时间的推移，人们在实践中逐渐积累了针灸治病经验，形成了不同的针刺疗法和针具。据专家考证，针灸大约诞生于距今七八千年的新石器时代。当时使用的针具是砭石。《山海经·东山经》记载：'高氏之山，其上多玉，其下多箴石。'箴石就是砭石，可以用来治疗痈肿。

"到了春秋战国时期，针灸已经逐渐普及并形成了独特的理论体系。《黄帝内经》是针灸学的经典著作之一，其中《素问》和《灵枢》两大部分着重论述了针灸的理论和实践。在《灵枢》中，记载了九种不同形式的针具，称为'九针'，这些针具具有不同的治病作用。

"汉代以后，随着炼铁技术的发展，针灸用的砭石逐渐被金属针所替代。在东汉三国时期，针灸逐渐形成了一个完整的体系，出现了许多针灸医学家和针灸专著，如皇甫谧的《针灸甲乙经》。

"针灸是一种历史悠久、具有中国特色的传统医学疗法，经历了漫长的实践和发展过程。它在治疗各种疾病方面具有一定的疗效，并逐渐被世界各地所接受和应用。"

王三读完这些，温柔地看了提拉汗一眼。提拉汗平时帮丈夫给病患做治疗，虽然知道很多中医术语和处方，但对针灸治疗了解得不多。不过看起来，这也是经过很长时间的实践延续下来的中医治疗方法，提拉汗没有必要过分担心。可是，提拉汗的心里还是有一丝担忧，人的手脚被荆棘刺中都会那么疼，何况那么多根针扎下去，那该有多疼啊，可怜的儿子能不能承受这种疼痛？

第 六 章

王三把妻子柔软的手捧在手心轻轻地揉了揉,明亮的眼睛里充满了自信。他的心情非常平静,精神状态非常好。提拉汗渐渐平静下来,眼神里的焦虑也消失了。

"孩子他爸,我相信你。"

"我希望得到的就是你的信任。"

王三的脸上露出了欣慰的微笑,提拉汗的信任给了他力量。他把书和手稿都收拾好放进抽屉,打开小锡盒的盖子,把里面的针重新检查了一遍。银针闪着微光。

"现在条件更好了,"王三一边整理针具,一边向妻子解释,"针灸最初是石针,后来是钢针,到了我们这个时代变成银针了。可能以后还会继续发展,针灸疗法不会消失。"

"你见多识广,妙手回春,我一直为你骄傲。"

"我身边有你这样的花朵,所以我的手也会变成花啊!"

"怎么你又开起玩笑了?"

"我说的是心里话。"

"你可不能分心啊,给儿子扎针的时候……"

"放心吧,我准备得很扎实。"

王三备好药,用酒精把针头做好消毒。所有的准备事项都做好了以后,他又洗了一遍手,走到外间房子。

"我赶紧去做饭,"提拉汗说道,"你先填饱肚子,再开始针灸吧。"

"好。"王三笑着说道,"我去把儿子叫回来,他去马岳峰家的店里了,还没回来。"

王三出了门,往右拐,朝着兰干街方向走去。前面街头的拐角处,曾经是马金刚老爷子卖醋、做泡菜、酿黄酒的大院。后来因城市建设的需要,政府买下了大院临街的一块地,盖了一座百货大楼。如今,这座三层百货大楼格外壮观。院子的另一半,马金刚老爷子的儿子和孙子

王 三 街（二）

一直在经营他传下来的生意。

王三走在路上,脑海中浮现出马金刚老人笑眯眯的样子。总是油光发亮的脸、满头的银发和长长的白胡须,还有那双笑眯眯的眼睛,让王三难以忘怀。虽然老爷子已去世多年,但王三总觉得他的灵魂就在这条街的拐弯处徘徊,就像马家院子那面朝大街的雕花院门始终矗立在那里。在那个年代,马金刚老爷子总是不时来拜访王三的父亲王福才,两位老人聊得非常投机,一聊起来就没个完。每次,他到王福才老先生这里来,都会用小陶罐装一罐自酿的黄酒。但老爷子自己却不喝,王福才老先生把热好的黄酒倒在小银酒壶里,一边和马金刚老爷子聊天,一边一口一口慢慢地把酒喝完。他们聊完天,小银壶里的酒也该喝完了。喝得微醺的王福才老先生送走马金刚老爷子以后,会把小儿子王三叫到身边,给他讲中国古代传说故事,讲着讲着就睡着了。

现在,往事已经留在过去。两位老人相继告别人世,到了另一个世界。可是,王三怎么能忘记他们呢?那些记忆早已经成为王三生命的一部分。

王三走近院子时,陈醋和黄酒的酸香味扑鼻而来。此刻,他又想起了一件往事。他会心一笑,走进大门。院子里的人在干活,他们提着东西从一个房间走出来又到另一个房间,脚不沾地忙碌着。这些人大多是雇工,他们不认识王三,所以也没太在意。王三径直往前走,他走到角落里的老板住的房子门前,拉开门帘一看,托乎提和马岳峰在一张大纸上一边写东西,一边说着什么。看到王三突然进来,他们赶紧站了起来。

"爸爸……"

"哟,王伯伯,您怎么到这个院子里来了?"马岳峰激动地说。

王三微笑着说:"我想见你们。"

"请坐,请坐,王伯伯请坐。"马岳峰恭恭敬敬地请他坐到椅子上,说道,"我进去把我爸爸叫出来。"

"别,别麻烦他了,"王三赶紧阻止,"我也不能在这里久留。"

"如果我爸爸知道您来过,就这么又回了,一定会责怪我的。所以,就算您再忙也要跟他见个面。您是我们家的贵客。"

"千万别这么说。"王三谦逊地说,"我们两家的距离也不远,况且我们几乎每天都会见面的。"

马岳峰恭敬地给王三递过一杯茶,说道:"外面见面和您来我们家可不一样。"小马虽然年龄小,但是因为家里做生意,说起话来嘴巴甜,待人接物很有礼貌。

望着马岳峰精神饱满、说话办事干净利落的样子,王三轻轻点了点头,心里感到一阵欣慰。在一个人的成长过程中,家庭教育是最重要的。所以,他也希望通过自己的言传身教,把儿子托乎提培养成一个对社会有用的人。遗憾的是,托乎提体弱多病,早早就退学了。王三也怕他劳累过度,一般不让他去做太多的事情。

没一会儿,马岳峰的父亲马哈山从作坊后门走了进来。

"哎呀,原来是王三大哥来了呀!"马哈山连忙说道,"有失远迎,请大哥见谅。"

虽然他仅仅比王三小几岁,却一直尊称王三为大哥,一是出于礼貌,二是因为他特别尊重德高望重的王三。

"你不用特意过来见我的呀,我的兄弟。"王三一边跟他握手,一边说,"我们就像一家人一样,我们两家的距离也很近。"

"大哥,您可别这么说,您是我心中最尊敬的人。您就是一天来十次,我也要出去十次隆重地迎接。"

"谢谢你,我的兄弟。"王三感激地说。

"请吧,大哥,我们去里屋吧,我专门收藏了一包好茶,要给您泡一壶,您不喝的话我会伤心的。"

王三街（二）

"今天就算了，我的亲兄弟，改天我专门来跟你喝茶。"王三拱手向他道谢，接着把今天准备给儿子托乎提做针灸治疗的事给他讲了一番，表明现在着急回去。

"那好吧。"马哈山非常友好地握住王三的手说道，"我希望您能早点过来喝茶。我有好多话要跟您说呢，大哥。"

"好的，我的兄弟。"

王三临走前，向马哈山要了一坛陈年黄酒。

"我说王三大哥，您是不是想一个人享受一下？"马哈山对王三开玩笑说。

"不是的，我的兄弟，这坛子酒是用来治病的。"王三给他解释说。

"哦，是这样啊，我这里当然有陈年老酒了。还有没出地窖的呢，那是我过世的父亲亲自酿的，一直藏在窖里。"

"那真的是珍藏多年的老酒，谢谢你，我的兄弟。"

"您可千万不要那样说，大哥，为您我随时准备奉献一切。"

马哈山出去一会儿就回来了，他手里拿着一个满是灰尘的小坛子。马岳峰用布把坛子擦干净递给王三。王三开始翻自己的口袋，马哈山赶紧拦住了他：

"大哥，如果您把我当自己人的话就不要这么做。钱并不比我们的情义更珍贵。"

"唉，这……"

"没关系，大哥。能为您效劳是我的荣幸。"

"恭敬不如从命，那我就接受我兄弟的心意了。"

"您别客气，大哥。"

王三跟马哈山道了别，然后示意儿子跟自己回去。托乎提对自己的朋友马岳峰耳语了几句，跟着父亲走出了院门。

"你刚才跟哈山的儿子窃窃私语，在说啥呢，我的儿子？"王三跟儿子并肩走着。

托乎提难为情地看了父亲一眼。

"也没别的事,爸爸。"他解释道,"哈山叔叔他们打算在后面的老院子里新建几间房子。哈山叔叔把这件事交给了岳峰去办,他让我过来帮忙设计房子的图纸呢。"

"哦,我的儿子都成了建筑设计师了,好样的!"

托乎提不好意思地说道:"您别笑话我,爸爸。"

"我没有笑话你,我为自己的儿子感到自豪啊。"

托乎提看到父亲认真的样子,感到十分心安。托乎提上过学,再加上从小在家里练字、读书,所以基础非常好。但是,由于患有先天性心脏病,病弱的身体不能支撑他继续上学了。尽管如此,王三一直在家辅导儿子读书。让人意想不到的是,托乎提具有画图的天赋。他会把看到的东西原原本本地画出来。慢慢地他开始画城里的那些新楼房,还有一些建筑风格独特的院子。他画的图确实让人看了心服。马岳峰知道朋友的这个特长,所以在父亲给他讲了建房子的规划以后,他马上就叫托乎提过来帮忙设计。马岳峰看了很多城里的房屋建筑样式,就想做出风格独特的建筑设计。他把自己的想法告诉了托乎提,托乎提参照他的想法开始画房子的设计图。今天他俩正是在忙这事呢。

"太好了,"王三鼓励儿子说,"以后我们盖新房,儿子也能胜任设计师的重担了。"

"当然!"托乎提激动地说道,"我们家的院子更大,如果我们要建新房子的话,一定要做出最独特的设计,建出全城最有特色的房子。"

"好,我们家新房子的设计就由我儿子亲自来完成。"王三乐呵呵地说,他的眼睛里透着自豪与欣慰。

托乎提默默地走着,内心却为父亲刚才的夸奖而开心不已。任何一次成功的尝试,都离不开他人的理解、鼓励和支持。如果一个人能够

王 三 街（二）

通过自己的天赋和努力赢得别人的尊重，那么这种尊重会是真正发自内心的。父亲能赢得他人尊重，不是靠自己的丰厚家产，而是因为在任何事情上都首先为他人着想，无私地帮助别人。因为他活得堂堂正正，干干净净，所以没有人能够玷污他的声誉。

有一次，从喀什带货来的一个商人给这里的一家店主批发了一些货，没想到在付货款的时候出了问题。原来店主想要心眼儿，拖欠货款。身边的人劝了店主多次，也没有什么效果。后来，不知是谁喊了一声："我们请王三大哥来做个了断！"听到这话，店主立刻老实了，并把欠货商的货款都交出来了。

这么多人劝都不起作用，但是一听到王三这个名字这家伙就老实了，那个货商非常惊奇。他问身边的一个人："王三大哥是什么人？为什么这个店主一听到他的名字就心虚了？"

那人把王三的情况大概给货商讲了一番，对他说："这是一条团结和谐的商业街，也是充满仁义的同心街，绝容不下黑心肠的人在这里。"

听了这话，货商更加惊奇。据他说，在喀什老城也有很多受人尊重德高望重的人士，但是他还是第一次听说王三这样的人，他在百姓的心目中简直就是整个街道的灵魂，是个所有人都敬仰的人。

后来，这个货商找到了王三的客栈，在那里住了几天，还和王三聊了许多。他见王三确实是一个有学问且仁慈善良的人，打心眼儿里佩服他。从那以后，他一到阿克苏就住在王三的客栈里，第一件事就是去拜访他。在这里，他的货物不仅安全，而且做批发也很顺利。期间，他还看到了王三治疗病人的情景。当他看到王三手拿一本中医医书，熟练阅读繁体字的样子，顿时对王三佩服得五体投地。

"我是个见过大世面的人，也接触过形形色色的人。"他对别人说，"但是，阿克苏的这个人，确实让我很佩服。他是个少见的人才，具有非同一般的高贵品质。非凡的他让我开始反思自己。"

这位喀什商人回去以后,在自己的家乡讲了很多关于王三的故事。他还自豪地说自己跟王三已经成为好朋友。

托乎提从别人那里听说了有关父亲的这些事情,他一直为自己有这样的父亲感到骄傲,将来成为像父亲一样被人信任、受人尊敬的人是他最大的理想。遗憾的是,他是一个体弱多病的孩子,很多时候力不从心。尽管如此,他还是特别努力做一些力所能及的事情。今天,他去马岳峰家里帮他做房屋设计,也是为了尝试着发挥自己的特长。虽然他不是专业的建筑设计师,但是他完全可以靠自己画图的功底来完成这项工作。

"你怎么了,我的儿子?"王三见儿子一言不发突然安静下来,问道。

托乎提一下子抬起了头。他笑着回答:"没发生什么事,爸爸。"

托乎提沉浸在刚才的思绪之中,突然激动地一把抓住了父亲的手。

"你没事吧?"王三更加疑惑地盯着他的眼睛。

"没事,爸爸。我就是在想一些事情。"

"关于你的梦想吗?"

"也可以这么说。"

王三深深地叹了一口气,他心里真不是滋味。命运有时就是会这么折磨人。如果不是儿子得了先天性心脏病的话,王三一定会让他继续上学,鼓励他考大学。他多想把儿子培养成比自己强很多倍的有知识有能力的人。

他感觉自己对不起儿子,深深地叹了口气,轻轻地拍了拍他的肩膀。

"爸爸,我说的话让您生气了吗?"

"没有呀。"

王三突然忍不住笑了,现在轮到儿子开始问自己问题了。其实,他俩都在为彼此着想,互相关心,生怕自己的亲人出个什么意外。尽管托

王 三 街（二）

乎提体弱多病，但是机灵的他想事情特别周全，也很孝顺。王三了解儿子的聪明才智，托乎提年少时背诵古诗词的情景依然历历在目。

他们走了不一会儿就到家门口了。厨房里飘来可口的饭菜香味，王三明白提拉汗做好了饭等着他们回家。她不仅心灵手巧，做饭也是一绝，除了提拉汗做的饭，王三都不想去尝一口别人做的饭菜。一旦他和朋友们在外面吃饭，回家以后，一定要喝上提拉汗泡的一壶茶才能睡得着。

王三带着儿子直接进了厨房，提拉汗正准备拉面呢，案板上摆着一圈一圈叠了几层抹了清油的面剂子。

"你怎么耽搁这么久？"提拉汗看着王三说。

"我在听哈山说话呢，我们的儿子在帮马岳峰干一件大事呢。"

王三一边说，一边对着儿子托乎提眨了眨眼睛。托乎提听到父亲夸自己，感到有些难为情，同时又为父亲鼓励的话语而感到开心。他偷偷地看了提拉汗一眼，心想妈妈会怎么说呢。

"那是什么大事啊？"提拉汗特别感兴趣。

王三把刚才在马家听到的话和看到的事情讲给妻子听，最后不忘补充一句："我们的儿子真的是个能人。"

"当然啦，他是我们俩的儿子呀！"

"你说得对。"

提拉汗说完，就把刚才摘下来的围裙重新系在腰上，把案板上的面剂子一道一道绕在双手手腕，慢慢地抻开，然后往案板上使劲摔打几下，面条越拉越细，放进开水锅里煮。不一会儿，提拉汗就把两盘拌面摆在了父子俩面前。拌面是王三的最爱。提拉汗看着父子俩津津有味地吃起饭来，就转过身，开始给自己拉面条。

"阿依夏木古丽还没回来啊？"王三觉得家里少了什么，他还想着和女儿一起吃拌面呢。

"还没有呢,"提拉汗赶紧说,"可能明天回来吧。"

最近,提拉汗的大姐病重卧床不起,因为没有人照顾她,提拉汗把女儿阿依夏木送到大姐家里,让她帮忙照顾。

"我给你抓的那些药有没有起到一点作用?"王三想起了大姐的病,问道。

"大姐吃了很有疗效,这次你再准备一些吧,阿依夏木古丽回来再过去的时候,带过去给姐姐。"

"好的。"

饭后,他们照例喝了一壶天津茉莉花茶。这时,太阳快要落山了。王三望着窗外最后的一缕阳光,沉思了一会儿,然后霍地站了起来。托乎提对父亲今天的计划一无所知,他还想着去客栈一趟,问管店的舅舅这月的账目。

王三慈爱地说:"好了,今天你就先别管那些事了。"

"我们要去什么地方吗,爸爸?"托乎提不知道父亲到底要做什么,非常疑惑。

"不,我要给你针灸治疗。"

托乎提听到这话有些纳闷。父亲很久以来为治疗自己的病试过很多方子,这一次,他不知道具体怎么治疗,不过,他相信父亲一定是做了充分的准备。别人眼里沉默寡言、严肃认真的父亲,其实像孩子一般真诚,心地善良,温柔体贴。有时,他和托乎提就像好朋友一样聊天。托乎提在父亲面前也感觉非常开心自在,但绝不会忘记孝敬父亲。他明白父亲这一次又有了新的治疗方案,所以乖乖地跟着父亲走过去。他们走进王三贮藏药材的屋子,房间里充满了各种药草的混合气味,让人感觉很舒服。托乎提也习惯性地做了几次深呼吸。

王三先点了灯,屋子里一下子亮起来。他让托乎提脱下外套和衬衫,穿上短裤,躺在旁边的床上。托乎提照着父亲的吩咐去做。王三往

王 三 街（二）

一个小一点的陶罐里倒了一些从马哈山家带回来的黄酒，又打开装有银针的盒子，放在托乎提头旁边的桌子上，然后把一块没有用过的纱布折叠起来放在一边。他想着还需要准备些什么，想了一会儿之后，脱下外套卷起了白衬衫的袖子。托乎提躺在床上一直默默地观察父亲的一举一动，觉得特别有意思。这时，提拉汗也走进了屋子。这次针灸治疗是对儿子的一次新的考验，提拉汗心里有些顾虑，她在外面忐忑不安地等了一会儿，最后决定站在父子俩身边给他们打气。

"你把这个拿着，"王三把那块白纱布递给妻子，说道，"待会儿你帮着擦儿子头上的汗。"

其实，王三心里明白妻子的心思，她想站在自己身边看他施针治疗。也好，让她站在身边给自己打个下手，儿子托乎提因为有母亲在身边，会更安心。针灸治疗必须让患者情绪稳定，如果过度紧张，肌肉僵化，针就不能精确地扎入身体上的穴位。

王三没有丝毫紧张，就算如此，为了更保险，他把所有的准备工作都做好了之后，安静地站了一会儿。整个步骤在他的脑子里推演了很多次。之后，他双手在陶罐里的酒里泡了一下，将酒抹在托乎提的背上开始轻轻推拿按摩。屋里的药味加上浓浓的酒味，形成一种刺鼻的混合气味，空气的温度忽然上升了许多。至此，谁也没有再开口说话。提拉汗开始忙着给儿子擦汗，过了一会儿，她看到王三头上冒汗了，赶紧用纱布的另一端擦了擦丈夫头上的汗珠。推拿热身结束以后，王三把装着针具的盒子往前一拉，把银针一个个取出来，稳稳扎进儿子脖子上的穴位。托乎提刚开始呻吟了几声，扎了五六针以后，就再也没有感觉到疼痛，反而感觉身体轻松了很多，非常舒服。王三在儿子的脖颈、肩膀、腰部都扎了针，又在他双手穴位处扎上针，随后停了下来。

王三直起身来，摘下眼镜。他的脸上闪着汗珠，提拉汗想给他擦把汗，王三却轻轻挡了一下："好了，你也累了，快看看我们的儿子。"

第 六 章

　　王三重新戴上眼镜,从脱下的上衣口袋里掏出一块怀表,打开银盖,看了一会儿嘀嗒嘀嗒在走的指针后,坐在了旁边的椅子上。托乎提半睡半醒,提拉汗不停地给他擦汗,屋子里是那么地安静,怀表指针嘀嗒嘀嗒的声音,就像他们的心跳一样,在每个人胸膛里回响。王三一会儿看看呼吸均匀安静地躺在床上的儿子,一会儿盯着手里的怀表指针看。

　　整整十五分钟之后,王三俯下身,小心地把儿子身上的银针一根一根地拔了出来。整个过程中,托乎提丝毫没有感觉到疼痛。他抬头看着父亲问道:"结束了吗?"

　　"嗯。"

　　从开始扎针到这会儿,这是他们之间唯一的对话。提拉汗这才长舒了一口气。

　　"感觉怎么样,我的孩子?"王三弯着腰站在托乎提身边问他。

　　"我就感觉到一开始爸爸给我后背按摩,后背慢慢地发热,后来我感觉好像被什么东西扎了一样。但是,我没有感觉到太过疼痛。"

　　听了儿子的话,提拉汗笑了起来。王三也微笑着把银针放进陶罐里的黄酒里,消毒后擦干净,收进盒子。

　　"哦,原来是您把这些针扎在我身上了!"托乎提看到父亲手里的针,一下子就明白了。

　　"是啊,"王三笑着说,"这就是中医的针灸疗法。"

　　"我在家里的一本书上看到过这个。"托乎提一下子来了精神,"看来,您终于使出了自己藏了很久的绝招了?"

　　"也不能说是最后的绝招。"王三很认真地说道。他看到托乎提经过针灸治疗之后,精神状态很好,心里对这种治疗方法充满了信心。他说:"以前没有用过这种治疗方法,为了治好你的病,在摸索过程中,找到了这个针灸疗法。"

王三街（二）

"谢谢爸爸，"托乎提激动地说道，他站起身来开始穿衣服，"只要您在，我一定会好起来的。因为您在我眼里就是一个神医。"

"瞧这孩子说的话，"王三没有掩饰内心的喜悦，"咋学会了说客套话了啊！"

提拉汗抚摸着儿子的头和眼睛。虽然托乎提已经二十多岁了，但是由于生病的原因，他的个子长得不太高。不过他看起来并没有患病的症状，他的模样很可爱。在别人眼里，他看起来就像十六七岁的男孩。不管怎么说，他长成了一个头脑清醒、懂规矩、有教养的男人。他从不做让父母丢脸的事情。三四年前，有一个外地来的人，在另一条街上被小偷偷了钱包，他回不了家，肚子又饿，可怜的他来到了王三街碰运气。但他不好意思问别人要东西，就在一个餐馆旁边伸着脖子傻站着。刚好路过这里的托乎提见到他，马上过去问候他。

伤心欲哭的这个人听到一个小孩子关心自己，询问情况，就把被偷钱包挨饿的事情告诉了他。托乎提特别同情这个人，一开始想带他找父亲帮忙。父亲是个乐善好施、仗义疏财的人，所以他相信父亲一定会帮他。可是他转念一想，又有了另一个主意："我是爸爸的儿子，难道我就不能自己帮可怜人解决困难吗？"

他把父亲给自己的零花钱全部给了那个人，可是这些钱加起来还不够他回家的路费。于是，托乎提找到附近的厨师、摊贩、店主，请他们帮助这个人。大家了解了情况，多多少少都给这个外地人捐了钱，一起解决了这个人的困难。这外地人特别感激，正准备好好感谢这个善良的孩子，却发现他不知什么时候离开了。问别人他是谁，大家告诉他，这个孩子是创建这条街的王三大哥的儿子。他去找王三，想要表示谢意，可是王三外出给人治病去了。那个人没能跟王三见上面，带着遗憾回到了家乡，很长一段时间，他不断跟家乡的人说起这事情。

后来，王三从别人嘴里听说了这件事。对一个父亲来说，没有什么比拥有一个聪慧善良的孩子更可贵。孩子是父亲的继承者,是延续父亲足迹的人。

托乎提还做了很多让王三打心眼儿里感到高兴的事情。

王三给托乎提连续做了三个疗程的针灸治疗后,托乎提的病情有了明显好转。儿子的胃口大开,饭量比以前多了一倍,为此,王三特别开心。

"孩子他爸,你的确特别老到!"提拉汗看到儿子身上的变化特别开心,"你看我们的孩子气色越来越好,身体状况一天比一天好了。"

"为给儿子针灸治疗,你也出了不少力。"王三感激地对妻子说。

"我出什么力了呀,就站在你身边看着。"

"你站到一边看着对我来说就是最大的帮助。"

"你说的话让人特别开心。"

"我在认真地跟你说话呢,只有我们一家人在一起齐心协力,我们才能成功,事业家业才能兴旺发达。我们一家人一个都不能少。"

"你说得对。"

王三的这话不只是说说而已,他始终把家庭看得最重。对他有养育之恩的父亲和母亲虽早已去世,但王三从未忘记他们的恩情。每当走进摆放父亲、母亲和二哥灵牌的里屋时,他都不禁悲从中来。而大哥石城是否还在世,他也是无从知晓。一想到这些,王三就会陷入无尽的苦愁哀伤之中。他年纪也大了,多希望自己在有生之年能得到哥哥的消息。

王三想到这些,不禁泪流满面。

"孩子他爸,你怎么了?"提拉汗关切地问。

"没事。"王三一边擦眼泪,一边说,"我想起了一些往事。"

"你不要伤心,有我和孩子们在你身边呢!"

"是的,只是还缺一个人。"

王 三 街（二）

提拉汗立刻想到了关于丈夫的大哥的一些事情，心想，他一定是想起大哥了。岁月不饶人，人年纪大了，越发想念自己的亲人，这是人之常情。更何况王三有着特殊的人生经历，他感受过人性最美的一面。提拉汗对王三有很深的了解，丈夫精神世界里出现的任何一个小小的变化她都能立刻察觉到。

第 七 章

这天天气很好,魏世奎坐在宽敞的客厅,一只手拿着画有飞鹤的国风扇子,另一只手拿着香港《星岛日报》。他正在报纸上寻找关于日军在香港海域鬼鬼祟祟地出没的消息。

魏家住的这个院子东面有一座竹林密布的土丘,山腰上有一个别院,也归主院的主人所有。土丘下的凹地,由雨水汇集成天然池塘,藻菌在水面漂来浮去,就像把绿色的天鹅绒毯盖在池塘上面。魏家搬来后,魏世奎怕孩子们掉进这个池塘里,就把它用栅栏围了起来。这个池塘除了汇集雨水没有任何用处。魏公子早就意识到了这一点,心想如果用土丘的土把这个池塘填平,就会有一大片空地被开发出来。

他最初跟着岳丈去商会,听李副会长没完没了的甜言蜜语打发日子。过了一段时间以后,他就明白了,这些都不会有结果的。后来,魏公子多次去港口考察,仔细观察正在运往香港和从香港向外运送的货物,了解了香港商贸的基本情况。终于,他发现了一个值得投资的项目。但是岳丈当时对李副会长抱有希望,把魏家的命运跟他绑在一起,所以自己心里的计划一直没能跟岳丈说。今天终于有了机会。

"据我观察,"魏公子尝试把自己的想法向岳丈说明,"香港正在进行大规模的施工建设,这是在适应城市的发展需求。我们无力插手建筑工程或房地产行业,想从银行贷款的话,我们才来这里不久,银行可能也不信任我们,所以我们要量力而行。俗话说得好,'根据袋子的大小来磨面粉',我们要选择一个风险小、收益大的生意做。"

魏世奎不明白女婿到底想说什么。魏公子说的话正符合他自己的性格,话说得很婉转。尽管如此,魏世奎还是耐心地听女婿一番高谈阔论。他心里明白,可不能小看了面前这个当年以小小的卖水生意起家,后来成功跻身天津商界的女婿。

魏公子端起茶碗,喝了几口茶,接着说道:"我思来想去,最终觉得我们还是在建材行业投资做生意比较好。"

魏世奎没有立即反驳他,但是他想不通女婿为什么选择这个行当。他们至今为止还没有接触过建材行业,这对他们来说是完全陌生的。他皱着眉头沉默不语,过了片刻,又郑重其事地摇了摇头。

"李副会长介绍我们去做股东,如若我们自谋营生,这……"

"您还没感觉到吗,李副会长现在处在进退两难的处境。若是对我们不管不问,对不起你们之间的情谊,怕担个不仁不义的骂名;若随便给我们介绍一个生意,又怕我们做赔了,伤害到我们和他的利益。他是一个非常谨慎的人。若我们决心要扎下根来,去做投资的确稳妥,但是您有没有想过,我们把资金入股给别人,等着他们给我们分红,这难道不是守株待兔吗?"

听了女婿一席话,魏世奎淡淡一笑。魏世奎和李万庆商谈过几次,其实也早意识到了这一点。他心里暗叹,这小子果然是个有主意的,应是早有了谋划。

魏公子看岳丈沉默不语,猜想他不会轻易同意自己的想法。即便如此,魏公子早已经下定决心坚持走自己的路。他没料到此时岳丈会松口。

"你说得好像有道理,不过我们能做好这件事吗?我是说,我们对建材行业不太了解,怎么准备相关的材料,货源补给又从哪里来?"

"这不难。"魏公子笑着说,"俗话说得好,'猎兔要用猎犬',我们也应该想办法找到一条猎犬。"

魏世奎点了点头,没说什么。此刻,他脑子里装着很多事情,但是却杂乱无章,没有头绪。看来,还是年轻人血气方刚,敢作敢为。既然女婿已考虑如此周全,自己应该尊重他的意见。在某些方面,比起自己的儿子,魏世奎更信任魏公子。两个儿子虽然答应了随后就跟他们来香港,但至今连他们的影子都没有看见。他们一家子来香港以来,两个儿子只写过一次信,信上也没有说什么时候来香港。魏世奎既担心他们,又生他们的气。他想,孩子还是小时候最可爱,他们就像雏鸟一样叽叽喳喳地围在你周围不肯远去,但是长大以后,他们会完全脱离你,各走各的路。这世界应该是公平的吧,自己把王先生的儿子通过女儿纳入魏家,让他成为自己半个儿子,而他自己的儿子却不能守在身旁,为他尽孝,替他分担。

"好!"魏世奎仿佛是下定了决心,"就按你说的办吧。我们在这里坐等他人的帮助,什么事都干不成。"

晚饭时,魏世奎情绪高涨,甚至主动邀女婿多喝了几杯。

一想到岳丈支持自己的想法,接下来就要大展宏图,魏公子的心情非常激动。借着酒兴,他更加陶醉了。

饭后回房,荷花笑着说:"这几天我一直在想,你为什么老往外跑呢?原来你已经着手谋划这样一个生意了呀。"

"你是不是担心我在外找了女人了?"魏公子对荷花开玩笑。

"那也说不定呢,男人一看到漂亮女人,就把持不住自己了。"

"也不是所有的男人都那样。"魏公子挥着手说道,"我不在那样的男人之列。除了你以外,我绝对不会喜欢其他任何女人。"

"你说话算数?"

"当然。"

"我支持你,如果你资金困难的话,我把自己的金银首饰和珠宝都卖掉。按现在的行市价格,应该值不少钱。"

"荷花,"魏公子激动地说,"身边有你这样的贤内助,我还怕什么呢?"

第二天开始,魏公子就带着工人填埋了土丘下的池塘。于是,家里一下子多出一大块空地。他们先在西边建了一个很大的院门,然后在里面建了几间仓库,库房前搭了顶棚,铺了石子路面。解决了仓库的问题后,魏公子一边联系货源,一边开始办理注册公司的相关手续。李万庆也为此帮了些忙,他心里也很乐意魏世奎能自谋生意。

当第一批货物入库之时,魏世奎给魏公子出了个主意。因为仓位有限,再多进一批货就会满仓,所以不能把所有的货都压在这里,要先和买货的客户联系好,接受他们的订单,如果可能的话,把货直接从供货商的仓库转移到订单买家那里,这样不仅解决了库存问题,还能减少货运次数,节省一定的费用。这个想法正合魏公子的意。

"若说做生意,没人能比得过您啊。"魏公子恭维岳丈道。

"哪里,我就出了点主意而已。"

"不,这不只是一点主意,是您为家里新的营生提供的大智慧。"

"都是为了我们的家呀!"

"您说得对。"

谋到了生计,魏家人的情绪也好了起来。吃饭的时候,有关生意的事情也会成为饭桌上最受关注的话题。前段时间闲着无聊找不到事做的魏世奎,现在整天把一个本子夹在腋下,一天到晚忙个不停。一切准备就绪以后,在正式营业的那一天,他们举行了隆重的开业典礼。左邻右舍,商界翘楚,来了不少人。这些,也多是李副会长帮助张罗的。做生意,还是多点熟人好。俗话说:"你若没有殷勤的笑脸,就不要开迎客的店。"只要能做到广开门路,诚信经商,崇德向善,所有的事情一定会好起来的。

最让魏世奎和魏公子高兴的是,九龙城长官曹石山也参加了开业典礼。典礼现场气氛热烈,魏家在这里的声望算是上了一个台阶。会做事的魏世奎给曹石山等人分别送上了答谢礼,还特意邀请曹石山给"金龙建材公司"牌匾揭幕,为开业典礼剪彩,而剪彩用的金剪刀就直接送给他了。典礼结束,曹石山笑得合不拢嘴,所有人都看得出来他对这次开业典礼活动有多么满意。

从那一天起,魏家公司的名声迅速传播开来,生意很快就火了起来。魏公子按照自己当初的想法,以高薪聘请了一位名叫王义勇的助手,他曾经在建筑公司工作过,是个懂行人,被任命为金龙建材公司的副经理。王义勇也是土生土长的天津人,从小父母双亡,由做泥瓦工的叔叔抚养成人。十几年前,他跟随叔叔来到了香港。因为从小就能吃苦,又善于学习,没几年王义勇就在香港一个很有规模的建筑公司谋得一份建材采购的差事。后来叔叔病逝,他无依无靠,工作中又遭旁人陷害,索性辞去了那份工作。

就在王义勇振作起来想要干一番事业的时候,经人介绍,认识了魏公子。他看魏公子是个可信赖的人,就决定跟他干。魏公子第一次见到王义勇时,看着他那双布满老茧的手,有些顾虑。王义勇看上去像是一个干粗活的人,用这样的人万一有个闪失,公司受到影响,那么自家在这里就会威信扫地。但是,魏公子很快发现王义勇在建材方面是个内行,而且他是一个诚实善良的人。他很低调,很直率,不是那种急于表现自己的人。从他的身上,可以看到一个在生活的磨炼中渐渐成熟的男人的坚强意志和谦虚谨慎。

魏公子把自己对公司的规划详细地告诉了王义勇。王义勇思索片刻,建议魏公子还应该购置一些建筑设备,之后可以把这些设备租给建筑公司,赚取租赁费。他的建议魏公子非常认可,他们随即制定出了一套经营方案。仓库和其他必要的准备已经完成,开业典礼也办得很成功,公司现在已经是声名远扬,必须实实在在成长起来。

魏公子果然精明能干,建材公司成立一年多时间,迅速扩大经营规模和业务范围,又通过创新营销模式,很快成为有影响力的新公司之一。魏世奎这才觉得,离开天津来到香港发展,或许是正确的抉择。正当他踌躇满志准备大展身手之时,香港的天空开始阴云密布。日本人针对香港的挑衅活动越来越频繁,每天都有好几架飞机在岛屿上空盘旋。报纸上不断报道日本人可能入侵香港岛的消息。

"父亲,是不是香港的局势很不好?"这天,魏公子看着低头看报的岳丈问道。

魏世奎摇头叹气,沉默不语。他愤愤地看了一眼手中的报纸,把它扔在桌子上,站起身来,开始在客厅走来走去。他走了一会儿,又回到座椅那坐了下来。他好像忘了报纸上的什么消息,赶紧拿起来重新看了看。看岳丈没有回应,魏公子突然心生烦闷,现在看报纸有什么用呢?如果日本人真的侵占香港,他们刚发展起来的事业会遭到毁灭性的打击,一家人背井离乡避难到这里来又有什么意义呢?!

魏公子觉得有必要控制一下自己的情绪,转身走了出去。

魏世奎确实不知道该怎么回答女婿。现在的局势谁都不好作出判断。魏世奎想找李万庆谈一谈,可是近来商会的办公楼已经上了锁,工作人员都在家里做事。如此情形,李副会长恐怕也很难为魏世奎分忧。家产不保没什么大不了的,能保命就行。失去了生命,要再多财产又有什么用呢?当前,魏世奎最关心的是一家人能不能在战乱中保全性命。

第 七 章

  魏世奎走出院子,看见大街上有军队四处奔忙。那些军人的脸上充满了焦虑、不安。但是,"灾难到来之时,菩萨也不管用"。魏世奎越想越绝望,索性什么都不去想了。一眼望去,这里是绿意盎然的美丽岛城,沐浴在灿烂的阳光下,似乎一切都很正常。但是即将到来的灾难让人失去了希望,就算你再怎么热爱生活,也不能主宰自己的命运。无助和无奈是人生最痛苦的感受,没有亲身经历的人是很难体会到的。

  大家一直在幻想,虽然香港的战略地位很重要,但在英国政府的控制之下,日本人可能不会入侵港岛。现在这个幻想终于破灭了。一九三八年十月日军侵占广州以后,香港就成了一个孤岛,防御力量薄弱。人们并不知晓日军迟迟没有进攻香港的原因。也许,驻守香港的英军部队有强大的火炮和军舰,很多人对这支军队抱有希望。但是无论如何祈求平安,祈祷香港能免于战火,灾难终究还是来了。

  一九四一年十二月,日本入侵香港,而英国部队没做多少抵抗就向日军投降了。

第 八 章

  马木提干的那些坏事,虽没有人亲眼看见,却已经成了大家心照不宣的公开秘密。王三在治疗他被烫伤的右手的时候,确认搞破坏的人就是他。王三当时说的那些话,久久萦绕在马木提的耳边。遗憾的是,马木提不是那种接受批评和教诲的人。从那以后,他对王三的怨恨反而越来越深。养伤的十几天里,他一直躺在家里,盘算了更多阴险的计划。

  马木提的手很快痊愈,多亏了王三精湛的医术,他的手上没有留下多少疤痕。他再也没有出现在餐馆门前招揽顾客了。只有一个服务员把白大布毛巾挂在脖子上,整天在门口大声招呼顾客,嗓子都喊哑了。

  附近餐馆、馕店的师傅们从不正眼看他,也不和他打招呼,甚至当面给他说一些风凉话。每当这个时候,马木提的脸色就像灰蒙蒙的天空一样难看,眼睛里射出毒刺一样的寒光。他的眼神里既没有温暖,也没有廉耻,只有充满怨恨的愤怒。

  马木提意识到自己在这条街上丢尽了脸,成了卑鄙小人。他也想过关了餐馆搬离这里,但是他不甘心面对失败。如果再次搬离这里,连自己出生长大的街道都容不下的人,无论去哪里,都会被人们瞧不起。俗话说得好,"好话步行走,坏话长翅膀"。人言可畏,就是到了一个新的地方安家落户,他所做的那些坏事也会在他到达之前就传到别人的耳朵里。

马木提放弃了搬走的念头。也许过一段时间,人们就会慢慢忘记他所做的这些坏事。时间会忘记一切!现在,餐馆的生意惨淡,赚的钱甚至连厨师、伙计的工资都不够。每天炉子里烧着的一捆一捆柴火,就像烧掉大把的钞票。就算那样,马木提依然坚持着,继续开门做生意。

后来,他又试图以慈善家的形象立足在这条街上。他觉得王三之所以赢得所有人的尊重,在这条街上特别有面子,主要因为他对别人行善事。于是他也想通过这个途径洗掉自己身上的污点,向王三的声誉挑战。马木提有自己的一套处世之道,俗话说,"所有人得到了好处都说你好",人是比猫还不要脸的动物,你给它喂吃的,它吃完以后就会满意地闭上眼睛,你经常去喂它的话,它会喵喵地叫着围着你转圈撒娇,只要你停止喂食,它就会瞪着眼睛狠狠地盯着你的后背。

马木提开始花手里的钱做善事。每次,当他掏着自己的腰包帮助别人时,虽然表面笑眯眯的,心却像被人拿刀割了一样疼。尽管如此,他还是努力假装自己慷慨大方。

人心难测,人们猜测不出马木提到底在想什么。只有那些明白事情原委的人,才会想到他可能是良心受到谴责,为了洗清自己的罪过,才会开始做善事。

两年过去了,马木提把很多钱花在了做好事上,也起到了一些效果。人们见到他的时候,开始微笑着打招呼,也有人会尊称他"马木提江",他的日子开始慢慢地好起来了。马木提开始觉得自己的声望已经超过了王三,常常以此来自我安慰一番。

王 三 街（二）

这两年,王三几乎完全放弃了别的生意,只一边照看客栈,一边专心行医。马木提心里很清楚,王三仅靠行医挣不了多少钱,因为来找王三的病人中贫困的穷人占大多数。多数情况下,王三不收穷人的医药费,哪有什么钱可赚呢？有一次,提拉汗试探性地问王三:"孩子他爸,每个人做事都为了赚钱,你为什么不用你的医术赚钱呢？"

王三马上明白了妻子话中之意,他合上正在看的医书,看着提拉汗问道:"我们为什么要赚钱,我的提拉汗？"

这一句反问的话,让提拉汗脸红了,她局促地看了丈夫一眼,低声说道:"对不起,我……"

王三笑着拍了拍提拉汗的肩膀:"'医生拯救生命比什么都重要'这句话说得最多的就是你,怎么现在你开始胡说了呢？"

"不是,"提拉汗也笑了,她为王三这么理解自己而由衷感到高兴,"有些人为了赚钱,不惜去做各种坏事,我也在想,这身外之物值得付出这么多代价吗？"

"在这个方面人们的想法各不相同,因为世界上有好和坏两个极端,事情就按这个规律发展,谁都无法更改。坏人就像风刮来的沙子,人们不会喜欢；好人就像春雨一般,滋润万物,让荒漠变绿洲。好人行善不讲报酬。"

"你说得对,你做的一切我都知道,但是外人知道的很少。我也从没听你在别人面前提起过你所做的好事,我现在只是突然想起了这些事。"

"我们是按照自己做人的原则生活的人。"

"我也是和你一样生活的人。"

"所以我娶了你,我终身的伴侣。"

"我会永远陪着你,直到生命的最后一刻。"

在沿街的这间屋子里说的所有的话,除了他们自己谁都没有听过。

第 八 章

王三的性格沉稳内向,从不会去教训什么人,就算是劝诫别人,他也费尽心思用一些典故谚语,希望那人能有所感悟。有些粗俗无理的人也许会对他引经据典的劝诫嗤之以鼻!他一贯不喜欢向别人解释对错。他认为,不同的人对一件事物的理解是不一样的,如果一味地按照自己的意愿解释,那么所做的事情就失去意义了。

有时,王三也会给人一种神秘的感觉。

就在马木提为自己所做的事情以及挽回的面子感到心满意足之时,发生了一件大事。

阿克苏市靠近塔克拉玛干沙漠,春秋两季,在沙尘天气的影响下,经常会下土,天空整天都灰蒙蒙的,人们几天都看不到太阳。在这样的恶劣天气影响下,各种疾病就会多起来。这年,一种传染性很强的疫病突然暴发,给群众的生命带来了严重的威胁。

新中国各项事业还处在起步阶段,政府各个机构也刚开始建立完善,一些行业刚刚开始试行新的政策。政府虽全力预防传染病,紧急抢救病患,但是由于医院规模小,医疗人员短缺,想要有效地阻止潮水般汹涌而来的疫病,确实非常困难。这些日子里,王三整天待在家里,都在看医药治疗方面的书,研究中医防治瘟疫的有效方子。提拉汗心里明白丈夫在做什么,为了不分散他的注意力,她都会轻轻地走进屋子,给王三送饭送茶,开门关门都不发出一点儿声响。

托乎提的病已经好多了,他已经可以承担家里的一些活儿了。为了让父亲放心,家里有个什么事情,或者自己有什么状况,他都会尽力独立处理。他从没见过父亲如此沉迷于翻阅医药资料,家里晚上灯光不太亮,很多时候父亲都点上煤油灯看书,没过几个小时,煤油的黑烟就充斥整个屋子。提拉汗怕王三感冒,不敢把窗户开大,但她更不忍心丈夫被黑烟熏着。每当看到王三鼻孔里黑乎乎的烟渍,她都会一阵心酸。

王三街（二）

"妈妈，不能再这样下去。"看着父亲这个样子，托乎提心疼地说。

"那我们怎么办呢，我的孩子？你爸爸的脾气你也知道呢！"

"爸爸至少得出去呼吸新鲜空气，调整一下情绪。"

"你爸爸会同意吗？"

"爸爸最近是不是又遇到了什么疑难杂症？该不会又是在为我治病找方子吧，妈妈？"

"不，最近一直困扰你爸爸的是别的事。"

屋里传来王三重重的咳嗽声。

"我要进去把爸爸带到外面。"托乎提一边说，一边伸出手要推门。

"不要那样做，孩子，这会让你爸爸生气的。他不喜欢别人分散自己的注意力。"

"那……"

"我们再等一天看看吧！"

托乎提不知所措地站在那里。

阿依夏木提着一壶茶走了过来："妈妈，我刚才听到您说的话了。是的，这种时候不能打扰我爸爸。但是也不能再这样下去，我们要想个办法呢！"

"我们还能想什么办法呢，我的女儿？我想来想去就是没有一个好办法，我的脑子都快僵住了。"

"我们要想一想，怎么做才能让爸爸待的屋子空气流通，点煤油灯的时候，怎样让屋子里的烟少一点儿呢？"

阿依夏木说的话让提拉汗觉得很在理。托乎提也像是被妹妹的话点醒，心想，现在大家都紧张兮兮的是没有好处的，要是能找到一个有效的方法改善一下爸爸看书的环境就好了。

提拉汗突然想起了一个法子，她轻轻地拍了拍自己的额头，安排阿依夏木和托乎提："我的孩子们，你们快点去拿几盆水来。"

第 八 章

两个孩子很快就拿来了几个装满水的盆子和铁皮桶。提拉汗小心翼翼地打开门,把装满水的盆子和桶摆在屋子里的墙边上。

"妈妈,这管用吗?"托乎提对妈妈想出的这个办法表示怀疑。

"这个你们一会儿就会知道。"提拉汗说。

夜深人静之时,提拉汗端着一壶热茶,蹑手蹑脚地走进王三看书的屋子。屋子里不像前几天那样乌烟瘴气了,再一看,盆子里和桶里的水都是黑黑的。提拉汗把茶壶放在桌子上,微笑着走了出来。她一出门,就把里面的情况告诉孩子们。

"真的吗?"托乎提惊讶地问道。

"当然,"提拉汗笑着说,"现在我们放心一些了。"

托乎提深深地叹了口气:"是的,我们只有等爸爸快点把书看完,然后从那个屋子里早点出来,其他我们也做不了什么了。"

"是的,我的孩子。"提拉汗也叹了口气。

"愿爸爸健康!"阿依夏木满眼含泪说道。

"愿他身体健康!"提拉汗和托乎提也跟着说道。

一周以后,王三走出那间屋子。他眼窝深陷,弯腰驼背,但是精神状态特别好。他手里拿着一卷资料,径直去找专区韩书记。韩书记虽然没有见过王三,但是他听说过王三做的很多事情。

第一次见面,王三就给韩书记留下了深刻的印象。

"久闻王先生大名,今天终于见面了。"韩书记态度谦逊地给王三倒了一杯茶。

"您太客气了,"王三非常客气地说道,"我只是一介平头百姓,劳烦韩书记惦记了。"

"您真是一个谦虚的人。"

"谢谢,韩书记。"

就这样热情地问候了几句以后,韩书记开口问道:"今天王先生过

王　三　街（二）

来，不知道有何指教呢？"

王三摊开手中那卷纸，递给韩书记说："当前瘟疫成了百姓的大灾难，政府正在全力开展防治工作。尽管我们延缓了传染病的蔓延，这病还是没有得到彻底有效的控制。我年轻的时候学过中医，至今一直在行医治病，近一段时间以来，我研读了许多古老的中医药方，研究出一个防治这次的疫病的方子。这是我带来的药方，请韩书记过目，如果卫生防疫人员研究通过的话，我们可以试一下这个中医方子。"

韩书记一边认真地听，一边仔细看王三带来的药方，他听说过王三是个出色的医生。过了一会儿，他抬起头看着王三，激动地说道："王先生写得一手漂亮的繁体字，这是真正的书法艺术啊！"

听到书记的夸赞，王三不好意思地摇了摇头："您过奖了。"

"我说的是大实话，从这些文字来看，王先生的书法造诣应该也是很高的啦！"

王三就像个孩子一样，难为情地搓着手指头，有些坐不住了。他虽然见过不少世面，性情稳重，但是如果有人当面夸他，他会不自觉地脸红，显得不知所措。他向来不知如何回应别人的夸赞。

韩书记把手中的药方仔仔细细看了一遍，热情地对王三说：

"我不太懂中医知识，所以您给我的这个方子如何我现在还不能明确地答复您。我让秘书立即把这个送到卫生局，听了专家的意见以后再给您答复好吗？"

"当然，韩书记，那这事就让您费心了。"

说完，王三起身告辞。

第二天，韩书记派人去请王三。当王三走进书记办公室时，韩书记直截了当地说道："王先生，这位是卫生局局长杨先平。他们对您的处方给予很高的评价。我们想用您的这个方子助力目前的防疫工作。"

"太好了！太好了！"自己用一个星期时间日夜研究而得的药方得

到政府的认可,王三十分激动。

"我对王先生佩服得五体投地。"杨局长对王三赞不绝口,"您研究出的这个药方,能解当下防疫的燃眉之急。"

"只是尽绵薄之力,查找了些古老的配方。"王三谦虚道。

"我听说王先生以前也做过很多这样的好事。'人民爱戴的人,路会越走越宽',我代阿克苏城的百姓感谢您。"韩书记忍不住紧紧握住王三的手说。

"这只是一件不足挂齿的小事而已。"

"不,这绝对不是一件小事。在我们的群众遇到灾难的时刻,您挺身而出,全力支持政府的工作,这是一件值得大力宣传的好事。"

"王先生,我们想留着这个方子,您看可以吗?"杨局长诚恳地问。

"当然可以。"王三毫不犹豫地回答。

政府领导的鼓励和肯定,极大地鼓舞了王三以中医治疗疫病的信心。第二天,他在自家院子里架上了一口大铁锅,亲自配药、煎药,免费分发给染病的邻里乡亲。

这药虽然有些苦,但疗效很好,前来领药的人越来越多。连着半个月,提拉汗整日满头大汗地在院子里帮忙,鬓发粘在额头上也顾不上整理一下。

卫生局这边按照王三开出的药方大规模熬制药水分发给市民。在多方努力下,瘟疫终于得到了有效控制,阿克苏城百姓的生活也恢复了安宁。

这场瘟疫结束后,王三在大家心中的声望又一次提高。他在中医方面的造诣成了人们挂在嘴边的话题。而王三还是像以前一样,低调做人,默默地做着自己的事情。

马木提的心口像是插了一把匕首。他感觉自己精心建好的宝塔突然倒塌,开始心神不定坐卧不安。他精神萎靡,就像生病的猫一样打不

王 三 街（二）

起精神。难道他这辈子就注定要输给王三吗？为什么他好端端的总会遇到意想不到的挫折？他在这条街上树立自己的名望就那么难吗？

马木提左思右想，就是想不通其中的缘由，内心苦闷无处排解。

而王三却什么都不知情，每天忙碌自己的事情。他对谁都不会有一丝一毫的妒恨，当然也不希望谁破产，也不会抱怨谁的声望超越自己。他整天想的就只是为身边的人做些什么，他没有计较马木提做的那些坏事。

"嫉妒是一种危险的疾病，最好的医生都治不好这种病。那些爱嫉妒的人，整天睡不好，吃不好，和坟墓里的死人没什么两样。"

马木提觉得浑身没力气，虚弱得连从床上爬起来都困难，但他还得要活下去。只是要想把倒塌的墙重新砌起来，可是要比头一次砌墙还要难。马木提不甘心，他想，王三是不是有什么神奇的力量呢？因为每次马木提快要达到目的的时候，王三就会在不经意之间毫不费力地把他打败。

马木提就像患了重病的人一样，脸色苍白眼神无光，脚步无力说话结巴。他跟别人聊天的时候，只见他的嘴在动，谁都不知道他在说什么。他把这些都归因于受到糟糕天气的影响。的确，连日来，天空下着灰土，灰蒙蒙的，人们的心情难免压抑。

马木提连自家的餐馆都不想去了。店里的情况不怎么乐观，一天也没几个顾客，他看到只会更加烦恼。

他心事重重地在街上晃荡，突然闻到了马家黄酒的味道。在别人眼里马木提是个没有不良嗜好的人，但其实他是一个卑鄙并且毫无节制的人，除了去干一些见不得人的勾当以外，他私下里常常喝得酩酊大醉。马家多年来一直从事黄酒酿造营生，他家的黄酒味道十分特别，竟带着一股独特的醋香，远近闻名。新中国成立以后，政府给马家的黄酒生意提供了很多便利条件，使马家的产业又一次得到发展。

第 八 章

黄昏时分,马木提去了兰干街。他原本打算买了黄酒以后,叫上一两个朋友去家里好好喝上一顿。但是,他怎么想都想不出自己要好的朋友是谁。看来,这也是一件痛苦的事。俗话说:"你若想了解一个人,就看他交往的朋友。"一个跟谁都合不来,把谁都看不上的人,要么是个生性多疑的人,要么就是心里藏的见不得人的事太多。

马木提不想让别人注意到自己,他把帽檐压得很低,把外套的领子竖起来,走在路边的树荫下。由于天空浮尘弥漫,街道上一片昏暗。在这样的昏暗中几乎没有人能认出马木提。他总是在一种心虚的状态中,心里难免会忐忑不安。

终于到了兰干街。壮观的院子大门两侧,大红灯笼高高挂着,上面写的"马"字格外醒目。马家为了方便一些常喝酒但是手头拮据的人,就把院子边上的两间空屋子收拾出来,摆上几副桌椅,算是简易的酒馆。在寒冷的冬天或者其他季节刮大风不便干活的日子,这两间房子会坐满喝酒的人。他们把这里称为"马老板酒馆"。

黄酒醇香的味道扑鼻而来,马木提禁不住深深吸了一口气。他把口水咽下去,蹑手蹑脚进了院子。从边上的那两间屋子里传出了喝酒人嘈杂的声音。

马家的人住在院子里新建好的三层楼房里。当马木提在昏暗的灯光下走来走去,正好撞上从外面进来的马哈山。马哈山一开始没有认出他,马木提打了个招呼以后,马哈山听声音认出了马木提,赶紧热情地和他握手:

"哦,原来是马木提师傅来了呀,我没能迎接你的大驾光临,请原谅啊!"

"没关系……没关系,我的兄弟,我就是过来转一转……"

不知道为什么,马木提总感觉心虚,一时不知该说什么,就结巴了起来。但是马哈山好像没有在意,对他非常热情。马木提和马哈山很

王 三 街（二）

早就彼此熟悉，马哈山比他小几岁，却是会做生意的人，对马木提总是很热情。马木提偶尔会来到这个院子，他悄悄地来，喝完酒以后又不动声色地出去。马哈山把他的这种行为理解为上了年纪的他不愿别人看到自己喝酒。本来，年轻人聚在一起喝点酒大家都会理解，他这个年纪了还喝得醉醺醺的有失体面。有段时间到处是关于马木提偷偷搞破坏的传言，马哈山觉得马木提又没对自己做过坏事，没给马家造成什么伤害，所以就没有跟着别人说他的闲话，还像从前一样热情招待。

马哈山把他领到二楼的一个单间里，端来一盘泡菜、一碟油炸花生米和一小坛子黄酒。在他眼里，马木提可不是那些挤在下面房子里喝酒的人。

"马木提师傅，请慢用。"马哈山客气地说道，"我出去办点事。"

"好的，你去吧，我的兄弟。"马木提心不在焉。

马哈山出去了，马木提把椅子拉到离窗户远一点的地方，打开了酒坛子的盖子。虽然屋子里有电灯，但是因为电压不够，灯光就像快要熄灭的火焰一样微微地闪烁。马木提在这种氛围下，感觉自己就像一个幽灵一样。这个酒嘛，一个人喝没有意思，但是没有能陪着喝的人又能咋办呢？自己喝吧，马木提巴依，喝吧，自己酿的苦酒只有你自己喝，没人陪你。他觉得，这个世界是残酷无情的，你若是软弱的话，别人会踩在你的头上，你若是厉害的话，人们戳你的脊梁骨，诅咒你。反正你做什么，总会有人不喜欢，所以要忍着这一切坚强地活下去。

马木提把坛子里的酒倒在碗里，一仰脖子就喝干了。顿时，他的身体抽搐了一下，血管里的血液开始发热，感觉自己一下子来了精神。这酒是马家长期以来用土法酿造的，用纯粮做原料，酒味醇厚回甘，喝上几口，立马神清气爽，烦恼尽消。

马木提连续喝了三碗酒之后，吃了几筷子盘里的泡菜。此刻，他心里的那些烦恼一扫而光，什么嫉妒呀，和谁作对呀，手上的伤疤呀，等等,所有的事情他都忘得一干二净。他感到自己轻松了许多,脑子里思绪在飞,心想:"唉,人生不过如此。我们咋就像有十个肠胃一样,日夜就想着挣钱?一个人的胃儿口就能吃饱,几碗酒就能把一切烦恼忘掉,人死了不就躺在两丈地里,盖上几卷土布吗?唉,我做的那些事情,是不是在自讨苦吃呀!"

马木提突然感觉自己这么长时间以来做的每一件事都没有任何意义。他也想过和别人一样的生活,但是他找不到可以实现自己生命的价值、享受美好生活的一种活法。也不是他不愿选择,而是没有可以选择的目标。马木提心中的目标就是在这条街上活得比谁都荣光。马木提想着想着,又回到了自己的初衷。对王三的妒恨仿佛一团火,在他的身体里熊熊燃烧。

他一气之下连着喝了好几碗酒,坛子底马上就露了出来。但是,他还没有喝够,于是起身出去找马哈山。昏暗中他谁也看不见,只听到下面的那两间屋子传来一阵阵笑闹声。当他走到楼梯拐角时,看到有间房里发出一点光亮,并从里面传来了两个人说话的声音。马木提站在那里仔细听了一会儿,听出他们中一个是马哈山的儿子马岳峰,另一个是王三的儿子托乎提。

"我就算了吧,再不喝了,我的朋友。"托乎提说道。

听上去,这两个人是在这里喝酒呢。

"我们的嘴唇才刚刚湿润了,我的朋友,如果现在就算了,不再喝的话,我们就仅仅沾了一些酒气而已。"

"你知道的,我的身体不太好,我爸爸要是知道我喝酒了的话会很生气的。"

"反正你已经喝了,你这个样子回房子里也一样有酒味嘛。我们再坐一会儿,等你爸爸睡觉了你再神不知鬼不觉地回屋子躺下多好。"

"唉……"

王 三 街（二）

"你是知道的,喝我家酿造的酒,不会醉得很厉害,只会让人心情愉悦。"

"那倒也是。"

"那就听我说,我们的父辈们相互交往交情很深,如今我们也成了好朋友,我们互相信任对方,敢掏心掏肺地说出心里话。"

"没有信任哪会有友谊。"

"当然呀,所以你别打断我的话,说不定以后,我还会成了你的大舅子哥呢。"马岳峰说完,嘿嘿地笑了起来,托乎提也跟着笑了。

马哈山的小女儿孜莱哈现在已经长成美若天仙的大姑娘了,真是女大十八变越变越漂亮。马家多年来与这里的各民族群众打成一片,他给小女儿取名叫孜莱哈,这正是一个维吾尔族姑娘的名字。刚才那句话是马岳峰开玩笑,还是家里的长辈们有那样的计划,这个谁也不知道。但是很明显,这是马岳峰真正对托乎提特别认可的表现,因为回族人从来没有拿自己家的女孩子跟别人开玩笑的习惯,他们很注重维护女人的面子。在王三一手培养下长大的托乎提,当然也明白这一点。所以,他没多说什么,只是随声附和了一句：

"那我们等着瞧吧,如果真能像你说的那样,这是我一生的幸福啊!"

"那你就听我说,"马岳峰笑着说道,"我们再坐一会儿。"

"好吧,恭敬不如从命,我随你的意思。"

"好样的,来,我们干杯!"

屋子里传来酒碗碰出的叮当声,两人聊得热火朝天。

马木提慢慢地往后退去,他回到刚才自己坐着喝酒的屋子,在昏暗的灯光下,盯着天花板陷入了沉思。此时此刻,他的内心最深处有一个黑暗的影子浮现出来。尤其是在这里见到托乎提之后,他心中埋着的妒恨的火种又开始燃烧起来。为什么这么恨王三?虽然他自己都说不出一个明确的理由,但这种妒恨的感觉越来越强烈,丝毫不曾减弱。

　　黑暗给了他灵感。刚才听了马岳峰和托乎提说的话,马木提脑海里突然闪出一个邪恶的计划。他为自己能够灵光一闪而感到开心,甚至比刚才喝酒时的感觉更让人享受。如果这个计划能够顺利实施,土三的名声将在一夜之间消失殆尽,就像这雾霾一样湮没在黑暗之中。

　　马木提现在不想再喝酒了,甚至忘了去找马哈山这档子事。他站起身,走到楼梯口,径直下楼去了。那两间屋子里的酒友们还喝得起劲儿呢!马木提也没有在院子里逗留,直接就往外走去。他的整个心思都在盘算着如何实施自己的计划。他是怎么走回去的,自己都说不清楚,总之他全身心地沉浸在那个阴谋之中。

第九章

  日本人占领香港以后,一方面清除抗日的进步力量,另一方面掠夺霸占大量的企业和工厂,以此扩充军费来源。那些富有的老板不知道如何摆脱盘旋在头顶的这片乌云,摆在他们面前的只有两种选择:要么放弃生命,要么放弃财产。放弃生命是不可能的,俗话说,"留得青山在,不怕没柴烧",命都没有了要财产有什么用?

  由魏世奎和魏公子创办的金龙建材公司虽然开业才一年多时间,但发展势头很猛,可以说是日进斗金。日军当然也没有放过这家公司,他们把军车开进魏家大院,将仓库里的钢材全部拉走,然后顺手撂下一张空头支票,权当是货款抵押在这里。魏世奎深知,这空头支票只是一个形式,最终肯定是一分钱也拿不到。但是为了保住一家人的性命,他们不得不保持沉默。这样的事情连续发生了几次以后,魏公子不想再忍了。这些钢材都是自家私产,日本人怎么能白白拿走呢!让他们这一大家子以后都喝西北风吗?此外,魏家的这家公司还有几十号职员,也要发工资的。魏公子不堪忍受日本人的霸道欺凌,有一次,他们又来抢东西的时候,他说钢材用完了,拒绝打开仓库的大门。坐在车里的一名日本军官愤怒地拔出长刀,两个日本兵荷枪实弹对准了魏公子的胸膛。灾祸就要发生的那一刻,魏世奎气喘吁吁地跑了过来,忙哀求道:"哎呀呀,请您消消火儿,军官大人,我儿子这几天在外面跑,并不知道公司的实情。这是钥匙,你们随便去拿吧。"说着,把仓库的钥匙递向日本军官。那军官狠狠地瞪了魏公子一眼,把军刀插进了刀鞘。但他并没有去接魏世奎手中的钥匙。

"你是好样的。"日本军官点了点头说,眼睛像豺狼一般发着令人胆战的寒光。

魏世奎赶紧掏出香烟递向他们,但那军官摆了摆手不让他靠近,两个日本兵也没有理会他。

"军官阁下,您可千万不要生气,我们随时准备为您效劳。"魏世奎见状,忙点头哈腰地表态。

"打开库房的门!"那军官命令道。

"好的、好的,我马上开门。"

魏世奎拄着拐杖一瘸一拐地向仓库走去,一边走一边向魏公子示意不要靠近。可魏公子没有注意,跟着岳丈就走了过来。王义勇和几个工人站在一边,眼看着这里发生的一切。魏世奎打开库房的大门以后,退后几步抱着手站在那里。公司开业初期,魏世奎就曾给女婿出了个主意,不要把太多的货物积压在仓库里,大批量的货尽量直接送到大客户手里。因此,仓库里囤积的钢材不算多。那日本军官走进仓库瞧了一眼,马上就皱起了眉头。

"太少了!你,你们,是不是把钢材藏起来了?"

"不,不,军官阁下,我们现在经营状况不好,没有资金去补充库存。"

"你在说谎!"

王 三 街（二）

"哪能呢，不信您可以查一下嘛！"

那军官狠狠地瞪了魏世奎一眼，带着两个日本兵把仓库里面仔细地检查了一遍，又到外面的大棚下面仔仔细细查看一番，最后又走到仓库前面停了下来。他挥了挥手，军车的司机将车开进了仓库。

"你跟他们说，让他们把钢材装到车厢里！"那军官用手指着站在远处的工人，命令魏世奎。

魏世奎立即叫王义勇他们上前，把仓库里的钢材往日本人的军车上装。

那日本军官本想把这里的钢材一股脑儿全部拿走，但是看军车的轮胎都快压瘪了，只好作罢。

"呸！该死的日本鬼子！"当他们的车驶出院子，魏公子狠狠地朝地上啐了一口。

"好了，好了，"魏世奎生怕日本人会听到这句话，"货被拿走了就罢了，只要别把命拿走就行。你没看到他们脸上的杀气吗？我们的命对他们来说什么都不算，这些家伙心狠着呢。"

"问题不是钢材被拿走了，"魏公子愤愤地说，"他们这是在当着我们的面公然抢劫，我们还没说什么呢，就把刺刀对过来……"

"是啊……是啊……这是他们的天性，不然人家会叫他们日本强盗吗？我们为什么离开天津来香港，还不是为了讨个平安日子吗？！"

"难道我们就要一直这样过着狗一样的日子吗？"魏公子满腔愤懑。

"不只是我们一家人遭此劫难！"魏世奎对女婿发火了，"以后日本人来了，你可千万别莽撞，让他们把想拿走的都拿走，只要我们能逃过一劫，保住性命就好。"

魏公子心头发堵，扭头就走。魏世奎无奈地看了他一眼。这是岳丈和女婿第一次争执起来。

魏世奎吩咐王义勇带人把仓库整理一下，他自己则拄着拐杖往客厅走去。

王义勇一直站在一旁,什么都做不了。魏世奎走后,他和工人们一起开始整理仓库。由于绝大部分钢材都被运走了,仓库里出现了相当大的空间。王义勇打发工人们去做别的事,独自一人留在仓库,陷入了沉思。

也不知过了多久,他忽然感觉有人进来了,转身一看,是魏公子。

"老板,有什么事吗?"王义勇稍微有点紧张。

"没事。"魏公子看着空荡荡的仓库,心中的怒火难以压制。刚才他跟岳丈赌气,一走了之,但是没走多远,又想回来看看。

王义勇不知道该怎么安慰魏公子,便没再说话。

"这些鬼子带给我们的灾难,我们还要忍受多久啊!"魏公子咬牙切齿地说。

王义勇欲言又止,想了想,只是安慰了魏公子几句:"没办法,老板,连英军都不战而降了,我们又能做什么呢……"

魏公子看了王义勇一眼,心想,一个普通的整天只关注眼下生计的工人心里又会想什么呢,又哪有什么志气可言!此时此刻他心中的那一股子苦闷真是无处排解。

"我们就这样忍着,幻想着货没了就没了,只要能保命就行了。我觉得他们把我们榨干了以后,最终会要了我们的命!我们永远无法满足他们的贪欲。我们忍辱负重,把所有东西都乖乖地交给他们,最后把自己的命也搭进去,这样活着有什么意义?"

"老板,识时务者为俊杰。"

"哼,原来你也是个十足的胆小鬼。"

魏公子愤愤地说完,快步走了出去。王义勇望着他的背影,若有所思。最初,他以为魏公子也是一个在岳丈的庇护下不思进取之人,所以并没有对魏公子表现出特别的敬意。但在这一年多时间中,他发现魏

王 三 街（二）

公子尽管性格内向，但是自尊心很强，也很有主见，能够坚持自己做人的原则，对其敬重之感便不知不觉生发出来。

魏公子并没有往家走，而是沿着魏家宅子旁边的竹林小道朝土丘坡上走去。王义勇很快就赶了上来，紧跟在他身后。见王义勇跟着他，魏公子不动声色，来到一块刻着字的磐石旁停了下来。石头旁边有一小股泉水汩汩地涌流。这里的草木长得很茂盛，一棵棵挺拔入云的竹子格外壮观。磐石表面刻有铭文，因时间久远看起来有些模糊。每当魏公子心情烦闷的时候，就会来到这块大石头边，听着潺潺的泉水声，读石头上刻的字。"在这片土地上支撑着天空的是忠诚"这些字眼，常让他陷入沉思。

魏公子在石头旁的草地上坐下来，仰着头，看蓝天清澈，白云飘飘。高大入云的竹子仿佛擎天支柱根根直立，让他顿觉钦佩不已。只有不低头努力地长，才能高过周围的树林。这一棵一棵的竹子，犹如一把把锋利的长矛，但当前祖国遭受蹂躏，人民不得安生，它们如此昂扬又有什么用呢？

魏公子深深地叹了一口气，眼里噙满了泪水。他的人生坎坷曲折，随波逐流，失去了太多，但自己付出那么多代价想要得到的到底是什么呢？

想到这里，魏公子悲痛万分，朝着家乡的方向猛地跪下，一个劲儿地磕起了头。王义勇见状赶紧上前扶住他。

"老板，您消消气吧，因为别人的错误惩罚自己是不明智的。"

"我不惩罚自己，还能惩罚谁？我还能做什么？我们任人宰割却不敢说一句话，这是多么地屈辱多么地无能啊！"

"在强盗面前我们是无能为力的。"

魏公子恨恨地看了他一眼，冷漠地说道："你不用在这里看我的笑话，赶紧回去吧！"

第 九 章

王义勇没有离开,他走到魏公子身边,坐了下来。

"你……"魏公子第一次发现王义勇如此没有眼色。

"老板别生气,一个人在这种情形下,一定需要有个人陪他谈心。"

"跟你?"

"对,我是在您手下谋生的一个普通人,但是您能想到我心里到底在想什么吗?人心是复杂的,你若不跟他真心交流,就不能理解他的所作所为。"

"那是你的想法。我现在没有心情跟你聊任何事情。"

"我们要把愤怒变为力量。"

"你跟我讲大道理没用。"

"什么事都得有个道理呀。"

"你说,日本人懂道理吗?他们尊重我们吗?"

"只要我们中国人凝聚成一股强大的力量,就有可能让他们讲道理。"

魏公子双手撑在地上,霍地一下站了起来。他的高档西服皱了,还沾上了草叶,看起来有些不雅观,但此时他可没有心情注意自己的仪表。他没有想到,建筑工人出身的王义勇也能说出这样的话。他是为安慰自己的老板说出那些话呢,还是心里真的明白很多事情呢?在魏公子眼里,王义勇不过是一个苟且偷生之辈。如果日本人就这样常来骚扰,动不动就抢运钢材又索要钱财的话,用不了多久,魏家的公司就会破产,到那时,王义勇又会说些什么呢?如果给他发不出工资,他肯定一天都待不了,立刻拍屁股走人。山上的和尚在庙里吃不上粥,也会弃庙而走,更何况一个工人呢!现实就是这样残酷。

想到这里,魏公子轻蔑地看了他一眼。"你对公司破产有什么看法?"魏公子以一种试探的目光注视着王义勇。

这个问题问得太突然,王义勇一时不知道该怎么回答。他思考片刻,开口说道:"还没到那个地步,我们一定能渡过这个难关。"

"如果破产了呢?"

"我觉得,公司不会破产。"王义勇根本不知道魏公子问这个问题的目的是什么,只能如实说出自己的想法。

"你怎么会知道?"

"魏老爷是个很会做生意且很有远见的人,而您很有商业头脑,思维敏捷,善于捕捉机会。撑过这段困难时期应该没有问题,只要你们想。"

"哼,说起来容易。"

"我们为什么不努力一下?"

"日本人可不会眼看着我们兴旺发达,他们一定会毁了我们的事业。"

"日本人也需要钱财,他们把所有公司都搞垮了,谁去给他们赚钱?以后我们不要把钢材储存在仓库里,从工厂进来货以后,直接转运给客户。"

魏公子原本不想谈生意上的事情,他只是想要宣泄一下心中的愤懑。但话说到这里,他完全没想到王义勇竟有这般见识。

"老板,我们回去吧,午饭时间到了。"王义勇提醒道。

"你先回去吧,我一会儿就回去。"魏公子板着脸,并不显露此时的心思。

"见不到您,魏老爷可能会担心。"

"你是在监视我吗?"

"不敢,老板。"

魏公子不知道该说些什么,他站起身来,抄近路往回走去。

上午发生的事情让所有人的情绪都不好,所以午饭时大家都默不作声。饭后,王义勇为了联系新客户,提前出去了。

第 九 章

"这个人非常忠诚老实。"魏世奎看着他的背影说道。

魏公子点头回应,他并不想多说什么。

魏世奎已经原谅了女婿刚才对自己的无礼行为,年轻人不都是血气方刚嘛。日本人做得实在太无理太霸道了,遇到这种事情任谁都会气愤。但是战乱之中人的生命极其脆弱,如果不能控制一时的怒火,很容易造成不可挽救的后果。

魏世奎心一软,态度温和地对魏公子说道:"你先去休息吧。"

魏公子感受到了岳丈语气中的关爱之情,心里顿时暖暖的。他为自己做出顶撞岳丈的行为而后悔,惭愧难当,觉得脸上火辣辣的。

"父亲,我不该粗鲁地跟您说话,请您原谅我。"

魏世奎欣慰地点了点头,脸上露出了温暖的笑容。

"没关系,我明白。我们是一家人,都能理解彼此的心情。"

"谢谢您,父亲。"

"好了,你今天去休息吧,公司的事情我来安排。"

"不,不,应该是您去休息,我来处理公司的事务。"魏公子说完快步走出了餐厅。

魏太太不明所以,问道:"女婿怎么了?是跟您说了什么粗鲁的话了吗?"

"没事。"魏世奎挥了挥手说道。

魏太太感觉到丈夫有事情瞒着她,又问不出个什么,悻悻地走开了。魏世奎看着她的背影,摇了摇头。这个老婆子虽然知晓家里的琐事,但对外面的乱世却没什么概念。早上日本人来这里的时候,她急着看热闹,带着媳妇和孩子们往仓库那边走,魏世奎狠狠地瞪了她们一眼,吓得她们赶紧折了回去。事情结束,他回到屋里狠狠地骂了魏太太一通。

"听说日军凶残,我着实是担心……"魏太太辩解。

"你呀,真是个傻女人!你们凑过去,不是'老鼠给猫捋胡子'嘛!这些鬼子浑身散发着一股血腥味。"

"您又不让我们出门,我们在自家的院子里看看什么情形也不行吗?"

"你真是个糊涂的女人。"魏世奎气得直跺脚,"你知道他们害死了多少中国老百姓吗?双手沾满鲜血的这些鬼子,若是起了歹意,我们又该如何应对?!"

魏太太无言以对,嘟嘟囔囔地到后院去了。在那里,女儿和儿媳们正忙着刺绣,以此打发时间。由于香港岛到处都是日本人,魏世奎早就禁止家里的女人外出了。这当然是为了她们的安全考虑。只是把家里男人当成自己的靠山、自由自在过着富足生活的魏家的女人们,能理解魏世奎的心思吗?

魏世奎只觉烦恼,深深地叹了一口气。可转念一想,天下虽乱,人还是要活下去。俗话说,"死人有墓,活人有家",家并不是空着四壁的房子,而是大家一起生活的家园。因此,尽管头上盘绕着乌云,魏家人仍然要努力谋生。

他一边这么想着,一边朝书房走。在心情不好的时候,一边喝茶一边读书,已经成为魏世奎调节情绪的最好方式,这是他多年养成的习惯。

王义勇跟着魏公子张罗着和一批新的客户签订了合同。魏家库房搜罗不到钢材,日本人也不常来了,魏家人感到了些许的安心。据说,香港岛出现了一些抗日的队伍,他们神出鬼没,可以在楼宇间飞来飞去,打枪百发百中,功夫很是厉害。没有被英国驻守香港的几万驻军吓到的日本人,听到这个抗日武装的名字也会感到害怕。

这消息口口相传,传遍了全岛,甚至报纸上也有关于他们的报道。报纸上说,这些抗日武装是来自内地的共产党的队伍。

第 九 章

魏世奎每天早晨都有看报的习惯。一天早上,正在看报纸的他激动地拍着桌子站了起来。

"父亲,您是不是看到了有什么生意上的好消息了?"魏公子关切地问。

"不是,哪来的生意呀,港岛上出现了日本鬼子的天敌。"

"什么?什么样的天敌?"

"我也不太清楚,据说,他们是来自内地的共产党的队伍。"

"共产党?哦,我听说过他们,这是好事,最好把日本鬼子赶回老家去!"

魏世奎听了一惊,慌忙看了看四周,脸上露出不安的神色:"说话小声些,这可是掉脑袋的事。"

"日本人怕的不是我们,而是共产党的队伍。"

"那也要注意我们的言行,鸡蛋可不能碰石头。"

"我知道了。"

魏公子不愿再与岳丈起争执。岳丈到了这个年纪还在不停地为了生计而忙碌奔波,他并不是在为自己一人做事,而是时刻想着这个家。他为了全家人的幸福、安宁呕心沥血。他们从遥远的天津到这里避难,也是为了全家人的安全着想。魏世奎绝对不是一个没良心的人,遇到不公平的事情,他也会生气,也会怒不可遏,只不过有时候他也只能咬紧牙关保持沉默。

魏公子越是理解了岳丈,越觉得自己以前想事情实在是太简单了。

他一边想,一边走出门去,不经意间发现了正在仓库那边的王义勇。今天工人们休息,王义勇是有什么订单要处理?

魏公子本想喊他一声,问个究竟,但不知怎么回事,王义勇今天看起来有点神色紧张。他手里拿着一小包东西,一边走,一边小心地看看四周。

王 三 街（二）

魏公子起了疑心。他想知道这个看起来诚实、稳重的人在私下里是不是做些什么见不得人的事情，不知不觉地跟着他走了过去。

王义勇穿过堆着的铁架、木板和砖石，最后停在最边上的一捆一捆的蒲草堆旁。这些人腰一般粗的蒲草捆子，一捆一捆地整齐码放着，是供给在海边做棚屋的渔民的。

王义勇假装自己在漫无目的地转悠，但是一双眼睛却不停地观察周围的动静。当他终于确认没有人发现自己以后，弯下腰把两捆蒲草挪到了两边，蒲草堆中间一下子露出一个大的空洞，他钻了进去。

一直在砖石堆后面监视着他的魏公子不动声色地走了过去，来到蒲草堆跟前。他听到两个人在谈话。这到底是怎么回事？魏公子又气又觉得好笑，自己像是在玩什么无聊的躲猫猫游戏。但不管怎么样，这件事不搞清楚他不放心。

魏公子想了想，绕到了蒲草洞前。里面一片黑暗，但是他亲眼看见王义勇走进去了，所以毫不犹豫地钻了进去。他听见有人轻轻地呻吟，又闻到一股呛人的尘土味。他站了一会儿，等眼睛习惯了黑暗后，第一眼看到的是一个额头缠着纱布的人用枪指着自己的脑袋。

魏公子感到浑身冰凉，感觉自己就像在死神的嘴里。他嗓子发干，舌头僵直说不出话来。

"老板，您……"

惊魂未定的王义勇只说出了这一句话。他看向那人，微微地摇了摇头，示意他把枪放下。那人收起枪来，魏公子就势蹲下身子，长舒了口气。

"这……这是怎么回事？"魏公子费力地说道。

"对不起。"出于紧张，王义勇喘着粗气。王义勇一边打量着魏公子，一边想着他怎么会跟着自己来到这里，于是舔了舔嘴唇，低声说："我再次向您道歉，老板。请原谅我未经您允许就把我的朋友带到这里来。"

"他……是你的朋友吗?"

"是的。"

"可是……"

魏公子看了一眼那人手里的枪,没有再说下去。王义勇思索片刻,决定说出实情:"他是抗日队伍中的人,叫张文斌,在与日本人的遭遇中受了重伤,不方便跟队员们一起转移。所以,我把他带到这里来了。"

一听到"抗日队伍",魏公子心里的疑惑顿时就消失了。这不正好证实了最近报纸上关于抗日队伍的消息?他心里有一种无法形容的激动。他上下打量眼前这位伤员,他的衣服袖子被撕掉了,胳膊上的血迹已经凝固。他的头上缠着纱布,大概因为受伤肿胀,左眼眼皮垂了下来,膝盖上也包有绷带。总之,他的情况很糟糕。魏公子心想,他伤成这个样子,还能拿枪指着自己,这实在是太勇猛了。是呀,胆小的人能跟日本人斗吗?这才是好汉,真正的汉子!

"就这一个人吗?"魏公子问。

王义勇不明白他想说什么,连忙看了一眼张文斌。张文斌的眼睛里闪过一道严厉的光。王义勇咽了下口水,模棱两可地摇了摇头。魏公子立刻意识到,自己问的问题太唐突了。这可不是一般的小事,王义勇态度谨慎也是很正常的。

"我是说……伤员,还有没有像这位战士那样受伤的人呢?"

其实王义勇早就感觉到魏公子是个诚实可靠的人,只是谨慎起见,一直没有暴露自己的身份。现在,他完全相信魏公子是支持他们的人。

"有,但是他们在其他的地方。安全起见,我们把伤员都分散安排好了。"

魏公子点了点头,接过王义勇手中的包打开一看,里面有一些新的纱布和几盒盘尼西林。

"这些药太少了吧?"魏公子关心地问道。

"日本人控制了这类药物,所以市面上很难找到。"王义勇回答。

"没关系,因为我父亲懂中医治疗,我从小耳濡目染多少也懂一些如何包扎处理伤口,现在可以派上用场了。"魏公子说完微微一笑。蒲草洞里的紧张气氛一下子消失了,每个人心里都有一种亲切感。

"老板,非常感谢您。"王义勇感激地说道。

"你谢什么?他们舍了命与日本鬼子作战才受了伤,我们能坐视不管吗?"

"您说得对。"

见张文斌精神不济,魏公子轻声说道:"快让他躺下,我去拿点吃的,顺便再拿一些药来。"说着起身往外走去。

等魏公子走远,张文斌吃力地睁开眼睛,看着王义勇说:"他……他不会把我们出卖了吧?"

"你放心吧,这个人很可靠,我了解过他。"

"那就好。"张文斌呼吸很微弱,身体稍微一动,就忍不住痛苦地轻声呻吟。但是,他的右手始终紧紧地握着枪。

过了一会儿,魏公子拿来了吃的东西和一个药箱。王义勇和他一起帮助张文斌吃了点东西,接着魏公子要帮他处理头上和膝盖的伤口,重新包扎。血迹斑斑的纱布贴在伤口上已经变硬了,光是取下来都并非易事。张文斌的脸色因为疼痛而发青,但是他依然咬紧牙关尽量不出声。魏公子每次碰到他的伤口,都会感到心痛,就像这伤口是在自己身上,他的双手抖得厉害。

"我们要用温水清洗他的伤口,"魏公子语气果断,"否则会影响伤口愈合,甚至可能会发炎,加重伤情。"

"好的!"王义勇赶紧回答。当时日军正搜捕受伤的抗日队员,情况非常危急,张文斌只匆忙对伤口做了简单处理。

魏公子不一会儿就端来了一盆温水,两人小心翼翼地为张文斌清洗伤口,把满是血迹的纱布取下来,仔细检查了受伤之处,发现子弹并没有留在体内。这可是不幸中的万幸,只要把伤口仔细消毒包扎好就没有危险了。蒲草洞里异常闷热,刺鼻的尘土味让人喘不过气,他们很快完成了包扎。

"他不能待在这里。"魏公子冷静地说道,"这里空气不流通,闷热潮湿,伤口很容易感染。"

王义勇左右为难,他看了一眼正闭眼休息的张文斌,恳求魏公子:"我愿意一辈子给您做牛做马,老板,您可千万别让他走。他这个样子哪儿也去不了,落到日本人手里肯定会没命的。"

"你在说什么呢!"魏公子着急地说,"我没有让他离开这里,我只是想给他换一个好一点的环境,你在想什么呢!"

"哦,对不起。"王义勇意识到自己误解了魏公子的意思,难为情地挠了挠脖子。

"他的伤势很严重,所以要好好治疗。"

"但是如果让日本人发现的话……"

"你放心吧,我不会带伤员到日本人可能发现的地方。这个我自有办法。"

"那就照您说的办吧。"

"待在这里,迟早会被工人们发现,那时他的安全也不能保证。"

"您说得对。"

"晚上天黑的时候,我们把他转移走。你也别站在这里了,有人看到的话,会起疑心的。"魏公子迅速收拾好东西,叮嘱道,随后走了出去。

王义勇陷入了沉思。洞里弥漫着药物和酒精混杂的气味,加上地上腐烂的蒲草味,确实不宜久待。

"老张同志,"王义勇把头凑近张文斌轻声说道,"我想发展这位魏公子加入我们的队伍。你觉得可以吗?"

"我们必须十分小心。"

"他不同,我能感觉到,他内心是有家国的。"

"在没有向组织汇报之前,我们不能擅自作任何决定。"

"当然,我明白,我只是在跟你商量。"

"他叫什么?"

"都叫他魏公子。"

"他老家是哪里?"

"我们是老乡。"王义勇兴奋地说,他的语气中带着一种难以言状的自豪。

"天津自古以来就是英雄豪杰辈出的地方。就算这样,我们也得观察这个人的表现,然后再详细地摸一下他的底细。"

"好的。"

日军侵占香港后不久,岛上出现了来自广东的抗日武装队伍。这是一支中国共产党领导下的武装力量,他们重组了曾经在香港一带活动的东江纵队。这支队伍过去的队员大部分都是在港口装卸货的码头工人。上级派人重组了东江纵队以后,没有过多地参与港口的事务。他们就像影子,忽隐忽现,神出鬼没。受伤的是武装支队的副队长张文斌同志。王义勇的一个好友就在这个支队里,他们到香港不久后,经组织决定,王义勇被任命为这个支队的秘密联络员。除了给支队送情报以外,王义勇还帮他们解决生活补给问题。他们一面同日军打游击,一面同当地群众建立密切联系,并且已经初见成效。张文斌受伤的时候,正处于香港抗日关键时期,由于这次支队损失很大,通信联络等重要工作也被迫中断。这次战斗中受伤的队员比较多,他们主要活动的五角亭地区也引起了日本人的注意。就在张文斌受伤在蒲草洞秘密躲藏的时候,王义勇带来了支队其他队员重新集合准备战斗的消息。张文斌

第 九 章

担心队员们的安危,只盼着自己早日回到队伍里。

晚上,魏公子回来了。大院里的灯都关了,四周一片寂静,只有远处传来的日军的夜间警报声。他和王义勇找准机会,将张文斌转移到了以前的房主做厨房用的一间小房子。这间房子离主屋远,不易引起注意,魏家搬来后空了很久。后来,家里买了新家具,魏世奎把一些旧的过时的家具移放在这间房子里。房子后面有一棵枝繁叶茂的大树,一根粗壮的树枝延伸到了窗口,如果有什么紧急情况,人可以顺着树枝爬到屋顶,躲在两个烟囱之间隐蔽起来。

他们扶着张文斌在旧炉灶后的两张桌子拼成的床板上躺下。魏公子在上面铺了软褥子。和蒲草洞相比,这间房子显然好得多。

魏公子给张文斌准备了药让他喝下去。那伤口除了要包扎以外,还需要吃一些消炎药才行,否则愈合得很慢。

"谢谢您。"王义勇感激地说道。

"谢我什么呢?"魏公子有些生气地说道,"和老张所做的事情相比,我们做的这点小事根本不算什么。你以后别再说那些客气话了。"

为了安全起见,这间房子不能开灯。他们在昏暗的房间里隐约看到对方的轮廓。魏公子看不到王义勇脸上的表情变化。此时此刻,王义勇情绪很激动,他回忆起和魏公子最初相遇的日子,他感觉到那次的相遇非常有意义。在今天这样的关键时刻,能够得到魏公子的鼎力相助,对他来说至关重要。早上,他们之间的关系是老板和员工的关系,到了晚上他们就成了一条战线上的战友。虽然魏公子目前还不是他们组织上的人,但他的立场已经非常鲜明了。

他们把张文斌安顿好以后,就出去了。一副破旧的桌椅就挡在张文斌躺着的床板前,即使有人进来也不容易发现他。

"魏老爷不会知道吧?"王义勇回头看了看黑暗中的那间屋子。其实他的本意就是想问魏公子会不会把这件事告诉魏世奎,但是他又觉

王 三 街（二）

得不方便直接问他。

"先不要对他讲这件事。"魏公子思索片刻回答道，"他是一个很谨慎的人。"

关于老张的身份，王义勇一直在犹豫要不要告诉魏公子，此时，他决定把它说出来。魏公子是个诚实正直的人，王义勇相信他值得信任。

"老张是抗日武装支队的副队长。"王义勇稳了稳自己的情绪说道。

魏公子没有马上做出什么反应，但心里却对张文斌有了深深的敬意。他想，如果再多出现一些像他一样的英雄的话，在日本人的压迫下受凌辱的苦日子也不会太长了。如若我们的国家发展强大，每个人都能过上安心的生活那该多好啊！老百姓也不会整天提心吊胆地过日子，像魏博这样的孩子，就能安心学习掌握知识，成为有一技之长的人。一个人来到这个世界，本不应该在痛苦中度过一生。每个人都有权利寻找自己的幸福和美好。年少时在阿克苏和两个弟弟一起接受老师的教诲，知晓了许多美好动人的故事，那个时候是用天真纯洁的情感来爱这个世界，所有的事物都那么有趣可爱。后来，随着年龄的增长，很多事情变得复杂，让人难以理解。追求名利，欲望的底线已经看不见了。当自己的家园被日军侵占以后，对人生的看法才有了新的变化。

想到这些，他的眼前顿时浮现出父亲忧郁的样子。从阿克苏到天津的漫漫长途，在父亲失望的眼神中凝固的泪水，时刻萦绕在耳边的那曲子……

"唉……"魏公子心如刀割，"我姓王，父亲给起的名字叫石城。"

王义勇一脸茫然，惊讶地看着他，一时不知该说什么。但他感觉得到魏公子刚才在沉默中想起了一段难忘的往事。看来是有什么深深地触动他，使他的内心泛起了波澜。

"老板，我……"

"以后我们别再这么客气好吗？"魏公子说道，"以后你就叫我石城兄弟,或者石城吧!"

"可是……"

"如果你相信我会成为和你们站在一条战线的伙伴,你就按我说的做吧!"

"当然,"王义勇兴奋地说道,"能和您站在一条战线上,是我的荣幸。"

"好。"魏公子紧紧地握住他的手,激动地说道,"今天你就住在我家里吧,咱哥俩好好说说心里话。"

"好的,石城兄弟。"

第 十 章

马木提心里有了一个阴险的计划。这件事做成的话,至少能让王三在众人面前出丑丢脸。同时,也能消减马木提心中日夜燃烧的妒火。

现在就剩下确定实施计划的具体时间和地点了。马哈山是王三要好的朋友,这件事在他那里做肯定办不好。他想来想去,最后觉得找吐拉汗最合适。吐拉汗先后结过三次婚,但和哪一任丈夫都没有连续生活五年以上。四十岁以后,她开始了单身生活,有一阵子就靠卖瓜子过日子,后来在王三街上租了个门面开了一家酒馆。就像选对了合身的衣服一样,这个酒馆就等着她来开。吐拉汗的酒馆开了不久,就顾客满盈,生意兴隆。平日里,她的嘴就像抹了蜜一样,对谁都甜言蜜语。她自己也是一个长得很标致的女人,有些男人喝多了,就会厚着脸皮跟她开玩笑。吐拉汗为了不扫客人们的面子,不会对这样的男人生气,她总会说些让人开心的话,巧妙地让他们悄悄地待着。如果哪一个喝多了做一些过分的事情,她会不露声色地带他到外面一个角落里狠狠地教训一下。这些家伙第二天酒醒了,几乎没人能想起吐拉汗头天晚上对

第 十 章

自己所做的事情。

吐拉汗的身高足有一米九,她那粗壮的胳膊和碗口一样大的拳头,男人见了都会怕。年纪大一些的人,每次见到她,就会想起过去曾经在这条街上生活过的因赌博出了名的尼莎窄手指,他们都以为吐拉汗是她的姐妹。但是,吐拉汗跟那个叫尼莎窄手指的女人没有任何关系。世界上的事情就是这么有趣,有时候一个人像另一个人,会让与之相关的许多人沉浸在回忆里。她以前的几段婚姻生活之所以不幸,也可能是因为她的暴脾气和性格上的粗鲁,而导致家庭不和。她的第二任丈夫是个矮个子,都说"人无三寸高,肚里藏把刀",他比吐拉汗脾气更暴躁,更容易发火,两个人经常因为鸡毛蒜皮的小事闹矛盾。刚开始,吐拉汗觉得自己是个女人,应该让着他一些,女人要稳重一点。等挨了几顿打以后,她就忍不住还手了。吐拉汗的大拳头相当厉害,这个男人受不了被女人痛打,不久就跟吐拉汗离婚了。三次的婚姻生活,吐拉汗既没有找到适合自己的男人,也没有找到能让她展现妩媚的爱人。每个人只有自己最清楚内心的苦楚。吐拉汗也想有一个温暖的家,她一想到这些心里就特别难过,为自己的生活感到悲哀。

马木提是个认真细致的人,他完全掌握了关于吐拉汗的所有情况,连她特别爱财的特点也都摸透了。

他从来没有去吐拉汗的酒馆喝过酒。在他看来,进这个酒馆喝酒是一件不光彩的事,整个这一片认识他的人也认为他不会喝酒。现在在大家眼里,他是一个和蔼可亲的有良心的人。他就以这些面具来伪装自己。今天,他有求于吐拉汗。没有法子,为了达到目的,去求一次自己看不起的女人,也不丢人。

马木提差不多守了一天,等吐拉汗关店的时候,上前去找她了。偏偏她的酒馆在王三街上是最晚一个关门的。

吐拉汗知道马木提是在这条街上开餐馆的本地人,也知道他家的经济状况。来酒馆喝酒的人,喝着喝着就会聊起天下的大小事,有好事有坏事,讲好人也讲坏人。其中就有关于马木提的坏话。但是,吐拉汗绝没有想到这个人有一天会来找自己。这个世界上谁没有求人的时候啊。但是,这大半夜的一个单身女人把一个男人带到家里,别人会怎么说呢?吐拉汗也并没有在意这些,她身后没少有人说闲话。每个人点的灯会照到自己的屋子,有人说闲话就让他说去吧!

吐拉汗把马木提带到了一间潮湿发霉堆着乱七八糟杂物的屋子。她点上煤油灯,屋子里有了一点昏暗的光。马木提摸到炕沿以后,慢慢地坐了下来。

"请不要见怪,单身女人家就是这样的。"吐拉汗笑着说,"再说了,我每天早上出去到后半夜才回家,真没时间收拾屋子。"

"没关系,做生意的基本上都是那样的。嗯,我想请你帮个忙……"

马木提想快点离开这个屋子。屋子里乱一点倒罢了,要命的是有一股浓重的臭味,让他快要窒息了。

"我是一个弱女人,您说,我能帮您做什么?如果我能帮上您的话,将是我的荣幸。"

从吐拉汗带着马木提回家开始,一路上她想了很多。在她眼里,男人有时候就是贪得无厌的家伙,就没有他们不沾的腥。大半夜里找到一个单身女人家里,还能干什么呢?

吐拉汗也明白眼前这个眼神中充满了阴谋诡计的人是个不简单的人物,但是作为一个女人,她更想知道马木提的心思。马木提慢慢地挪了挪身子,靠近了吐拉汗。吐拉汗的呼吸开始加快,身体微微颤抖。马木提呼出的气直接传到了她憔悴的心田。吐拉汗没有躲开他,反而把自己的上身贴在他的身上,安静地坐着。马木提赶紧把嘴贴在她的耳朵边,耳语了一会儿,只见吐拉汗逐渐地平静下来,身体不再颤抖,她恢复了自己冷漠、淡定的样子。但她的心里充满了担忧。

第 十 章

"这……这……行吗?王三可不是一般人。"

"放心吧,不会出任何岔子的。再说了,后面的事情还要通过别人的手完成。"马木提一边说着,一边拿出一沓钱塞到吐拉汗手里,"如果事情办得顺利的话,我还会给你买一身丝绒衣服。"

吐拉汗拿着钱的手在轻轻颤抖。马木提交代的事情听了让人恐惧,但是看到他出了这么多钱,她还是有点心动。最后她终于忘记了一切,钱是个好东西,她自己不就是为了钱,每天都起早贪黑地辛苦吗?不受一点苦,哪能有收获呢!

"好吧,"吐拉汗语气坚定地说,"您瞧得上我才来找我,满足别人的需求也是一件好事。我们都是一条街上谋生的人,我不帮您谁帮您?"

"你说得对,因为所有人都说他好,所以王三的架子越摆越大了。让他稍微清醒一下也是个好事,这对我们来说都有好处。"

吐拉汗心里并没有这样想,但是马木提现在给钱了,所以他说什么都对,不对的也要说成是对的。赚钱是吐拉汗的事,如何对待王三,则是马木提的事。

"就按您说的做吗?"吐拉汗有些迟疑地问道。说实话,她有些忐忑不安,因为事情办起来实在太简单了。

"当然。"

"哦,多余的事我可不会去操心的。"

吐拉汗把钱塞进靴子,站了起来。马木提也站了起来往外走。起初让吐拉汗异常激动,并勾起她很多怪异想法的这次相会,就这样草草地结束了。当她走到门口时,马木提已经消失在茫茫夜色中。

吐拉汗自言自语道:"这人真像一个魔鬼啊!"

她把木板已经松动的房门狠狠地关上,胸中那腾起的火气也消减了许多。

过了几天,吐拉汗开始着手完成马木提安排给自己的事情。托乎

王 三 街（二）

提可不会轻易走进这个简陋的酒馆。虽然现在是新时代了，没有多少人像以前那样叫他"少爷"了，但是他的身份多少还是不适合这个酒馆，况且托乎提也不是那种酗酒的人。吐拉汗也没见他喝醉过。从这个方面考虑的话，吐拉汗就有点不安了。如果不能把托乎提叫到这个酒馆里来的话，马木提交代的事情就会泡汤，吐拉汗拿到手里的钱也会退回去。如果真是这样的话，吐拉汗会很痛苦的，况且只要她想干一件事，就从来没有退缩过。

她挑选的人就住在土梁子那边的旧砖窑旁。夏天，他在砖窑里干活挣了点钱，冬天就花夏天赚的钱。由于他常年干重体力活儿，看起来手指粗糙，身体健硕。他常来吐拉汗的酒馆，跟几个邻居一起喝酒。不管是喝多了还是清醒的时候，他总是寡言少语，但是看得出来他是个眼疾手快有心计的人。

吐拉汗忽然想起在这条街的另一头卖羊肉汤、羊蹄子和羊杂碎的伊明肉汤的那个店。这个叫伊明肉汤的人一直以来就干这一行，已经很多很多年了。他的店里不仅卖羊蹄子羊杂碎，还在炉盖上打了很多孔的炉子上面放十多个瓷缸子，做缸缸羊肉汤。人们已经习惯了用"肉汤"这个词代替他的姓，所以，现在知道他的姓的人也很少了。他在街边有两间大店铺，后院里有一家人住的几间房子，此外还有几间小的包厢。这边有头有脸的人过来了，就坐在小包厢里，点个羊肉汤、羊蹄子什么的，美美地吃一顿。

吐拉汗派那个人早早地在伊明肉汤的店里订好了一个包厢。现在，只要能把托乎提叫过来，之后所有的事就能按计划顺利完成。她给那人交代完，就坐在吵吵嚷嚷的酒馆里等着他汇报结果。

那人在王三家附近窥探了半天，他看到托乎提几次进出家门。最后一次，他牵着一匹马，把它拴在了院子里，没过多久，又抱着一卷纸出门了。那个人一直跟着他往兰干街方向走去。托乎提去了很多地方，

第 十 章

走了很多路,脸上露出了疲惫的神色,加上他身体本来就虚弱,偶尔会停下来咳嗽几声。

他沿着弯弯曲曲的街道往前走,快到兰干街的时候,那个人从后面赶了上来。

"你好吗,托乎提?你这么匆匆忙忙地赶路,是要去哪里呢?"他就像个老熟人一样,走到托乎提面前,和他握手寒暄。

"嗯,好着呢,您是……"

"你是不是忘记我了?"

托乎提不好意思地缩了缩脖子。

"嗯,贵人多忘事呀,但是没关系的。"

"我真的很抱歉,请原谅。"

"我们第一次见面已经过去半年多了,你可能真的不记得了,这不能怪你。是我自己没有常来看望你,所以我今天特意来找你。"

托乎提有点儿纳闷,他不知道这个陌生人找自己有什么事,但是对方却很淡定,看他的样子,知道他是干粗活的人。

"您找我有什么事吗?"托乎提把腋下的那叠纸夹紧了一些。

"也没有什么特别的事情。"那个人拉长了语调慢慢地说道。托乎提急着赶路,特想他快点把话说完。不过这人不慌不忙地开始讲起了自己的故事:

"大概是在半年以前吧,嗯,对,是半年前,我拿着砖窑给的工钱,到这边来玩,还没吃饭呢,身上的钱就被小偷偷走了。没了钱的我就像个乞丐一样,肚子饿得咕咕叫,脑子一片空白。我愤怒地叫嚷:'唉,这王三街也有小偷吗?你这可恶的小偷啊,你就不能不花别人口袋里的钱吗,你自己没有钱吗?!'当时有个小伙子来到我身边,问了我的情况以后,就带我去一家饭馆,给我买饭吃,这个小伙子就是你呀!然后,你还召集了一群朋友,把情况告诉了他们,并对他们说去找那个小偷,把这

王 三 街（二）

位朋友的钱要回来。最后你还说,绝不能坏了王三街的名声。

"你对我说吃完饭以后,就在那个餐馆里等着你。

"当时我激动得说不出话来。确实,我还能说什么呢,我丢了自己的钱,很绝望的时候,突然遇见你这样的大好人,还请我吃饭,甚至让我等着,把我的钱找回来,你说,我能不感动吗?

"过了两个多小时以后,你拉着一个头发长长的长着一双猫头鹰眼一样的男孩过来了。你一边教训他,一边把我刚才丢的钱一张一张地数着交到我手里。你警告他说以后不要再偷东西了,不然会把他的手折断,再交给警察!

"他承认了自己的过错,并发誓再也不偷东西了,然后向我道歉。还没等我从意外之中清醒过来,还没来得及向你道谢呢,你就离开了饭馆。我想出去找你去,又怕找回的钱再有什么闪失,最后就直接回家了。后来跟别人打听,才知道你就是这条街的创建人王三的儿子。我一直在寻找机会,想好好地感谢你,今天终于在这里遇见你了。"

他把话说完,斜眼观察托乎提脸上的表情变化。托乎提想了半天,好像真的发生过那样一件事,但他早已经忘了那个人的长相。尽管如此,这个故事引起了他很大的兴趣。

"您的名字……"

"艾沙……艾沙·白克力。"

"那件事真的过去很长时间了,我好像想起来了。但是您不必这样感谢我,小偷都到我家门口偷别人的钱,这对我来说也是很丢人的事情,所以我要好好地教训他,这也是为了王三街的声誉。"

"对我来说,那件事让我十分感动,让我终生难忘。"

"好了,您没必要这么感谢我,我这是要去一个地方办事,我们以后再见吧!"

托乎提真的有急事,所以说完话抬腿就要走。

第 十 章

"你等一等,你等一下。你就不能给我一点时间吗?"

托乎提犹豫了一下。看得出来,这个人是真心想感谢他。但是为了一件小事,没有必要接受别人那么隆重的谢意,况且他现在真的很忙。

"以后我们还会有见面的机会,今天我有点忙。"

"没关系,你抽一点时间出来吧,我想和你一边吃一边聊一会儿。你先去忙自己的事情,我会等你的。"

"哦,您没必要这么麻烦。"

"如果我不表达自己的谢意的话,我心里会一直不舒服的,请给我一个机会吧!"

托乎提想了一下,决定接受他的心意。对一个人来说,没有什么比心意更贵重的。父亲常教育他,做人要谦卑,要体谅别人。

"好吧,"托乎提答应了,"那我们晚上见吧!"

艾沙·白克力兴奋地说道:"那我就在伊明肉汤的店里等着你!"

"那样是不是太破费了呀?吃顿便饭就好了嘛!"

"我本想亲手宰一只羊羔来招待你,但是你肯定没时间去我们那边,所以我在这里准备一顿简单的饭。"

"好吧,我们晚上见。"

托乎提和艾沙·白克力道了别,就去找马岳峰了。今天他俩约好了一起画图。在托乎提的影响下,马岳峰最近也对建筑设计产生了浓厚的兴趣。马哈山非常支持儿子学习更多知识,请托乎提多花点时间帮助他。

托乎提走后,艾沙·白克力长长地舒了一口气。他简要地回顾了一下自己刚才在他面前说的话是不是有什么露馅的地方,最后他确定,没有任何的纰漏。他说话的时候,托乎提听得很认真,甚至还想起来确实发生过那样的一件事。其实,艾沙·白克力从另一个朋友那里听说过这

王 三 街（二）

个故事,两个人在喝酒的时候,他反复说了好几次,因此艾沙·白克力记得特别清楚。果然,今天跟托乎提说这个故事特别管用。真是太有趣了,当你好运当头之时,别人的命运也会变成自己的故事。

艾沙·白克力兴高采烈地走进吐拉汗的酒馆,吐拉汗正焦急地等着他的消息。他假装从吐拉汗那里买东西,把刚才跟托乎提见面的过程简要地说了一下。

"你是好样的。"吐拉汗高兴地说,"你晚上好好吃喝一顿,还会有很多钱要进你的腰包。世上哪有比这更好的事啊!"

"可是……可是吐拉汗大姐,我觉得这件事有点奇怪。不会出什么事吧?"艾沙·白克力结结巴巴地说,他内心总有一丝犹豫。

"会出什么事呢?你按我说的做,这事很轻松就会结束的。"

"我就想平平安安地过日子,万一得罪王三以后……"

"这件事别说是王三了,就连鬼都不会察觉,也看不出来。你是别的街上的,如果有危险的话我会做这事吗?我不想平平安安地生活在这条街上吗?"

艾沙·白克力点了点头,他觉得吐拉汗说得对,心里也有了几分宽慰。

"喝了这杯酒把你的心情调节一下。"吐拉汗把一杯酒递给他说道。

艾沙·白克力端起酒杯走到角落里,坐在了一张快要散架的桌子边,津津有味地喝起了杯中的酒。

尽管艾沙·白克力慢慢地品着喝,但是酒杯里的酒很快就没有了。他还想再喝两杯,但是吐拉汗担心他喝醉了,不能顺顺利利地完成接下来的事,就没有再让他喝。

"你要小心啊,这件事很重要,"她叮嘱艾沙·白克力道,"你喝多了会把事情搞砸的。"

"放心吧,两三杯酒还不够我打个嗝儿呢!"艾沙·白克力耍起赖了。

第 十 章

"今天你就听我的,以后你喝多少都行。"

"嗯……"

"现在你去等他吧!"

"还早呢呀!"

"你别给我犟嘴了,赶紧走吧。现在你把所有的精力就放在那件事上。"

艾沙·白克力挠了挠脖子,喘着粗气往外走。这时,酒鬼们一个接一个地走进了酒馆。

艾沙·白克力径直走到伊明肉汤的店里,他来到预订好的那间包厢,点了一些杂碎,两个缸缸羊肉汤。伊明肉汤主要卖马家的黄酒,艾沙·白克力又点了一坛子黄酒,在托乎提来之前把所有东西都准备好了。

太阳落山了,四周开始渐渐地暗了下来,就在这个时候托乎提来到伊明肉汤的店里。刚才还有点担心的艾沙·白克力顿时眉开眼笑。

他笑着说:"谢谢你赏光。"

"父亲教育我,他人给你敬礼,你要鞠躬回礼。"托乎提也笑着说,"我既然答应您要来,如果不来的话就太不讲道理了嘛!"

"好样的,好样的。有名望的大人物的孩子就是与众不同啊!"

他们客气地寒暄了一会儿,艾沙·白克力就出去催伙计们赶紧上点好的东西。不一会儿,他点的所有的东西都上齐了。

托乎提看到酒坛子难为情地说道:"我的身体不太好,所以不能喝酒。"

"这是黄酒,还没有醋的劲儿大呢,我们干几杯就行了。"

于是托乎提不再推辞,其实他也知道黄酒的劲儿有多大。说实在的,托乎提很喜欢喝马家的黄酒,只是怕父亲不高兴,所以不常喝。

"我们先吃点东西吧!"艾沙·白克力赶紧劝托乎提吃东西,自己拿起一块肉狼吞虎咽地吃了起来。今天吃饭的所有费用都算在吐拉汗的账上,所以他能吃多少就要吃多少。这样的机会不是每天都有。

艾沙·白克力一会儿就把一缸子肉和一个窝窝馕吃完了。托乎提本来饭量就小,他吃了几口肉,喝了点汤,就停了下来。

艾沙·白克力边倒酒边说:"那我们就喝一碗吧!"

他自己先端起一碗酒,一仰脖子喝得干干净净,然后给托乎提敬了一碗酒。托乎提看着艾沙·白克力双手捧过来的酒,迟疑了片刻,就接了过来一饮而尽。他们一边聊天,一边连着喝了三碗。之后,他俩精神焕发,聊得很开心。艾沙·白克力讲了有关砖窑的事,托乎提说起了有关王三街上的人和事,他说这条街就是友善和谐的一条街。艾沙·白克力开始喜欢上了眼前这个虽然瘦弱但诚实善良的小伙子。托乎提虽然是阿克苏有名的富家子弟,但是他一点架子都没有。艾沙·白克力的心里忽然开始不安起来,怎么能让这样一个优秀善良的小伙子在众人面前出丑呢?吐拉汗到底想达到什么目的?难道她要和王三在这条街上争名声,在这个城市抢地位?还是她想抢生意?但是,王三现在基本不做生意了,他行医治病,干的是向饱受病痛折磨的人们伸出援救之手的善事。

艾沙·白克力开始为自己参与这件事而感到内疚。不过,现在他们吃人家的喝人家的,若要中途反悔的话,他的钱还不够付饭费酒钱呢!他的口袋里还有吐拉汗给的赏钱,这些钱就像一把火烧得他胸口发烫。他心里嘀咕:"都是贫穷在作怪。"按照吐拉汗的说法,这件事也没有太大的风险,也不会危及托乎提的人身安全。换个角度来说,这件事就像是有人跟自己的好朋友开个玩笑一样。只不过是玩笑开得有点过分而已,但是这也算不得什么坏事。

艾沙·白克力终于稳住了自己的心绪。最终,他还是放不下吐拉汗给他的钱。

第 十 章

艾沙·白克力又把一碗酒递给托乎提,劝道:"我们再喝一碗吧!"

"我不喝了,"托乎提把艾沙·白克力的手推过去,说道,"我再喝就醉了,为了您的心意我已经喝了不少了。"

"就喝这最后一碗酒,之后我就不劝你了。你是个有学问的小伙子,每件事都要有始有终,这一点你肯定比我更懂。"

托乎提一下子犹豫了,但是他的胃确实已经开始不舒服了,再喝就是勉强自己。可是朋友既然说了要喝最后一碗结束酒,他能拒绝吗?

托乎提站起来说道:"那我先去一趟厕所。"

"好的。"

艾沙·白克力把手中的碗放在桌子上,托乎提出去后,他先听了一会儿,确认没有异常动静,然后从口袋里拿出吐拉汗交给他的纸包。这纸包里面装着像面粉一样的白色粉末。艾沙·白克力很小心地把它倒进托乎提的酒里,轻轻地摇了几下,让白色粉末加速溶解。他刚做完这些,托乎提就进来了。

"我对你特别敬重,"艾沙·白克力举起酒碗说道,"今天能和你边吃边喝边聊天,是我一生中最大的荣耀。尽管我做得不太好,不合你的心意,但是我还是要再次感谢你赏光。"

"您不要那样说,我们都是一样的人。"善解人意的托乎提安慰他。

说完,艾沙·白克力就把碗递给了托乎提。托乎提沉默了一会儿,然后高举起酒碗一下子喝光了。

"你是了不起的小伙子! 来,你再吃一点东西,压压酒。"艾沙·白克力把盘子里切好的面肺子、米肠子推到托乎提面前。

事情进行得很顺利,艾沙·白克力开始盼着托乎提快点睡着。他想,只要托乎提站起来走一走就好了。艾沙·白克力催促着他再吃些东西。托乎提勉强着吃了几片面肺子,没想到刚嚼了几下就呕吐起来。艾沙·白克力赶紧过去扶住他,把他口鼻上的呕吐物擦了。托乎提感觉

王 三 街（二）

到自己已经头晕目眩,手脚也渐渐松弛下来,刚把头放在桌子上一下子就睡了过去。

艾沙·白克力在实施计划的最后一步之前,先出去方便了一下,然后,他回来搀扶着托乎提,投入了黑夜的怀抱。

他扶着托乎提,来到王三街上的一个街角处停了下来,把托乎提放倒在地上。艾沙·白克力看了一会儿躺在地上不省人事的托乎提,然后就开始脱他的衣服。此时此刻,他的内心非常纠结,一边为自己的所作所为感到非常内疚,另一边却看见吐拉汗给他的钱在眼前像蝴蝶一样飞来飞去,把他的魂儿都拉过去了。在这样矛盾的心理之下,艾沙·白克力把托乎提穿的衣服一层一层地脱掉了。可怜的托乎提身上就剩下一条短裤。吐拉汗本来要他把托乎提脱个精光,扔在这个街角,但是艾沙·白克力不忍心那样做,就现在这个样子已经够让他出丑的了。等天一亮,这条街上的人都会看到王三的儿子喝得烂醉光着身子躺在大街上,这件丑事很快就会传遍整个阿克苏城,羞愧难当的托乎提可能很长一段时间都不好意思出门,只能在家里待着。作为父亲的王三更加丢人,他会痛恨儿子做出丢人的丑事,而吐拉汗的目的就达到了。只是艾沙·白克力怎么也没有想到这个女人背后还有一个人在指使。

艾沙·白克力本想把托乎提的衣服都扔了,但是他的衣服都是新的,他舍不得扔掉这么好的衣服。他俩身材也差不多,艾沙·白克力试穿了一下,感觉这套衣服很合身。没想到自己又白白得到了一身新衣服,他乐得合不拢嘴,就带着完成任务的喜悦离开了。

艾沙·白克力本想去吐拉汗那里,把事情的经过告诉她。但是他把光着身子的托乎提扔在街角,心里充满了不安。他总觉得有人从后面追过来,忐忑不安地一会儿往后看,一会儿往前走。他认定只有自己的家里最安全,所以决定先不去和吐拉汗见面,直接回家去。反正明天这个消息就会传遍大街小巷了,过一段时间再去和她算剩下的账也不迟。

第 十 章

艾沙·白克力就这么想着，一路向前走。当他穿过弯弯曲曲的小巷走到大马路上时，他的心似乎平静了一些。他来到奥依巴扎，横穿马路朝对面走去，走到马路中间时，一辆卡车飞驰而过，扬起的尘土瞬间把他包裹住了，他什么也看不清。紧接着，一束刺眼的强光直直照在了他身上。这么晚了，城里的街道上很少会有车辆驶过，可是偏偏有两辆车紧挨着飞速驶过马路，这给艾沙·白克力带来了灭顶之灾。他都来不及喊一声，一股强大的冲击力一下就把他撞飞了。他感觉自己就飘浮在空中，渐渐地，一切都消失在了黑暗中。

那车冲出去一大截路后，才停了下来。两个人下车折回去查看情况。

"我们撞到了一个人。"司机慌张地说道。

"他好像喝醉了。"旁边的同伴说道。

"哎呀，真倒霉！"司机惊恐万分，"他好像已经死了。"

此时正是夜深人静的时刻，四周没有一个人。

"要不，我们悄悄地走吧！"同伴劝司机说。

"要是以后我们被发现的话，会被重罚的。"

"没人看到呀，如果就这样让警察过来处理的话，你我几年来赚的钱都会赔给这个倒霉的醉汉。"

"唉……"

"快点走吧，等一会儿有人看到了我们就完了。"

两个人扔下被撞飞的艾沙·白克力匆忙开车离去。

冻醒了的托乎提一下子睁开了眼睛，他的头剧烈地疼痛，四肢无力。他缓过神来，发现自己光着身子躺在街角。

托乎提想不明白发生了什么事情。夜空中，启明星在闪烁，意味着天快亮了。再过一会儿就会有早起的人出门了，到那时，托乎提的丑态就会被大家看到，他的名誉扫地，就没脸待在这条街上了。

王 三 街（二）

托乎提挣扎着站了起来,定睛看了看四周,发现自己就在自家院子前面的街角处。他艰难地挪动着无力的双脚,慢慢地往家走去,好不容易进到院子,生怕被父亲和母亲察觉,小心翼翼地走进自己的屋子。一进门,他便扑倒在了炕上,勉强盖上被子,沉沉地睡了过去。

原本,艾沙·白克力放进托乎提酒里的药效力非常强,保证他天亮也不会醒来。但是当时托乎提喝了那个酒立刻就吐了,所以药效也减弱了。托乎提当然不知道这个缘由,他只是以为自己喝醉了。

一大早,传来有人死在奥依巴扎前大街上的消息。据看见的人说,死者可能是被车撞了,其头部遭到严重撞击,已经无法辨认。过了一会儿,又传来死者可能是王三的儿子托乎提的消息,有人认出了死者身上的衣服就是他的。

这个消息马上传到了王三的耳朵里,他急忙看了一下托乎提睡觉的屋子,被褥都堆在了一边,不像有人睡在那里,而且屋子里面也没有托乎提的鞋子。王三一下子慌了,来不及仔细确认就直接叫上提拉汗,带着她赶到了事故现场。这里果真躺着一个死者,警察用白布盖住了死者的全身,但是脚却露在了外面。王三一眼就认出了死者脚上的鞋,那是儿子最喜欢的皮鞋。王三忍不住号啕大哭,提拉汗哭得比他还要悲痛。

"这是你们的儿子吗?"一位正在保护现场的警察问道。

王三哽咽着回答:"是啊!"

"哎呀,我的孩子啊!"提拉汗哭喊着。

"你能确定就是你儿子吗?"警察又一次问道。

"鞋子、裤子……是我的儿子……"

"死者的头部受到了严重的撞击,我们只能靠你们来辨认,不然我们也很难确定他的身份。"警察无奈地说道。

提拉汗走过去掀开死者身上的白布,可怜的人死得很惨,脸部严重

第 十 章

损坏,血肉模糊。

看到这悲惨的一幕,提拉汗的心都碎了。她一个趔趄差点摔倒在地,王三赶紧过去扶住了她。

"孩子他妈,你冷静点。"王三努力抑制自己悲伤的情绪。

"我怎么能冷静下来呢,孩子他爸?我们的孩子死得这么惨!"提拉汗哭着说道。

"他……他好像不是我们的儿子……"王三突然目不转睛地盯着死者说道。

"你这是在安慰我吗?"提拉汗根本不相信他的话。

"你看看这个。"王三抬起死者的右手说道,"他的手指和手掌上都是老茧,指甲都变得很厚,我们儿子的手哪是这样的啊?"

提拉汗仔细地看了一下,确实啊,王三说得对。尽管在猛烈的撞击下死者面部已无法辨认,但是他的四肢却没有明显的损伤。提拉汗停止了哭泣,擦了擦眼泪。她的眼睛里开始闪烁着希望的光芒。

"真的哎,孩子他爸,但是这身衣服……"

"我也是特别奇怪啊!"

当他们确认死者不是他们的儿子以后,警察又感到困惑了。

"唉,你们把我搞糊涂了,"那位在现场的警察着急地说道,"那你们儿子的衣服怎么会在他身上呢?"

王三回答:"这个我也不知道。"

"那我们去找一下你儿子吧,"警察说道,"只有他知道其中的原因。"

王三和提拉汗赶紧回到院子里。阿依夏木正在打扫院子,准备做早餐。大早晨夫妻俩赶往事故现场的时候,阿依夏木还在睡觉呢。他们为了不让女儿担心,就没告诉她这个消息,阿依夏木什么事都不知道。

王 三 街（二）

"爸爸，妈妈，你们一大早去哪儿转了一圈？"阿依夏木好奇地问道。

他俩相互看了看对方，也不知道该跟女儿说什么。阿依夏木看着妈妈哭红了的眼睛，惊讶地问："妈妈，您怎么了？一大早就哭了？"

"没事。"提拉汗深深地叹了口气，刚才看到的那一幕，确实让人难以接受，就像做了一场噩梦一样。

王三又一次走进儿子房间。这一次，他仔细看了看屋里的一切。他把成堆的被褥拉到一边，看到儿子托乎提就穿着短裤，睡得死死的。

"孩子他妈，你快过来。"王三激动地喊道，他的声音在颤抖。

提拉汗跑进屋子，看到儿子昏睡的样子，愣住了。

"这……这是怎么回事？"

王三赶忙劝住提拉汗："让孩子先休息吧，到底发生了什么事，等他清醒的时候再问吧！"

提拉汗点点头，小心翼翼地把被子盖在儿子身上，跟王三一起走出屋子。

第十一章

魏公子和王义勇两人经过一夜畅谈,彼此更加了解。现在,他们之间由老板和雇员的关系,已经转变成一条战线上亲密战友的关系。王义勇建议魏公子做好生意上的事情,革命也需要发展经济,如果能扩大经营,增加收入,就能有力地支援抗日。这也是革命的需要。

魏公子还讲了许多关于父亲王福财和弟弟石康、王三的事。

"你这么小年纪就经历了那么多事。"王义勇听后感慨地说。

"是啊,"魏公子深深地叹了一口气,"回想起在阿克苏的日子,以及前往天津的漫长的旅途中所遭受的苦难,我都觉得自己老了许多。但是那些日子确实非常有意义,我身边有父亲和两个弟弟。"

魏公子说着说着,眼泪就流了下来。

"你父亲跟你的小弟弟回阿克苏了吗?"

"嗯,他们这一走就再也没有音讯了,如今我也不知道留在天津的弟弟石康的消息。"

"你说你弟弟在天津的红船曲艺俱乐部吗?"

"是啊!"

"我好像在什么地方听说过他,我可以跟有关的人打听一下。"

"那太好了,谢谢你。"

"别这么说,我们是一条战线上的兄弟啊!"

两人聊得投入,没睡多久天就亮了。王义勇去看了一下安顿在后面屋子里的张文斌,就急着去处理订单,匆匆忙忙地走了。

魏公子原本因香港时局烦扰不堪,经过昨天晚上和王义勇彻谈一番,他一下子又有了方向。王义勇平时话不多,但走南闯北接触的人和事很多,对革命的认识也很成熟。革命斗争不单纯只是和鬼子战斗,还要做好队员和群众的思想政治教育。魏公子觉得自己要向王义勇学习的地方还很多。

张文斌的身体渐渐恢复了,他准备回到支队中去。但是魏公子执意挽留,劝他身体更好一些再走。

"我知道你的任务很重,"魏公子劝他说,"如果在紧急行动的过程中,你的身体状况不好的话,这对自己和队伍也不利。所以等你痊愈了再回去吧。"

这一段时期以来,魏公子把他照顾得很好。张文斌也渐渐了解并喜欢上了这位富家子弟,心想如果有这样一个人能成为革命队伍中的一员,将来一定能发挥更大的作用。

没过几天,王义勇满脸愁容地来找魏公子。

"发生了什么事?"魏公子担心地问。

王义勇显得很为难,他默不作声地站了好一会儿,忽地抬起头来,双眼与魏公子紧张的目光相遇。

"请原谅我给你带来了坏消息。"王义勇开口说。

魏公子顿时感觉浑身发凉,呼吸变得缓慢沉重。

"告诉我,到底发生了什么事?"

第十一章

"你弟弟……你弟弟王石康,在天津死在日本人手里了。"

魏公子顿时觉得头昏目眩,四肢无力,一下子瘫坐下来。他心如刀绞,眼泪夺眶而出。他俩告别的那个晚上,石康再三央求他不要走,可是他并没有放弃自己的决定。石城觉得自己真的是个自私心狠的人,他毫不犹豫地将父亲送到了一个很远的地方。一想到这辈子再也见不到弟弟了,他的心就碎了。他开始恨自己,来香港到底做什么?财富和虚荣心给了他多少快乐?

想到这些,他感到自己就像一叶孤舟在茫茫大海中漂流,离陆地越来越远。现在,很多失去的东西再也不可能回来了。他心里很清楚,在今后的日子里,悔恨一定比快乐多。

"请你节哀,"王义勇把手放在他的肩膀上说道,"我们一定要报这个仇。"

魏公子哀叹:"我不该把石康留在天津啊!"

"谁都不能预知自己的未来。"王义勇安慰他说,"这是他自己选择的道路。"

魏公子没有说话,他只觉得痛不欲生,心口仿佛堵着一团火。

王义勇告诉他,石康在天津加入了中国共产党,英勇就义的时刻,他表现得非常勇敢,是真正的勇士。

"你应该为你的弟弟感到骄傲,"王义勇说,"他是个英雄。"

魏公子泪流满面,默默地点了点头。

当天,他在家里立了弟弟的灵牌。他跪在弟弟的灵牌前,悲痛不已:

"弟弟,你原谅我吧,我不该把你一个人留在那里。我不应该那样做,我们是生死与共的亲兄弟。"

魏公子给弟弟守了七天的灵。最后一天,他面对弟弟的灵牌发誓:"亲爱的兄弟,你就安息吧!我一定会为你报仇的。我这辈子一定要给

王　三　街（二）

王氏家族争光,这是我的誓言。"

就是从那天起,魏公子又恢复了自己的王姓。魏世奎对此没有做出任何表态。荷花也顺从丈夫的意愿,表示自己是王家的儿媳。

魏世奎心里很清楚,自己年纪大了,魏家以后还要靠着这个女婿经营,所以不便多说什么。此外石康的死讯传来,魏世奎也开始为自己的两个儿子担忧。当初他们说好随后就会到香港和家人团聚,但是过了这么久都没有消息,甚至连一封家书都没有。魏世奎对他们的现状十分关切。

"你是怎么得知你弟弟去世的消息的?"有一天魏世奎忍不住问石城。

石城一时不知道该怎么回答,心里很为难。当然王义勇的身份是不能透露的,提起他的战友那更是危险。他想了好一会儿,开始编故事:"以前我在天津有一个要好的朋友,他最近来香港了,是他把石康的死讯告诉了我。"

"哦……"

魏世奎没再说别的,但是情绪非常低落。石城马上想到了自己的两个小舅子,对呀,岳丈是在担心自己的两个儿子!

"您是不是在担心我的两个内弟呢?"

"是啊,"魏世奎叹气道,"他们本来是要随我们过来的,但是直到现在没有任何音讯,万一有什么不测……"

"也许,他们事情还没有做完,实在是脱不开身。"石城安慰岳丈说,"我们还是把事情往好处想吧。"

魏世奎没有再说话。石城曾经无意中听说过,两个小舅子在国民党情报部门工作。但是岳丈从来不提关于儿子们工作的事,他们也很少回家,儿媳妇们也都过着有名无实的夫妻生活。魏世奎经常叮嘱两个儿媳,不要在外谈论自己的丈夫。总之,他们有意识地向周围的人隐

第十一章

瞒两人的情况。安全起见,魏世奎带着一大家人去香港的时候,他的两个儿子也都没有来送行。石城慢慢地意识到这个家庭是有神秘背景的。他虽然没有把话给王义勇挑明,但是他常常提醒王义勇一定要提防。

虽然他们再也没有遭受过日本人的侵扰,但是魏家以前安宁、快乐的气氛逐渐消失了。石城沉浸在失去弟弟的悲痛之中,心情沉重的魏世奎为两个儿子的安危烦恼不安。香港的抗日运动越来越激烈。张文斌伤愈归队后,组织了更有力的行动,在香港的日军遭受了沉重的打击。石城通过王义勇得知了这一消息,并及时给他们提供资金帮助。以前只有几十名队员的武装队伍,现在已经壮大到近千人。

过去他们的队伍只在五角亭地区活动,现在活动范围扩大到阴关、香翠、沙头角、元朗、大柏山等地。石城不时联络他们,关系越来越密切。

有一次,石城告诉王义勇,他想加入队伍参加战斗。

王义勇耐心地对他解释道:"我支持你的抗日热情,但是抗日斗争不只是面对面打仗,其实你已经加入这场战斗了。"

"我还没有为弟弟报仇呢!"石城悲愤地说道。

"我们要为无数的骨肉同胞报仇,你以为我们是在这里逃避战争的危险吗?绝对不是,我们的后勤资助也相当于几十名战士在作战。你知道吗,上次我俩从港口秘密买来并送到部队的武器,打死了多少敌人?一百多个鬼子!消灭了一百多个敌人的功劳里,也有我们的份儿。"

石城听了这番话,激动万分,仿佛自己已经置身战场,奋勇杀敌。他豪情万丈,放眼蓝天白云,激动地说道:"这……你说的这些都是真的吗?"

"当然是真的,我们是战友,又是兄弟,我怎么可能对你撒谎呢?"

"我相信你。"

"我们要做好自己的事,当前我们还有一件大事要做。"王义勇激动地说道。

"什么事?"

"救国公债募捐委员会香港分会已经成立了。我们要密切配合这里的募捐工作,在资金上帮助内地的抗日队伍。"

"没问题。"

"做这件事你比我发挥的作用会大一点。因为你的影响力大,社交面广,你要去联络进步人士。"

"我随时准备听从组织的安排。"

"上级安排我,让我跟你商量这件事,制订好周密的计划。"

石城非常高兴组织上给自己安排了这么重要的任务。他仿佛看到了弟弟在向自己微笑。他在心里暗暗地说道:"放心吧兄弟,我一定会为你报仇的。"

"我们什么时候开始?"

"我们先制订出计划,然后你去联络商界人士。我们要根据他们的态度,再作出打算。"

"好的。"

从那天起,他们两人就更忙了。日本人入侵香港以来,这里的经贸和其他行业情况不是很好。尽管如此,从事商贸的人还是在苦苦地挣扎,艰难度日。石城以联系新客户为借口,经常外出活动,接触到了大量的各界人士,其中就有十余位爱国进步人士积极响应募捐行动。为了抓紧时间尽快募捐资金,组织上还出动了其他几组人马参加募捐组织活动。他们的募捐工作进展顺利,香港分会筹集到一笔捐款,并安全地送到了内地的抗日组织手中。

"上级组织表扬了我们。"王义勇给石城带来了好消息。

"这太好了。"石城兴奋地说道,现在他的思想已经逐渐成熟,"这是

第十一章

我们每一个中国人都应该做的事,前方的勇士们为了抗日抛头颅,洒热血,我们做的这点事情又算什么呢?"

"别这么说,我们都是在抗日,上级对我们工作的肯定就是对我们的鼓励。往后的工作可能会更辛苦。"

"没关系的,为了赶走日本鬼子,我们吃多少苦都值得,我想做更多的工作。"

"好,我向支队领导请示一下。"

"那你就快点吧。"

王义勇笑了。他第一次接触王石城时,绝对没有想过将来他会成为自己的革命同志。一位革命同志说得好,"革命是座大熔炉,炼出了真金,淘汰了渣滓"。是的,革命能把太多的勇士淬炼成钢,又有多少勇士在这条革命的道路上奋勇前进。

王义勇对外的身份仍然是建材公司的副经理,他把生意上的事情处理得井井有条。有时也应石城的要求,去找魏世奎,就生意方面的事情向他请示、汇报,这样就可以避免魏世奎对他产生怀疑。

不过,眼睛毒辣的魏世奎最终还是对一些事情产生了怀疑。

"听说沙头角、大柏山等地每天都有伏击日本人的行动,是吧?"他用怀疑的目光盯着石城问道。

石城不露声色地回答:"我也是这么听说的。"

"你觉得那个姓王的副经理怎么样?"他出乎意料地突然问道。

石城一时说不出话来。

"他……他是建筑工人出身,就是有点文化而已。"石城故意把话引向别处。

"嗯,我觉得事情并不是你想的那么简单。"魏世奎板着脸说。

"父亲,您是不是发现了他在生意上的什么纰漏?"石城装作非常惊讶。

王三街（二）

"那样的话就好说了，但是我觉得他好像走了一条危险的路。"

"他是我们请来的人，只要他在生意上没有什么问题，其他的事情是他个人的行为，我们不好说什么吧。"

魏世奎见石城如此态度有些生气，便站起身准备离开，但是他又特别小心谨慎，尽量不想和女婿公开发生冲突。

"我不是在担心他，而是在担心你。"魏世奎显然有些激动，他的声音在颤抖。

石城一下子呆住了。

"嗯……我只是因为生意上的事……"石城继续在狡辩，但他发觉岳丈正用一种奇怪的眼神盯着他，便不露声色地把头转了过去。

"五角亭、沙头角、大柏山等地现在是被日本人严格控制的重点区域，那里有危险分子在活动……"

"您……您是怎么知道这些的？"石城打断岳丈的话，突然问道。

"嗯……"魏世奎用眼神示意桌子上的报纸，略显得意地说道，"香港报纸的新闻报道还是很可信的。我虽然足不出户，但是知道外面正在发生的事情。"

石城有些不相信岳丈说的这些话。因为他看的报纸基本上都是商业新闻类的报纸，而且魏世奎所说的这些话并没有在报纸上公开报道。他突然想到了自己的两个小舅子，他们是不是也暗地里来到香港搞情报？魏世奎和儿子们秘密相见，所以他才得知了这些情况吧……

但是石城很快就否定了自己的这个想法，因为魏世奎一直在打听儿子们的下落。从他眼神里的不安、焦虑可以看出他们没有见过面。从他把革命者称为"危险分子"来看，他很有可能常和商会里的那群蛀虫接洽。石城经常看到他往那边去，商会里的人基本上都是唯利是图之人，除了钱以外不认别的。如果日本人给他们什么好处的话，他们的立场一定会倒向日本人。

第十一章

魏世奎看到女婿沉默不语,就把话题转到了自己真正的意图上:

"你对那个地区很熟悉吧。"

"怎么说呢……"

"因为你经常去那边,有时你和王义勇一起去,是吧?"

魏世奎看着石城,有种抓到了他的小辫子一般的得意。

"是的,"石城努力保持镇定,"我去那边是为了生意上的事。他们和我有什么关系?我们应该努力赚钱养家呀!"

"据我所知,那一片的新建筑并不多啊!"魏世奎不依不饶。

"这些年,香港所有的地方的新建筑都很少,所以我们找客户的时候没有选择区域,这您也知道。"

魏世奎意识到,女婿是不会轻易向自己承认什么的。他一改刚才的咄咄逼人,态度开始温和下来。

"我没有别的意思,你不要误会,只是提醒你和别人相处的时候注意点。我们的平安就是家庭的幸福。'近朱者赤,近墨者黑。'千万不要跟危险的人走在一起,万一出了什么事……"

"您放心吧,"石城打断岳丈的话,辩解道,"我还是有分辨好人坏人的能力的。"

"那就罢了,我好像也没有必要费这么多口舌。"魏世奎悻悻地说道。

其实,两个人都很清楚对方心里的意图。看着石城这么一味固执地为自己辩解,魏世奎开始相信自己的怀疑是对的。再加上魏世奎最近也注意到王义勇常常一个人出入后面的库房,每次他手里都拿着东西。一开始,魏世奎以为他是去找东西。后来,他想起那里只有一些旧椅子和杂物,便开始更加怀疑起来。

有一天,他趁王义勇和石城一起外出的机会,来到这间库房里。魏世奎走进库房里,看到旧椅子和桌子都摞起来摆在了墙四周,没有发现别的异常情况。可魏世奎不是那么轻易罢休之人。他走到角落里仔细观察,发现那里好像住过一个人。难道,王义勇和什么人在这里幽会?

魏世奎心生疑窦,开始有意地监视库房。刚开始,他什么也没发现。但是他没有泄气,反而更加仔细地留意屋子里的一切。一次,他在地面的土里看到了一个闪闪发光的东西。他弯下腰,拨开土取出那东西。一看,顿时把他吓得浑身发抖。这是一颗手枪子弹,没有使用过的子弹。之后,魏世奎更加紧张地检查周围。他又找到了一小块带有血渍的纱布。然后,他发现靠在桌子后面的椅子上也有几处血迹。他打消了对自己家眷的怀疑。看来,王义勇出入此地绝非偶然。魏世奎突然意识到自己来这间屋子查看得太晚了。这间屋子里明明是有人住过,而且随身带着手枪,可能此人曾经受了伤。那么,什么样的人会随身携带手枪呢?而且受伤了不去医院治疗,还跑到这个没人住的旧库房包扎伤口?

他想起最近香港岛上发生的一些事情。有一批武装分子时不时对日本人进行伏击。虽然报纸上没有这方面的详细报道,但是大家口口相传,很快街上就沸沸扬扬了。魏世奎去找商会的老朋友李副会长时,这样的事听得多了。他们讨厌这些袭击日本人的人。照他们的想法,别惹怒了日本人,保持香港岛的安宁局面,然后做自己的生意就是最好的活法。这样就可以防止出现无谓的伤亡事件的发生,只有保命才能维持生机。

魏世奎也受到了他们的影响。其实,他也是跟那些人"志同道合"的,所以多年来一直保持着要好的关系。

可以肯定,王义勇绝非等闲之辈,他和那些拿枪的人有密切的关系。从那以后,魏世奎就开始暗中监视他。通过观察,他发现自己的女婿和王义勇走得太近了,他俩经常去那个常常发生枪战的地区。也就是说,王义勇绝对不是擅自做这些事情的,他一定得到了石城的支持。

第十一章

他们两个人是同伙。这样下去可不行,必须阻止他们。他们干的事情如果被日本人发现了,会给魏家带来灭顶之灾,家族里所有人都会被杀的。如果发生了这样的悲剧,自己苦心经营一辈子又是为了什么?魏世奎不是日本人的走狗,但也不愿意和他们发生正面冲突。他脑子里曾闪现过的忧国忧民的思想和那经不起考验的爱国主义情怀早已经淡化。现在他只想过安宁的生活,绝不想给自己找麻烦。

魏世奎认为和日本人斗就是在玩火,玩火的人结果就是自焚,还有他周围的人也可能会被这把火烧毁。他最终打算通过女儿说服女婿别再走这条危险之路。也许这个办法会管用的,石城会听荷花的,不然他也不会跟着她来香港了。

就这样过了几天。有一天晚上,石城回到屋里,屋里就荷花一个人。在石城回来之前,她就把魏博送到奶奶那里。他们晚饭吃得很早,饭后大家都待在家里无所事事。石城一边抽烟一边想心事。荷花走到石城身边坐下,把头靠在他的肩膀上。

"你为了我们受了很多苦。"荷花温柔地说道。

"为了这个家受再多的苦都是值得的。"石城轻声说道,他还沉浸在自己的思绪之中。

"你跟着爸爸来这里后悔了吗?"

石城扭头看了荷花一眼,猜到她心里有事,马上把注意力转到妻子身上。

"发生什么事了吗?"他小心地问道。

"不,可是……"

"你有什么话可以跟我直说,我们是夫妻。"

"是啊,可是我担心你。"

"为什么?我有什么让你担心的事情呢?"

"那个王副总经理……"

"他怎么了?"

"爸爸说他不是好人。"

"哦,盲目评价别人不好。他不是把公司的事情办得很好吗?"

"可是……石城,你别嫌我什么都管,但我知道你最近也参与了一些事情。这样不好,魏博也慢慢长大了,万一你有个什么闪失我们可怎么办?你不想让我们家破人亡吧?"

"嗯,看来父亲跟你说了很多话。"

"你怎么想都行,爸爸也是为你好。让那个王义勇离开公司吧。"

石城生气了,可是跟荷花争执是没有用的。她也是按照岳丈的吩咐说这些话。他想了一会儿,若无其事地跟荷花开起玩笑:"还有别的事吗?比如再开走几个工人呀,延长喝茶时间呀什么的?"

荷花气得直摇头。

"我在认真地跟你说话呢。为了我们家的安宁,我们一定要远离危险的人。"

"什么危险?王义勇真的是危险人物吗?"

"这个我不太清楚。但是搞抗日活动的人总会遇到危险的。你弟弟也是……"

荷花感觉自己说漏了嘴,赶紧停了下来。

石城一下子皱起了眉头。他的心跳开始加速,脸涨得通红。

此时荷花特别后悔自己嘴快说出不该说的话,可是已经无法收回了。父亲让她说服石城,她只好答应,但是她却没有把话说清楚,反而伤了丈夫的心。他俩之间还没有发生过这样的争吵,荷花也从不会向石城提出无理的要求,石城什么事都听妻子的。不过这一次他是真的伤心难过了。提到弟弟的时候,他内心的伤疤被揭开,伤口再次出血,他深深地哀叹了一声。

"我知道该走什么样的路,谢谢你替我着想。你去告诉父亲,让不

第十一章

让王义勇走这不重要,请父亲放心,我有分寸。你休息吧,我出去走走。"石城说完往外走去。

荷花呆站在那里,心里五味杂陈。

石城心里明白,如果继续在家里待着,难免会对荷花说些气话。他之所以这么做,也是为了照顾荷花的情绪。两人成亲以来,他就一直迁就魏家的岳丈、岳母、妻子,照顾他们的情绪,遵照他们的意愿办事,如今他想要问问自己,什么才是他真正想要做的选择。街灯闪烁,街上人声鼎沸,香港的确是一个繁荣发达的城市。不过,石城并没有改变自己的生活习惯,他一直感觉自己就生活在天津。虽然有些东西需要取舍,但是记忆是不能忘记的。

岁月无情,转眼他也不再年轻。他不想因为再次错误的抉择抱憾终生。夜空中繁星闪烁,大地无限辽阔。他明白荷花的担心,但是他怎能任由祖国遭人践踏而无动于衷!

这段风波平息之后,日子继续按照先前的轨道往前走。石城没有让王义勇离开公司,他们更加奋不顾身地投入到抗日斗争中,一门心思做好队伍后勤保障工作。虽然公司的经营情况不算太好,但总算没有出现大的亏损,各项业务还在正常运营。令人兴奋的是,香港的中国人已经彻底觉醒,学生们全力进行抗日救国宣传活动,大力激发了香港社会各界的爱国热情。"抗日救国会"的成员中有不少文艺骨干。他们一方面开展抗日宣传,另一方面说服香港文艺界明星参加义演,为抗日筹资,支援前线抗战将士们。

备受社会各界关注的香港学生还进一步组织了爱国读书会、抗日歌咏协会等,激发了香港青年同仇敌忾英勇抗战的勇气。

"抗日形势一天比一天好,"王义勇兴奋地说,"抗日武装队伍的人数越来越多,给这里的日本鬼子以沉重的打击,日本人开始害怕了。"

"当然,这还只是个开始。"石城也难掩喜悦的心情。

王三街（二）

这段时间以来，魏世奎不太过问公司经营管理的事。或许是因为上了年纪，他的话也少了许多。倒是石城时常陪他喝喝茶，主动跟他说说生意上的事。荷花自从那晚的谈话以后，再也不说石城不爱听的话了，她只希望家里人都能开开心心的，石城在外跑生意，不要有什么危险。

魏世奎对抗日之事始终只字不提，他开始对政治、时局不感兴趣了。有一天，家里突然来了两个生客，他们把一个信封交到了魏世奎手上。面对魏世奎的询问，他们只说自己是内地来的，和魏家的两个儿子是同事，根据上级组织的安排，他们历经千难万苦，终于把这封信送到了魏家。随后他们就走了，也没有说更多的话。当魏世奎询问两个儿子的情况时，他们都沉默不语。

送走客人，魏世奎一个人进了里屋。他把门关严，打开了那个信封。信封里面有两张白玫瑰的照片和两条黑色的带子。他顿时明白了什么，号啕大哭起来。魏太太和女儿、儿媳都不敢破门进去，从魏世奎悲痛的哭声中，她们感觉到一定发生了大事，一群人不知所措，焦急地在门口走来走去。

魏世奎直至晚上都没出门，门也一直未打开。屋子里一片寂静，石城决定破门而入看个究竟。他第一个冲进去，看到岳丈斜躺在客厅的椅子上，心里咯噔了一下。他跑去扶岳丈，老爷子还有一丝气息呢。

一家人整夜围着魏老爷子，紧张地观察他的情况。其间，魏世奎叫了几次两个儿子的名字，他一直呻吟着，什么都没说。第二天黎明时分，魏世奎离世了。

这真是一场意外的悲剧。整个魏家都沉浸在悲痛之中，仿佛深秋灰蒙蒙的天气。

就这样，在这个香港岛上有了魏氏家族的第一座坟墓。从这以后，家族里的一切事务都落在了石城的肩上。

石城真的很难过,跪在岳丈的灵前泪如雨下。

"我们活着的人还是要好好地活着,"王义勇安慰他说,"我们随时都会面对死亡。只要我们活得有意义,生命就有了自己的价值。"

这是一个难言的时刻,石城内心燃烧的痛苦只有他自己知晓。

第十二章

　　托乎提躺了整整一天。晚上,他终于醒来,抬头看见妈妈提拉汗正守着他。

　　"孩子,发生什么事了?"提拉汗流着眼泪说,"你把我担心死了。"

　　"妈妈,请你原谅我,"托乎提无力地说。他的身体本来就很虚弱,他没穿衣服在深秋寒冷的夜里待了好几个小时,一下子就得了重感冒。

　　提拉汗赶紧出去告诉丈夫,儿子醒过来了。王三匆忙进屋,给儿子听诊号脉,又翻起他的眼皮往里看了看,然后也没说别的,只是把刚熬好的一碗药端给托乎提喝了。托乎提喝完药,刚把头放在枕头上,就开始呕吐。缓一会儿,他又试着喝了几口药,又吐了。就这样连续服了三次药后,王三给他喝了一点热粥。虽然还是有点儿不舒服,但这次托乎提没有吐出来。他喝完粥,太阳穴冒出汗来,不一会儿竟汗流浃背。

　　王三松了口气,对提拉汗说:"现在你去端一碗热牛奶过来吧!"

　　提拉汗发现王三神情紧张,但为了不分散丈夫的注意力,一直没多问什么。这会儿丈夫又让自己去拿热牛奶,她才感觉到自己的怀疑似

第十二章

乎是对的。她把热牛奶拿进来,只见丈夫正在儿子后背上施针治疗。

一会儿,王三拔出银针扶起托乎提。此时,托乎提虚弱极了,他觉得自己就是个罪人,没脸面对父母亲,所以都不敢呻吟一声。他喝了热牛奶,觉得好受了些。

"我们的儿子是中毒了。"王三指着手中的银针对提拉汗说。

提拉汗点了点头,没说什么。她信任自己的丈夫。

夫妻俩守在托乎提身边,一直到深夜。托乎提十分内疚,他难过极了,父亲和母亲为自己操碎了心,让他实在是无地自容,一直不敢抬头直视他们。直到这会儿,他还以为是自己醉得太厉害了。

"爸爸,请原谅我。"他难为情地说道,"我让你和妈妈受苦了。"

"没关系,"王三安慰儿子说,"现在这种情况下稳定住情绪非常重要。我不知道你发生了什么事,我的孩子,你喝的酒并不多,但是你却中毒了。你是跟谁喝的酒呢?"

托乎提闭着眼睛陷入了沉思,依稀想起找自己还人情的那个人。他的名字是……他的名字是……嗯,对了,他的名字叫艾沙·白克力。他们坐在伊明肉汤的包间里,吃的肉、杂碎也不算多。托乎提想起来自己也只是多喝了最后那碗酒,难道……他头痛得不行,只要一想起酒就感到胃里有东西在翻滚。

王三赶紧让他喝了几口牛奶,又给他吃了一粒药丸,躺在床上的托乎提没过多久就睡过去了。夫妻俩给儿子盖好被子,轻手轻脚走了出去。

"我们的儿子从来不会喝这么多酒的,"提拉汗说,"他很清楚自己的身体状况。"

"我也在想这个事情。"王三沉思片刻,说道,"这件事好像有些蹊跷,那个出车祸的人身上穿的怎么会是儿子的衣服呢?"

"是啊,早上很多人都以为死者是我们的儿子呢!当时我听到那个

王 三 街（二）

消息,感觉脑子里燃起了一团火,几乎要失去知觉了。"

"嗯,衣服不会白白穿在了他身上吧!"

"是啊,我也是越想越糊涂。"

"我们休息吧。明天,如果孩子的症状有好转的话,我再详细地问一下。"

马木提一早听到街上的人说"王三的儿子托乎提被车撞了"的消息时,内心有点慌张。他并没有给吐拉汗这样安排呀！那个女人怎么会想到用车撞托乎提呢？她是不是也和王三有什么仇？

马木提心里焦虑,坐卧不安。虽然说这不是一起谋杀案,但是事情的主谋就是马木提,万一吐拉汗泄露了整个事情的经过,马木提也逃不了法律制裁。

他从来不在白天去吐拉汗的酒馆。因为要在这条街上站稳脚跟,必须维护自己的名誉。他的外表一副正人君子的样子,做事诚心友善,如果街上的人发现他在酒馆里酗酒的话,会破坏他的良好形象,以后这条街上的人们就不再相信他了。一个人失去大众的信任,就会失去所有的信誉,失去自己的商业伙伴和顾客。马木提为了自己的面子,处心积虑做了多少事啊！他谋划的这次行动不正是为了打压王三的声誉,让自己不要活在王三的阴影下,提高自己在这条街上的威信吗？但是现在他实在没有耐心再等下去了。

他决定先去事发现场看一看情况。虽然他心里忐忑不安,但是亲眼看看现场也许不会有什么坏处。

他想好了以后,把餐馆的事情交代给老婆,自己赶紧出门了。

车祸就发生在市政府大院前的马路上,但是他到那里的时候,尸体已经被运走了。公安人员没有找到肇事车辆,他们正在忙着处理案件的后续工作。马木提看到那里有人在一起窃窃私语,就慢慢凑过去听他们的谈话内容。经过一番打听,他终于知道了,死者并不是王三的儿

第十二章

子。由于死者身上的衣服和王三儿子穿的相似,所以他们最初认错了人,等王三夫妇亲自过来证实以后,事情就搞清楚了。

马木提心里清楚这起交通事故中的死者身上穿的衣服像托乎提的衣服的原因。他说过,把托乎提打昏以后,要脱得精光,扔在街角处。事情的确就是这样进行的。也许是遇到车祸的那个人捡到了被扔在街上的衣服,然后自己穿上了。但奇怪的是,人们为什么不谈论醉醺醺地被脱得精光躺在街角处的托乎提的丑事呢?

马木提实在想不明白,只好往吐拉汗的酒馆走去。他一边走一边心虚地看看自己的身后,仔细观察有没有人注意到他。但是,街上的每个人都在忙自己的事,哪有人注意马木提呢。甚至,当人们从他身边走过,也没人抬头看他一眼。他心里既高兴又难过,高兴的是没人注意他,难过的也是没人注意他,这说明自己并不是引人注目的人啊!

终于走到了酒馆门口。因为时间还早,过来喝酒的人并不多。只有昨晚喝多的两个酒鬼,为了大早晨醒酒,把一碗酒放在桌子上正准备开喝。酒馆里散发出令人厌恶的臭味。马木提用外套的袖子捂住口鼻走进酒馆里面。吐拉汗刚刚往架了火的炉子上放上水锅并放了鸡蛋准备煮。她突然看到马木提脸色苍白的样子,吓得不知所措,呆呆地看着发愣。马木提看了一眼模样狼狈的两个酒鬼,示意吐拉汗往里屋走。他自己也从货架旁边的窄缝里挤过去走到里屋。

"怎么样了?"他紧张地问道。

吐拉汗一时语塞,低着头沉默不语。说实话,眼前所发生的这一切,她也无法理解。昨夜,吐拉汗一夜没合眼,提心吊胆地就担心事情会出现什么岔子。一大早,她就听到这条街上的人传的关于王三儿子死了的话,心里咯噔了一下。艾沙·白克力没有按照计划把托乎提脱得精光扔在街角,而是让他撞上了车死了?这把吐拉汗着实吓了一跳,如果真是这样的话,就算她没有受到什么惩罚,她也会一辈子受到良心的

王 三 街（二）

谴责，打心眼儿里感到对不起王三。这条街上的每个人都知道，王三是个好人，心地善良，吐拉汗为了一点钱害死了他的儿子，这可真不是一件小事啊。她和王三没有任何恩怨和过节，她太后悔了，自己为什么要答应马木提去伤害王三的儿子呢！后来，当她得知遇到车祸死去的那个人不是王三的儿子，这才松了一口气。再后来她听说"王三看着死者的手指和指甲，确定不是他的儿子"这句话，吐拉汗的脑子里又冒出了烟。吐拉汗当然清楚他们所说的"布满老茧的手指，粗糙歪曲的指甲"是谁！可怜的艾沙·白克力还没有来得及花从吐拉汗那里拿到的辛苦钱。而她自己也没有吃不饱的十个肚皮，干吗为了那么点钱干这等坏事？！

就在她沉浸在极度的痛苦矛盾中时，马木提出现了。吐拉汗明白，他一大早来就是要催问事情的结果。但是当她看到马木提的时候，不禁吓了一跳。这个人性格复杂、内心阴暗，第一眼看到他的时候，吐拉汗的身体在恐惧中开始颤抖。想到自己怎么和这个人打起了交道，她都快懊悔死了。可是事情已经发生了，她哪有回头路可走？但艾沙·白克力为这件事付出了生命的代价，这对吐拉汗打击非常大，无论如何她都难以接受。

"这件事到底怎么回事？"马木提难以忍受吐拉汗的沉默不语。他的眼睛里闪烁着一种凶光。

"我……我也不知道呀。"吐拉汗不敢正视他的眼睛。

"我应该看到王三眼瞅着儿子在大街上出丑而狼狈不堪的样子，但是……"

"我就是那样安排的，但是我真的不知道那个人做了些什么，结果怎么变成这样了！"

"其他的事情我不管，既然我花钱了，就必须按计划办事。"

"我跟他说得清清楚楚的。"

第十二章

"他是谁?"

"我告诉你,你也不知道。"

"你把他叫过来,问清楚事情的经过,不然就给我退钱。"

吐拉汗委屈地看了他一眼,她感觉有人把自己心脏往下拉了一下,情不自禁叹了一口气。

"他……他死了。"吐拉汗愤愤地瞪了马木提一眼。

马木提觉得自己的猜测是对的,但是这些事情对他没有一点儿好处。想到这些,他开始心疼起自己给吐拉汗的那些钱来。

"你不会是在耍我吧?"马木提怀疑地问道。他整个心思全在自己给这个女人的钱上。

"我要你干什么!你有没有想过,别人为什么把死者当成了王三的儿子托乎提了?衣服!他身上的衣服就是托乎提穿的衣服。也就是说事情办成了,可是艾沙·白克力……"

"这有什么用呢?我应该看到王三儿子在街角处出丑的样子呀!"

"也许是你迟到了,还没等你来看呢,他就醒过来回到家了吧!"

"那个药你没给那个人吗?"

"给了。"

"那他为什么醒得这么早?"

"这个我哪里会知道,药是你给的,我也不清楚药力有多大。所有的事我都照你说的做了。"

"嗯,太不像话了!"马木提愤怒地往地上蹬了一脚。

"你不要冲着我发火,"吐拉汗生气地说,"为了这件破事,已经有一个人丢了命!"

"我没有让他去死,这是他自己咎由自取。反正也是个不管用的废物,死了倒好。"

吐拉汗越听马木提的话就越生气。马木提竟然听说有人为这件事

王 三 街（二）

丢了性命,却丝毫没有任何悲伤的感觉,这家伙真是个没有人性的魔鬼。

吐拉汗怒火冲天,直接骂道:"你这个人的心怎么这么黑啊!"

"唉,你也像我这样,事情没做成却花钱吃亏的话,才会明白的,赔钱吃亏确实是痛苦的事情。"

"这件事本来就是见不得人的缺德事。我怎么也猜不透你的心思,你到底想要什么?你怎么忍心伤害王三这样一个好人呢?"

"唉,你呢?你开始看到钱的时候,怎么没说过这样的话呀?你现在突然想当好人了吗?"

"我现在特别特别后悔当初听了你的话。"

"你收起那些没用的话,你一看到钱就立马答应了的。你也不是什么好女人,不然你怎么会到了这把年龄了还开酒馆卖酒呢?"

吐拉汗感觉自己的脸被人泼了一盆脏水,一阵子恶心。心想,也怪自己啊,看着他人模狗样的,像是个有良知的好人,谁能想到他竟然是个这样的恶棍,拿这个人的钱给他办不光彩的事情,真是太后悔了!自己又没有十个肚皮要吃饭,干吗这样见钱眼开!瞧,这个坏人说出来的恶毒的话!

吐拉汗感觉自己被马木提侮辱,彻底愤怒了。这个坏蛋居然为了区区几十块钱,对她这么无情无义。那天晚上,这家伙差点吻了自己的脚,现在却一转身暴露出了自己的丑恶面目。

"你管我是个什么样的人干吗?马木提下贱坏坯子!你就这么看重你的钱啊?街上的乞丐也有钱呢。你既然舍不得你的钱,干吗还要费尽心思做这样的下贱事?王三是大家公认的好人,大家都夸赞他,所以他的儿子才会没事。我还纳闷呢,大家都不愿意和你打交道,原来你就是这样坏心眼儿的人啊。一个人死了,你连理都不理睬,你哪里是个人啊!"

"你给我闭嘴,老不死的家伙,小心我收拾你……"

"我就是老了也比你好,我不会给别人设陷阱害人。这次上了你的一次当,是我一生中犯的最大的错误,拉我下水的不就是你自己吗?"

"你会像狗一样死去。"

"这句话正适合你,赶紧滚出我的家,连你脚下踩的地都可能变成灾祸。"

吐拉汗愤怒地拿起角落里的扫把,开始劈头盖脸地痛打马木提。马木提怕吵闹声引起大家的注意,让自己丢人现眼,就慌慌张张地从屋里跑出来,狼狈地走了。吐拉汗看着他的背影骂了很长时间,那脏话就像暴风雪一般,她好好地发泄了一番。

事情发生的第二天,王三看托乎提脸色好多了,决定向他问个究竟。

"你还记得发生了什么事吗,我的孩子?"王三坐在儿子身边关切地问道。

托乎提难为情地抠着指甲一声不吭,呆坐了好一会儿,才开始慢慢地讲述那天所发生的事情:"有一个我曾经帮助过的年轻人为了报答我,专门找到我,要请我吃饭。晚上,我们坐在伊明肉汤的店里吃饭,在他的坚持下,我不好意思拒绝就喝了两碗酒,后来就什么都不知道了。醒来的时候一看,自己躺在街角处,身上就穿着短裤,衣服鞋子都不见了。"

王三对儿子的诚实感到很欣慰。但是一个人为了还他人的人情就一定要喝酒吗?他为什么要把托乎提脱得精光,扔在街角处?幸好托乎提醒得早,趁着没人看见就悄悄地回到了屋子,不然一家人可要在公众面前丢尽了脸面。王三想,难道那个人是和自己有什么恩怨……可是自己也没有跟别人产生过这么深的仇恨和矛盾呀!

王 三 街（二）

王三想了很久，还是没有想明白。

巧合的是，那天马木提走进里屋的时候，酒馆里来了两个顾客。虽然这两个人喝得半醉，但是把吐拉汗和马木提之间说的事情、骂的话听得清清楚楚的。没过几天，马木提和吐拉汗在酒馆里发生争吵、互相骂了很难听的脏话，其中还提到了一个人的死亡以及马木提为了一件事给吐拉汗给了钱等等消息都传到了王三的耳朵里。王三眼前一亮，原来这一场悲剧的策划者就是马木提！他多少也感觉到了马木提一直在跟自己作对，但是绝对没想到他会这么无耻。那个被车撞死的可怜人一定是被这件事连累的人。王三本来想给政府有关部门报案，但由于没有他们参与此事的实际证据，也没有死者的信息，追责起来比较困难。加上其中的重要参与者已经去世，马木提和吐拉汗如果死不承认的话，也很难给他们定罪。

日子一天天地过去，马木提的餐馆生意更加惨淡，濒临关闭。开餐馆是个精细活儿，人要经常跟火和食物打交道。心眼儿恶毒的人不适合这种服务人的职业。这是祖辈们的教诲。马木提就是犯了这一大忌的人。

又到了周六，人们将迎来又一个周末巴扎日，所有的餐厅、馕店都在做着紧张的准备，都想着挣上大钱。为了起个大早，伙计们怀揣着梦想进入了梦乡。但就在深夜里，这条街上几个大餐馆的炉灶又一次被人搞破坏给砸了。

就像热锅里的沸水一样气得火冒三丈的餐厅老板们为了找到这个坏人，到处寻找线索，发誓要打断他的腿。这件事甚至连公安人员都介入调查了。他们仔细地搜集了证据，表示一定会尽早破案。王三心里很清楚这些事情是谁干的，只是手里没有确凿的证据，无法在公安面前证实这个人的罪行。因为马木提是个很狡猾的人，做坏事从不留下任何痕迹。他设计坑害托乎提就是如此。

第十二章

没过多久,王三终于想出了一个妙招。他让别人去把马木提叫到家里来。马木提不想来,自从那件事之后他非常心虚,见到王三就躲着走。最近,他的生意特别不好。他现在的心思就是,自己竞争不过别人,那么别人也别想赚走自己赚不到的钱。就在周末巴扎日的前一晚,他把这条街上几个餐馆的炉灶都砸了。和他预料的完全一样,这些餐馆直到第二天中午都没能开工。有的餐馆彻底放弃了这一天的生意,有些餐馆则想办法把炉灶修好,晚一点开张,做了一些生意。

得知王三叫自己过去,马木提慌得手脚颤抖,本打算不去。但这样做,又怕王三对自己的怀疑会更加强烈。他不知道王三到底想干什么,再三考虑之后还是决定去一下。也许王三还会像上次一样把他教育一顿,然后再吓唬一下他。再怎么样也不会趁他一进门,就把他毒打一顿吧?再说了,马木提也不是那么好欺负的人。

想到这些,马木提稳了一下自己的情绪,往王三家走去。

王三独自坐在屋里的炕上,炕上的桌子上有几本书和中国古代周易八卦图。王三正聚精会神地看着八卦图。

马木提走进屋来,王三站起来礼貌地让他坐上上席。马木提用眼角观察着王三,他看不出王三脸上有什么不开心或者愤怒的表情。王三依然表现出一种稳重、温和的样子。旁边的火盆里盛着一个石陶罐,靠近火盆的白瓷壶里散发着天津茉莉花茶的香味。他们围着桌子盘腿坐下,王三拿起茶壶,把刚刚泡好的茶倒进两个小茶碗里。他把一个端给马木提,另一个放在自己面前。

"请喝茶吧!"王三语气平静地请他喝茶。

马木提从王三的表情中没有发现任何异常,悬着的心慢慢地平静下来。他感觉自己一下子轻松多了,连喝了几口茶,不由自主地舔了一下嘴唇。他也是个爱喝茶的人,但是他还是第一次喝到王三泡的清香可口的香茶。马木提暗自思忖:"唉,这个人很会生活啊,他懂得怎么享受生活。"他想到了自己这么些年来,为生活受的苦受的累,为了破坏别人的生意,偷偷地砸坏炉灶过程中手被烧伤的情形,多少个担惊受怕的无眠之夜,为了让王三在这条街上丢脸而做的那些事情,自己给吐拉汗的冤枉钱,以及后来受到的辱骂和被她用扫帚赶出门的狼狈……

说起来,像这样的伤心事数也数不清。他为什么那么费尽心思打击王三?为什么不能像别人一样做正当的生意安心地生活呢?

马木提不知不觉深叹了口气。王三抬眼看了他一眼,默默地把马木提面前的茶碗斟满。马木提毫不客气地把这一碗也喝干了。这茶真的非常地道可口,他越喝越想喝。人真是奇怪,有时候费了很大劲做了很多事情,也不能像喝这杯茶一样得到片刻享受。其实,对于一个真正懂得享受生活的人来说,享受是一件很简单的事情。

马木提举着空茶杯陷入了沉思。王三又给他倒了一碗茶,马木提再次一饮而尽。他的两颊开始发红,额头上的汗珠闪闪发光,看起来精神状态很好。匪夷所思的是,自从他进这个屋子以来,王三除了请他喝茶以外,什么话都没说。

王三倒了第四碗茶后,马木提稍微冷静了一下。自己像一峰饥饿的骆驼一样咕嘟咕嘟地这样喝下去的话,在主人面前怎么好意思呢?而且他们两个人的关系也不太好,这一切马木提心知肚明。

他从热气腾腾的茶碗那里转移视线,忽然看见王三正在端详桌子上的一张纸上画的图案。纸上的圆形图案里是两块将要滴落下来的水珠,一黑一白。看起来两者围绕着彼此转动。周围有许多排列整齐的虚线。马木提根本不懂这张八卦图的寓意。

王三见他好奇地看着八卦图,就抬起头来看着他。两个人的眼光一下子碰撞。马木提有点不自然了,但王三的表情始终没有什么变化。王三对他微微一笑,马木提也是回应着微微一笑。

"你知道这是什么东西吗?"王三指着桌子上的那张神奇的八卦图

问道。

"不知道。"马木提呆呆地盯着他的眼睛回答。

"这叫八卦图。"

"这有什么用呢?"

王三似乎又一次深刻地认识到他那凡事以利为本的贪婪本性。只是今天要做的事情,和往常并不一样,所以刚开始的时候必须顺着他的意,牵着他走才行。

"好处多呢。比如,可以预知将来要发生的一些事情。然后再根据你的属相和生辰八字,了解你的性格和运势。"

"真的……真的有那么厉害吗?"

"当然。"

马木提惊奇地看着王三。他做的很多事情都很成功,原来就是因为有这么一本神奇的宝典啊!他还知道些什么呢?

马木提的心脏顿时开始不安地跳动,感觉王三瞧一眼那张图,就能知道他所做的一切。王三发现他很紧张,就不动声色地给他解释八卦图的含义。

马木提弯着腰盯着那张图看,他越看越觉得它在转动。后来他眼花了,头也晕了,他眨着眼睛抬起头。

"你有什么发现吗?"王三笑着问。

"我感觉自己被拉到里面去了。看来,这真是个神奇的东西,是吧?"

"当然。"

马木提一下子安静了。王三从桌子底下拿出一个小纸包慢慢打开,又从里面拿出一个小瓶子,瓶子里有透明的液体。

"你把这个喝掉。"王三没有作任何解释。

"这……这是什么?"

王 三 街（二）

"它会治好头晕的,我看你现在头昏眼花的。"

"你已经知道了呀?"马木提干笑着说道。

"你没忘记我是个中医吧。"

"我当然没有忘记,怎么会忘记呢!"

"那你把这个喝掉吧!"

马木提犹豫片刻,然后打开瓶子对着嘴,一仰脖子把瓶子里的东西喝完了。这瓶里的液体没有任何异味,但是喝完它以后,感觉头晕症状好多了,眼睛也不花了。

"真的见效很快呀,这个药叫什么名字?"他兴奋地问道。

"霹雳剧毒。"

"什么?!"

王三没有说话。他不慌不忙地观察了马木提一会儿,然后挺直身子,死死地盯着他的眼睛。马木提看到王三眼睛里冒出火花,就像霹雳之火,吓得浑身发抖。

"你知道这八卦是根据什么来的吗? 八卦和五行结合,五行是指人类生命形成的五个元素。我刚刚给你喝的是从一千零一次的闪电中穿过,最后落在大地上的一千零一滴雨水的总和。它需要一个人用一生的时间才能收集到。"

王三停了下来,看了看马木提现在的样子。他好像预感到了即将发生一件惊天动地的事,恐惧地睁大了眼睛,坐在那里全身颤抖。

"我当然没有必要把你所做的事情一个一个地讲给你听,在这个世界上每个人都是自己行为的责任人。我今天叫你来不是为了找你算账。给你的所作所为算总账的日子总会来的。以后,你不要再做坏事,如果你什么时候动了坏心,伸手去做坏事,你刚才喝的毒药就会立刻起作用,在你的血管里形成霹雳闪电,你的体内就会熊熊燃烧,身体就像地上的土块碎成一堆。如果你不相信的话,你可以用你的生命做赌注,

第十二章

试一试。"

马木提吓得丢了魂儿,紧张地坐在那里一声不吭。他觉得自己上了王三的当,为自己来到这里感到万分后悔。他不愿相信王三的话,但又不得不信。谁敢保证,王三不会用那些稀奇古怪的东西来给他施魔法呢?如果自己去试着干一件坏事,真的发生意外可怎么办,那样会死得很惨,又该怎么办呢?

马木提害怕了。刚才喝的液体好像开始起作用了,他的喉咙发痒,舌头变得笨拙,肚子里也好像有火在燃烧,感觉到有一种炙热的温度在上升。

"亲爱的王大哥,我确实做了很多坏事。我承认我做的那些坏事。但你可不像我,你心地善良,乐于助人。这次你就饶了我吧,把这药的毒给解了。我不想这么早死呀。"

"现在一切都已经晚了,解毒的药就是你自己的心。你任何时候不想着去做坏事,不对别人使坏心眼儿的话就没事。一旦你心生邪念,这毒药就会大显身手。"

马木提一边哭一边抱怨,苦苦地哀求王三饶了自己,但是王三没有理会他。马木提感觉自己好像做了一场噩梦,那个香气扑鼻的茶,还有这个叫"霹雳剧毒"的透明液体,这一切应该都是提前准备好的。现在他该怎么活呀?他不嫉妒别人能活下去吗?

生命比什么都珍贵。活一天算一天,为了每天的日子过得好,不服从王三的条件也没办法。谁让他得罪了王三呢!

马木提想了很久,终于想通了。他拖着步子走出王三家,外面一片黑暗。他刚才在王三的桌子上看到的那个八卦黑点,不就是这个夜晚的样子吗?如果他不听王三的话,试着碰碰运气的话,很可能就会不声不响地埋没在这个漆黑的夜晚。死亡,那是多么可怕呀!

马木提回家以后,连着几天都没出门。他的餐厅也因欠了一大笔

王 三 街（二）

债务而关了门。不到一个月，他就把店转让给别人，从这条街上搬走了。他在新搬过去的地方，安心本分地过日子，没有对任何人做过坏事。有那么几次，他的思想有了点小的波动，肚子马上就疼了起来。他立刻就后悔自己的行为，自己打自己的耳光，哭得很伤心。他把坏念头都从脑子里清除了，肚子也就不疼了。从那以后，他完全相信了王三说的话。毫无疑问，那个时候喝的那瓶清澈的液体里肯定被施了魔法。直到晚年，他都感觉自己就像生活在一个看不见的禁锢之中。临终前，他这样嘱咐儿子："我的儿子呀，有朝一日，你一定要回到王三街，成为那里最有名望的人，让人们敬畏到无法直视你的眼睛。只有到了那时，你才能向世人宣告自己是马木提的儿子！"

儿子虽然听不懂他的话，但是为了照顾临终的老父亲的情绪，点头表示一定会谨记他的话。马木提给儿子说完那些话，就像摆脱了困扰多年的苦痛，感觉一下子轻松起来。他再也不用害怕王三的"霹雳剧毒"了，他已经咽了最后一口气。他至死也无法得知，王三那个时候给他喝的，其实不过是普通的水而已。

第十三章

　　时光如梭,岁月荏苒。随着岁月的流逝,王三也日渐年迈。他这一生经历了一些波折,也受了些委屈,也被人误解过……但最终,他还是以自己的善良、诚信和博爱之心,赢得了人们的尊重。在生命的旅途中,谁又能一帆风顺呢?王三知道,友善就像温暖的阳光,滋润万物生长。没有阳光,就没有花草树木,没有人的发育生长。

　　上了岁数的王三和提拉汗依旧过着平和宁静的日子。他们的邻居从来没有一个人见过他们闹别扭、争吵的样子,他们看到的就是充满无限亲情的家庭生活。生活总是有始有终,谁也逃不出这个生命的规律。

　　"我最近经常梦到爸爸和两个哥哥。"有一天,王三忧伤地对提拉汗说。

　　"也许,你最近想他们了。"提拉汗安慰他说,"人只要多想自己的亲人,就会常常梦见他们。"

　　"我是想他们了,但是这个梦却不寻常。"

　　"有什么不同?"

"小时候,我们家里有一辆三驾马车,我梦见爸爸驾着那辆马车来接我。"

听了这话,提拉汗心里咯噔了一下。她心想,老辈人常说"人在梦里梦见空车,就等于看到了自己的灵柩",愿老天保佑我们远离苦难,愿他长寿。她努力掩饰自己的情绪,安慰王三:"俗话说,'山羊梦见戈壁滩,鸡儿梦见土疙瘩'。你老想着你的爸爸,然后又想你小时候的那辆马车和你的童年,所以你当然会在梦里看到这些呀。"

"等儿子的身体稍微好一点,我会亲手给他操办婚事,之后我就是闭上眼睛了,也没什么遗憾了。我已经七十多岁了,能活这么大岁数已经是我的幸福了。"

"你这个人怎么老说一些死亡的话呀,"提拉汗皱着眉头说道,"是不是从什么地方来了个死亡通知书啊?我看你现在特别有精神,我觉得你至少还能活二十年呢。"

王三微微一笑,他不想和提拉汗争嘴,怕伤了妻子的心。但是有时候人的预感往往是准确的,和中医打了一辈子交道,他也是在维护健康上尽了自己的力量。他时不时地胸闷,像石头压在心头上一样。王三也相信自己这种感觉,自己的阳寿将尽了。他没想到,提拉汗进了里屋在悄悄地流泪。

他们说了那些话以后,过了不到一个月的时间,一天夜里,王三安详地去了另一个世界。临终前,他叫了几声父亲的名字,不安地喊道:"爸爸,爸爸,你等一下我,我也要上马车。带我一起走吧!"

提拉汗看到这个情形感觉心都碎了。他们是如此相亲相爱,提拉汗根本无法想象没有丈夫王三自己怎么生活。王三也是一刻都离不开提拉汗,只有提拉汗在,他的生活才会过得有意义,才会快乐。但是我们终究会抛下一生珍爱的一切,这是谁都无法逃避的现实。

王三走了以后,提拉汗每天都以泪洗面,白天吃不下饭,晚上睡不

第十三章

着觉。过去她那能让院子里的每一个角落都听到回响的百灵鸟一般美丽的歌喉,现在也因为唱了太多的丧歌而变得沙哑无力。

"我亲爱的妈妈,你不要这样,你看看我们吧!"阿依夏木痛苦地说道,忍不住抱着妈妈号啕大哭。

父亲去世以后,托乎提的心脏病发作了几次。他很伤心,感觉自己就像断了翅膀的鸟一样无助。每天都会有人来到这个院子慰问他们,他们都是曾经受过王三帮助的人。他们为王三的离世悲伤痛苦,这让提拉汗和两个孩子也总跟着掉眼泪。

一个月以后,伤心过度的提拉汗也跟着王三走了。他们用生命中最奇妙的经历书写的爱情故事、传播博爱和友善的故事,就这样结束了。王三街一改往日的热闹,沉寂下来,仿佛所有的人都沉浸在他们离世的哀伤里。一次,有一个人牵着生病的马来到王三家院子门口。他把马拴在大门边的青杨树上,走进院子放开嗓子就喊:"王大哥,哟,王大哥!"他满脑子都是自己病马的烦恼。

阿依夏木从屋里走出来,身上穿着孝服。

"我爸爸不在了,他……"阿依夏木因哽咽无法再把话说下去。

那个人"啪"地打了一下自己的额头,蹲在原地,捂着脸放声大哭起来。原来,他对王三去世这件事是知情的。但是这两天,自家的马病了以后,他一忙就把这事都忘了。过去,王三曾给他的马治疗过几次。刚才在混乱之下,他就突然想起了王三,径直就来到王三家了。他一看到阿依夏木,猛地一下子想起王三已经去世了,于是忍不住伤心地哭了起来。

"对不起,孩子。"他哭了一会儿,站起来擦干眼泪,内疚地对阿依夏木道歉,然后低着头默默地走出了王三家的院子。

父母去世后,托乎提和阿依夏木遇到过很多类似的事情。他们中有些人曾经得到过王三的帮助,还有一些是听说了王三的名声过来求助的。在王三帮助过的人们心里,王三永远都活着。甚至有人这么说:"我走在兰干街头,看到了一个人,他长得跟王三大哥一模一样,我跑过去给他致礼问候,我看着他就是王三大哥本人,只是这个人比较年轻一些。从那以后,我就觉得他的灵魂还在这条街上。"

"有时候,我也不愿相信他已经去世了,"另外一个人这样说,"每次,当我路过他家门口的拐角处,我好像就看到他站在大门口,往大街上望呢。我吃惊地仔细一看,又没有了。"

"远远地看到那棵大白杨树,王三大哥就会出现在我眼前。"有个人这样说。

这条街上,有一个做蒸笼的手艺人,名叫依米尔,外号蒸笼。有一次,他四岁的儿子跑到灶台前玩耍,不小心把手塞进了沸腾的粥里。随着孩子的一声尖叫,一家人跑过来围在他的身边。母亲看到宝贝儿子被烫伤的手,哭天喊地起来。依米尔蒸笼也难过地把儿子抱在怀里。做父母的人没有比看到自己的孩子受伤更加痛苦的事情。

"好了,好了,别在这里傻站着浪费时间,我们赶紧带孩子到王三大哥那里去吧。"着急担心的依米尔蒸笼脑子蒙了,什么都没想就将这样一句话说了出来。

"你在说什么呢?"妻子沙尼汗吃了一惊,赶紧说道,"王三大哥早都去世了呀……"

依米尔蒸笼一下子回过神来。

很多人都有王三不曾离开的感觉。王三的名字和故事被王三街人、被阿克苏人传颂着。俗话说:"人死了,都走了,所有的一切都没了。"不过这句话并不适用于所有的人,尤其是像王三这样的人,他的名字永远会被人们铭刻在心。

托乎提也渐渐地从悲痛之中缓了过来,他辛勤劳动,像父亲一样用心经营生活,后来娶了一位美丽善良的姑娘成家立业了。唯一遗憾的

第十三章

是,王三在有生之年没能看到儿子的婚礼。托乎提继承了父亲的品质,勤劳善良、乐于助人,街坊邻居也同样敬重他。

阿依夏木刚开始和哥哥一起住,后来在哥哥的操办下,和一名政府部门的干部结了婚,并生下一对儿女,日子过得安稳幸福。

王三街的故事还在继续。

就在那个春暖花开的早晨,王三的大哥王石城终于回到了自家的老院子。

"这棵大白杨树旁的就是王大哥家的院子。王大哥已经去世了,但是家里还有他儿子在呢。"卖干果的斯迪克老汉显得十分激动,一边说一边走进了院子。

"非常感谢你。"

王石城站在院门前,摘下眼镜,此刻他早已热泪盈眶。

"爷爷,应该高兴才对。"跟在他身后的孙子安慰道。

"对,对,应该高兴。"王石城老人拍拍孙子的肩头,望向院子旁的那棵白杨。那个时候,这棵白杨还只是棵小树,石城常常带着两个弟弟在附近玩耍。这里有父母亲的足迹,有父母亲生活的气息。父亲带弟弟王三回来时,自己还年轻,只知道在空中飞,不知道在哪里落下。现在他回来了,怎奈父亲早已离世,两个弟弟也见不到了……想到这里,那股辛酸再次涌上心头。

斯迪克老汉早已经走进院子去通知托乎提了。当王石城老人走进院子的时候,托乎提也带着妻子和孩子们从屋子里出来迎接他们。尽管从未见过面,但他们的心是相通的。托乎提跑过来,和自己的大伯热情拥抱,随后又与堂侄拥抱。他把自己家里大大小小的一切向大伯介绍,亲人团聚,那场景感人至深。

托乎提在家里宰羊设宴款待大伯。王石城老人异常兴奋,东走走

王 三 街（二）

西看看，仿佛年轻了十岁，精神抖擞。他对自己长途跋涉来到这里寻亲，见到了亲人和王三街，感到很欣慰。

院子比以前小了一点儿。王石城老人站在院子中间，仔细端详。

"这边有一排客栈房间，"他用手指着院子右边的一角说道，"还有住客栈的客人们喂养牲口的羊圈和马槽。院子大门的右边有一个馕房和一个茶馆。这里的人们常常坐在茶馆里喝茶。我父亲也经常去茶馆里喝茶，跟大家聊天。这里有一个漂亮的露台，父亲常常就坐在这个露台下面看书。我们从胡老师那里上完课回来时，父亲就让我们站在这里背诵学过的诗词。啊，我的父亲！我的小弟，这么多年，我都没能回来看你们，请原谅我吧！"

王石城一会儿笑，一会儿落泪，多年以来压在心头的伤痛，在这里得到了治愈。

一转眼天就黑了。这里和香港完全不同，那里繁华喧嚣，灯火辉煌，但是这里有一种家乡的温暖，古城的韵味。王石城的孙子王爱国也几次跟爷爷分享了自己相同的感受，他喜欢这里，庆幸能陪爷爷来到这个不一样的地方。

"是啊，孩子。"王石城看着孙子，悠悠地说，"这里有你爷爷的气息，也有亲人们的气息。在我的生命中曾经有过很多快乐的时刻，但此刻内心的快乐和其他任何时候都不一样。如果我没有回到阿克苏就死了的话，我会死不瞑目。"

他们坐在炕上一起吃晚饭。餐布上摆满本地风味的食物，那熟悉的味道让王石城好像回到了儿时，那是他一直牵挂着的阿克苏的味道。

饭后，托乎提把大伯王石城和堂侄王爱国请进里屋的祠堂。王三在世时，在这里设下父母亲以及二哥王石康的灵位。这是王石城绝没有想到的。他对着父母亲和二弟石康的灵牌，跪在地上，泪流满面。他再一次被小弟弟的这份孝心感动。

"父亲，母亲，兄弟，原谅我吧，这么久了都没能来看望你们。"他哭着说道。

王石城在父母亲和弟弟们的灵牌前跪了很久。他的眼前又一次浮现出自己人生历程中的一幕幕往事。来与去之间的这个漫长的过程真的是非常复杂。人有时会觉得自己就像一个过客，或者是看护别人东西的守护者。我们想得到太多太多，但是最后能真正让你心情舒畅、无比满足的仅仅就是一件小事而已。王石城在自己的晚年对人生的真谛有了新的认识。

托乎提看得出来大伯是一个大人物，他想把大伯和堂侄二人安排在城里一家豪华一点的宾馆。当他把自己的想法告诉大伯时，王石城当即拒绝了。

"我的孩子，我来这里就是为了你们。对我来说，还有比保留着父母亲和弟弟足迹气息的屋子更好更舒心的地方吗？"他的语气非常坚决。托乎提感到自己再说什么都是多余的。他遵照大伯的意愿，把父亲在世时就保留下来的一间卧室收拾出来给大伯住。

这一夜，王石城睡得很安稳。他梦见了自己死去的亲人，他看得很清楚、很真实。清晨时分，他精神饱满地醒来，第一件事便是请侄子托乎提带他去父母和弟弟的墓前看看。

"原谅我吧，父亲，"他跪在父亲的坟墓前声泪俱下，"我是个不孝的儿子，我丢下您，让您一个人带着幼弟回来，我没有尽到一个儿子的责任和孝道。我被这世界上迷幻般的景象所迷惑，以为人生就是永恒的享受。我离开您以后，经历了很多，也慢慢明白了世间的真理，但是您却没有看到这些。父亲，我终于来到这里，在您的坟墓前跪着，请原谅我。"

王石城在父母亲的坟前跪了很久。随后从那里拐过去，又去给王三上坟。王石城想起了他那个眼睛发黄、面容清秀又可爱的弟弟。他

王 三 街（二）

总是跟着两个哥哥到学堂老师那里,全神贯注地背诵诗歌、练字。胡老师也非常喜欢这个可爱的小家伙。有一次,老师命他们兄弟三人各背诵一首诗,王三读得最响亮、最有节奏。王老先生高兴地送给胡先生几个大洋。当他从两个哥哥后面跑过来追上他们的时候,王石城一把抱起弟弟。他们三兄弟就像一根线上穿着的三个玉佩。当三兄弟一起朗读《三字经》时,他们的声音在蓝天上飞翔,飘得很远很远……

曲折的命运把他们兄弟三个分开了。父亲王老先生的晚年就在阿克苏度过,他守着母亲的坟墓,和弟弟王三生活在一起。也只有小弟王三一人陪着父亲走到了生命的终点,也是他在阿克苏市里保留了王氏家族的名望。

今天,王石城去给父母亲和弟弟扫墓以后,似乎想明白了他活到今天的缘由——也许就是为了完成这个心愿。此前,他曾到天津去看过弟弟石康的墓地。这样一来,他总算了了一桩心愿,心里的内疚感也因此减轻许多。

托乎提说一口流利的普通话,和大伯、堂侄交流起来一点儿障碍都没有。托乎提和堂侄王爱国交流了很多。王爱国是第一次来新疆,他对这里淳朴而古老的民居建筑、各民族群众的精神面貌和独特的生活习惯都很感兴趣。他不停地问托乎提各种问题,托乎提认真地给他一一回答。王爱国也给托乎提介绍了香港,当他说到香港岛四周全是大海时,托乎提激动地喊了起来。

"哇,我经常幻想去看大海,我想象中的大海是无边无际的。"

"嗯,浩瀚的大海真的是无边无际,大海占了地球表面的三分之二。"

"真的好大呀！如果有机会,我也想去看看那无边无际的大海。"

"当然会有机会了,叔叔。我一定要带你去看看大海。"

"谢谢你,我的侄子。"托乎提十分期待。

他们还谈到了阿克苏的发展现状。

"阿克苏的发展空间很大,"王爱国说,"说简单一些的话,这些街道也要用现代化的方式来改造。还要有多层的居民小区,高层的商场超市等等。如果这样的话,这座城市就会更加现代化更加美丽。"

"那倒也是,但是你说的这些事情谁来做呢?"

"我想,政府部门也在招商引资,等待投资商的到来。最重要的就是投资商,这些事情企业、公司是可以投资的。"

"我不懂这些。"

"就像你批发商品,然后零卖是一个道理。公司投资买下这块地,然后盖楼再卖给个人。"

"那我们就会离开这条街了?"

"不,你们把这里的平房地皮卖给政府,然后再从楼房中买房子。你们依然还住在这条街,只不过住房的形状发生变化而已。"

"那样的话太好了!"

两个人随口说出的一些话,引起了王石城的注意。他想,难道自己不应该考虑给这些街道投资吗?

王石城与托乎提详细谈了投资的事情,他想为这里的人们也做点事。他认为自己现在的公司正适合在这里建现代化的楼房,改造城市环境。他有足够的资金可以在这里投资。阿克苏地方政府也一定会支持他的这个想法的。

想到这里,王石城激动万分。他意识到,自己已经年迈,以后也许没有机会再回阿克苏了。所以,他想给这条以自己弟弟的名字命名的王三街投资,搞现代化城市建设,让这里的环境面貌焕然一新,为家乡人民做件好事。

王石城抓紧时间和孙子王爱国筹划投资的事。托乎提也没闲着,几天后,他按照自己的设想设计了图纸。按照图纸的规划,王三家的院

王 三 街（二）

子就处在大街的拐角处，左边修建一条大街道，一直延续到河边。宽敞的街道两旁，整整齐齐地盖上两层楼的商场。

王石城见了托乎提画的图纸，赞不绝口：

"我的孩子，你的图纸画得很不错。如果我们的计划能顺利实施，照这个样式设计街道的话真的会很漂亮。"

本来，王石城计划在阿克苏就住上三五天。但是自从有了在这里投资的想法以后，就延长了时间。他给在香港的儿子魏博发了一封信函，并向市政府提出了有关申请。

王石城在阿克苏逗留的时间一长，一些整天无所事事、游手好闲的人开始倒是非说闲话了。

"你们听说了吗？"哪里有人交谈，他就会跑过去听的那个叫艾尼塌鼻子的人振振有词地说道，"王三的那个大哥，来阿克苏是有自己的目的的。"

"他来干什么？"有人好像不太在意他的话，眼睛往别处看。

"他是来跟王三的孩子们争夺遗产的。"

"这家伙说什么呢，据说那个人是从香港那么远的地方来的，不是说他很有钱吗？既然这样，还跑到这里来抢那么点儿遗产干吗？"

"谁会讨厌钱呢？你咋说是那么点儿遗产呢？这条街上的人谁不知道王三家里特别有钱，就那套院子本身就很值钱啊。"

"他们怎么做都行，这是他们家里的事，关我们什么事呢！"

尽管他们的谈话就此打住了，但是那句话却通过口口相传传到了托乎提的耳朵里。他心想，真的会有那样的事吗？不管怎么说，大伯也是这个家族的一员。父亲在世时，常提起这位大伯。父亲日夜思念大伯，临终的时候都没能见到大伯最后一面，留下了终生的遗憾。如今，大伯他终于有机会回阿克苏，和王家的家人们相见了。闲话也正因此而冒了出来。但据他的侄子王爱国说，他们公司是香港建筑行业的大

第十三章

公司。不过,人在谈到利益的时候就另当别论了。

托乎提并不想妄自揣度,他打算和大伯开诚布公地谈一次。

王石城正在和市领导就投资事宜进行洽谈。在他之前,已经有两家公司对这个项目表达了意向,如果他们进入竞标阶段,王石城的公司很有可能被淘汰。令人感动的是,领导们得知王石城老人就是这条街的开创者王三先生的大哥,他想为自己的家乡和父老乡亲们做点事情,经过协调,最终把这个项目委托给了王石城老人的香港金龙建材公司。全家人得知这个好消息以后非常兴奋。就在那天晚上,托乎提给大伯说起了关于"争遗产"的流言。王石城听了这话,先是一愣,然后深深叹了口气,摇了摇头。

"我的孩子,你在说什么呢?对我们来说,爱和亲情比金钱更重要。我来这里的目的不是为了遗产,是为了寻找爱。"

"大伯,对不起,我只是……"

"好了,好了,以后再也不要提了,我的孩子。不然我会生气的。"

托乎提为自己信了街上的流言蜚语而惹大伯生气感到愧疚。感觉自己就像一个整天为了钱财和欲望生活的人,他感到很难过。后来,他看到大伯还像过去一样热情待他,也就放心了,渐渐忘记了这一切。

接下来的事情,就是如何拆迁的问题,这里还有很多棚户房,必须跟房主们协商好,然后才能开始拆迁。但是这件事办起来确实不会那么容易。说服那些房主们需要花很多时间。就像当时在支援抗日前线的募捐活动,王三发挥了重要的作用,这次为了王三街的拆迁改造,托乎提也起到了带头作用。他第一个把自家的宅院交给拆迁公司。拆迁的事需要很长时间才能全部完成。因此,王石城打算带着孙子王爱国先回香港。

"我的孩子,下一次我也许来不了了。"王石城临走前嘱咐托乎提,"我年龄大了,很难再走长路。也许这次的相见,会成为我们的最后一次见面。你要好好活着,要牢记你父亲的教诲。也许我看不到这条街现代化的时尚面貌了,但是我死而无憾。因为这里留下了我们家族的好名声,这就足够了。

"好的,大伯,"托乎提也舍不得离开他,难过地说道,"我会记住您说的话的,能见到您是我最大的幸福。我永远不会忘记我们的家族。"

"好,好,你是个聪明的小伙子。你要知道,这个世界上所有的东西都会有始有终,只有爱才能代代相传,永不消逝。下一次,你可能会见到你的魏博哥哥。"

"好的,大伯,您也多保重。我会时刻想念您的。"

"谢谢你,我的孩子,再见。"

王石城回香港了,而王三街的改扩建事宜正有条不紊地开展实施。

第十四章

　　吾舒尔火烧多年来一直就在王三街拐角向北延伸的街对面卖包子和火烧。他做的包子和火烧特别好吃,人们会大老远特意跑来吃他家的包子。有趣的是人们没有给他起"包子"这个绰号,反而起了"火烧"这个绰号。他的小饭馆里就做包子和火烧,没有其他的饭食。所以,这就成了他家饭馆的一大特色。他家餐馆门口,一年四季都有一个特大号的炉灶和一口铸铁平底锅,平底锅上面有一个大盖子。他把上百个生包子坯放进有底油的平底锅里,上下两面煎得焦黄。然后他又往平锅里倒一两瓢沸腾的开水,盖紧锅盖。等他倒进去的水继续烧开一阵子以后,再打开锅盖。这个时候,焦黄的火烧变得更软更好吃。揭开锅盖子的那一瞬间,走在街上的行人会不由自主地停下脚步,不吃几个美味的火烧就离不开这里。吾舒尔做的火烧老少皆宜,有人吃上瘾了,每天不吃几个心里都不舒服。因此,这条街上有了关于吾舒尔的这样一首歌谣:

王 三 街（二）

> 吾舒尔做的火烧，
> 大家等得肚子饿。
> 不吃火烧可不行，
> 夜里觉都睡不着。

街上所有的人都叫他的绰号"火烧"，渐渐地把吾舒尔的姓名都被忘记了。他也习惯了这个绰号，它就像自己的名字一样。吾舒尔火烧就是在这一片长大的，他就是那个夜里被煤油灯里的煤油烧伤头部的女孩的哥哥。正是在王三高明的医术和精心治疗下，这位姑娘的头部没有留下任何疤痕，头发也重新长出来了，脸上的皮肤也恢复得非常好。那时候，吾舒尔火烧也是个孩子。自从那件事情以后，王三给他留下了非常深刻的印象。他们两家离得很近。有一次吾舒尔胆怯地走进王三家的院子，看见王三坐在院子里，把眼镜架在鼻尖上，正在专心地读书。他非常喜欢王三读书的样子，呆呆地看了很久。王三发现有人盯着他看，抬头看了他一眼，吾舒尔一下子脸红了，转身准备走。王三叫住了他："我的孩子，你站住！"王三非常熟悉邻居家的这个孩子。

吾舒尔停下来，但是害羞的他不敢上前去。他抠着自己的指甲，用眼睛的余光看着王三，呆呆地站在原地不动。

"你到这边来。"王三又一次开口说道。

吾舒尔这才拖着步子，慢慢走到王三面前。他有些激动，又有一种说不出的兴奋。

王三让他坐在身边，把手里的书拿给他看。

"嗯，我的孩子，你对读书感兴趣吗？"

吾舒尔激动地回答："我很感兴趣，但是……"

"我小时候，也是什么都不懂的孩子。后来我父亲送我去上学，最后就这样幸运地能读书了。"王三笑着说。

第十四章

吾舒尔安静地坐在那里,心里满是羡慕。王三轻轻地拍了拍他的肩膀说道:"告诉你父亲,让他送你去学校,孩子们必须上学读书。"

"唉,我爸爸不会让我上学的,"吾舒尔叹了口气,说道,"他说男人只有学一门手艺才能养活自己,他把我送到了厨师那里学手艺。"

"我的孩子,你学手艺是件好事,但是生活和谋生是两回事。一个人活着必须明白这个世界的道理,所以没有知识是不行的。"

吾舒尔认真地听了王三的话,虽然不太明白其中的意思,但他温顺地点了点头。

"你一有时间,就来我这里吧,我教你写字。"

"好的。"吾舒尔喜出望外,立刻答应了。

后来吾舒尔给父亲讲,自己想上学。但是,父亲扎克拉洪没有理会他的话。那还是在新中国成立前,城里的学校也只有几个,不是所有的孩子都上得起学。许多人甚至觉得孩子上学是件很麻烦的事。有些人送孩子去学手艺,有的人家孩子很小就到街上去卖小东西,学做生意。虽然吾舒尔特别想上学,但是父亲没有这个打算,坚持送他去餐馆学厨艺。餐馆的活儿看起来很轻松,其实很辛苦,总是天还没亮就开工,晚上到很晚才歇业,所以吾舒尔去王三那里的机会并不多。但是书本里的字在他眼里既神秘又奇妙,甚至他晚上做梦都能梦见自己拿着书流利地读起来。

尽管很少有空闲,吾舒尔还是会抽出时间去找王三。王三用一根棍子在地上写上几个汉字,然后给他读,并耐心地给他解释每个字的偏旁部首,以及字的构造、写法、含义等。吾舒尔觉得非常神秘奇妙,渐渐地他爱上了读书认字。他感觉每个字都有一扇门。就这样,他在饶有兴趣的学习过程中学会了写自己的姓名,对吾舒尔来说这是一件大事情。但是生活的压力、谋生的艰难,没有再给他学习的机会。

新中国成立以后,阿克苏建了不少中小学校,为孩子们创造了宽松的学习环境。但是吾舒尔已经成年,早已过了上学的年龄,上不了学是他人生的一大遗憾。他没有忘记从王三那里学来的几个汉字,他用汉字写自己的名字,写得很漂亮。不知情的人会以为他上过学了呢!

吾舒尔成家后,自己独立开了一个饭馆。他学的厨艺中,最拿手的就是做包子,他自个儿也喜欢这门手艺。小饭馆刚开张,他就做起了包子和火烧。刚开始,妻子觉得饭馆只做这两种吃食怎么赚钱,想劝吾舒尔再考虑考虑。吾舒尔有自己的想法,坚持要把一门手艺做精做细,做出名堂来。饭馆开张一段时间以后,顾客的反映非常好,一下子就有了一批常客,生意红火了起来。夫妻俩起早贪黑干了一段时间以后,这家小饭馆就有了大名气,吾舒尔自己也落了个"吾舒尔火烧"的绰号。他们的经济状况也得到了很大的改善。

在吾舒尔火烧的脑海里有一幕始终难忘,那就是王三坐在院子里全神贯注读书的模样。现如今,吾舒尔的生意做得红红火火,已经挣了不少钱,而王三已经去世五六年了。吾舒尔时常想起王三教自己写字的情景,尤其是王三手中的书,让他觉得像一个神圣的宝典。后来,只要他看到正在读书的人,当年王三看书的样子就会浮现在眼前。在他心目中,对读书人有一种由衷的敬重和羡慕。闲下来的时候,他就练习书写王三教给他的那些汉字。当然这些字仅仅只是他的姓名。但他一直为自己能写几个汉字而感到自豪,就好像自己懂得很多东西。

有一次,妻子奇怪地问他:"哎呀,我的天哪,吾舒尔,我还以为你是个识字的读书人呢。我们结婚以来,你写的也只是这几个字,你就不会写别的字啊,你到底读了多少书呢?"

吾舒尔看着她笑了笑,没吱声。妻子急了:"我们结婚好几年了,你却把这个秘密一直瞒着我。这该不会是施了魔法的几个字吧?"

听到这话,吾舒尔笑得更厉害了。他耐心地向妻子解释说:"我没能上学读书,这是我一生中最遗憾的事。这些字是王三叔教我的。如果当时我有更多的时间去他那里的话,可能会学会更多的字。"

吾舒尔将跟王三学习写字的这一段往事讲给妻子听。

"哦,是这样的呀,"妻子不好意思地笑着说,"我还以为你不想让我知道,背着我去做了一些神秘的事情呢。"

"这怎么能叫神秘呢?我的王三叔小时候学过汉语,他见多识广,肚子里很有墨水,知道的东西简直太多了。他一有空就读书,这些字就算是他留给我的遗物吧!"

"那好吧,你也教教我写字吧。"

"这是我的名字,你学了做什么?"

"我学习写你的名字也不行吗?如果我们把那些字改成我的名字,然后写出来不好吗?我也没上学读书呀。"

吾舒尔忍不住再次笑了起来。

"哎,老婆,这又不是随便可以改装的木头架子,这是字。"

"我知道呢,就因为是字,所以我也想学呀。"

吾舒尔看着妻子单纯的样子,又无奈又想笑。虽然他的妻子说话直冲冲的,但是他们在生活中相亲相爱,和睦相处,彼此互相体贴。

日复一日,年复一年,转眼间吾舒尔火烧的孩子们也到了上学的年龄。他的老大是个女孩,夫妻俩看着女儿的可爱模样,就给她起了个名字叫古莱姆。古莱姆的性格像她爸爸,是个大大咧咧像个男孩一样鲁莽的女孩子。送古莱姆去学校的那天,吾舒尔开心得不得了,头都快顶天上了。每天他都迫不及待等女儿从学校回来,一看到女儿,就立刻放下手中的活儿,跑过去接她,拿起孩子肩上的书包自己提着。他摸摸孩子的头,温柔地看着她的眼睛,让她坐在椅子上,拿出各种各样好吃的东西给她。女儿不慌不忙,一边吃着手里的东西,一边叽叽喳喳地把当天学过的课讲给吾舒尔听。吾舒尔火烧真的打心底里为女儿感到骄傲和自豪。在吾舒尔火烧的眼里,读书是最了不起的事。

王 三 街（二）

夫妻俩为了让女儿好好读书,女儿来饭馆的时候他连一个碗都不让洗。有人劝他们说:"你们这样做会把她惯坏的,长大以后就不听你们的话了。"但是吾舒尔火烧从不听这样的话。说实话,他把自己小时候没能实现的梦想寄托在女儿身上,把将来的一切希望放在她身上。

古莱姆上初中的时候,个子比班里所有的同学都高,加上性格中带有男孩一样的莽撞,说话声音浑厚而洪亮,在同学中十分显眼。在学校里,无论是学习成绩,还是体育运动,各方面她都名列前茅。她不会无缘无故惹别人,但是如果有人得罪了她,她一定会教训他一顿,绝对不会客气,所以班里的男生也怕她。

班主任根据古莱姆的特点,让她当了学习委员。他们班在二楼,课间休息之后,听到上课铃声,大家都往教室里赶,但是还有些同学拖拖拉拉不慌不忙地往楼上教室走。这时,古莱姆就会把拇指和中指塞进嘴里,压在嘴唇下,用力一吹,尖锐刺耳的口哨声立刻响彻整个校园。那些动作拖拉的同学一听到古莱姆的口哨声,都会迅速跑回教室。如果古莱姆想在下面叫一个楼上的同学,她也会那样吹响哨。只要一听到她的哨声,大家都会不约而同地望向她。渐渐地,古莱姆的口哨声甚至取代了学校里的铃声。同学们都习惯了她的口哨,但是谁都吹不出像古莱姆那样的口哨声。有人试着模仿她,但都学不像。

为了方便女儿上学,吾舒尔火烧给她买了一辆自行车。没过多久,古莱姆骑自行车的技术也非常娴熟了。她骑车不仅速度快,还常常大撒把。她像一阵风一样从路上的行人身边飞驰而过,行人惊恐万分,望着古莱姆的背影直摇头:

"唉,这孩子像谁了？吾舒尔可是个老实本分、性格内向的人,但是这个女孩简直就跟个男孩一样。"

"也许,吾舒尔年轻的时候也是调皮和鲁莽的孩子。货不像自己的主人可怎么得了!"

第十四章

"哪里呀,吾舒尔小时候温和老实,这个女儿的性格一点儿都不像她父亲。"

"那有可能随了她母亲的性格了吧,反正夫妻俩中有一个年轻的时候一定也这么机灵调皮。"

后来,他们就开始跟吾舒尔火烧说起古莱姆的事情。吾舒尔火烧听着他们的话忍不住地笑起来。他的这一笑就算是回应了大家的"关心",邻居们也不知道该说什么了。这时,吾舒尔火烧会端上一盘热乎乎的火烧,放在他们面前,笑着对他们说:"我们怎么办呢,我的邻居,老话说得好,孩子嘛就要调皮一点,不然就不是孩子了。孩子如果老实巴交,不如调皮捣蛋有个性。"

"那倒也是,但是我觉得女孩子还是稍微娇气老实一点比较好。"

"唉,现在都什么年代了?那种把女人看成弱者的旧观念已经一去不复返了,拜合提大姐。"

邻家女人觉得再说话也没用了。

从那以后,邻居们再也不对古莱姆说三道四了。吾舒尔火烧希望古莱姆像个男子汉一样活着,别人还能说什么呢?

吾舒尔火烧虽然希望女儿自由自在开开心心地生活,但绝不会让她任性胡来。俗话说,"不能让一棵果树和孩子任性随意长大",要是女儿走上了歪路,那么吾舒尔火烧的所有愿望都会落空的。所以,每次女儿放学回家,他总是想方设法教育她。古莱姆也是个聪明的女孩,她马上就明白了父亲的意思,笑着说:"爸爸,你放心吧,我绝对不会走邪路的。我的理想是考上大学,成为一个了不起的人。"

这句话对吾舒尔火烧来说就是天大的慰藉。他也相信自己的女儿一定会成为优秀的人才。孩子的理想正是吾舒尔火烧的梦想。古莱姆胆大心细,处事果断的性格并没有违反社会公德和家庭道德,只是有些人看她不顺眼罢了。嘴长在别人身上,难道一个人必须要按照别人的意愿生活吗?只要不害别人,不做坏事,按照自己生命的愿望努力生活,就是我们自己的理想。这就是吾舒尔火烧对自己人生和事业的思考。

生活就是这样有苦有甜地一天天过着。转眼之间,古莱姆也上高中了。人长一岁就多一分智慧,这是正确的。古莱姆上了高中以后,性格开始发生明显的变化。以前她从学校回来,做完作业就跑出去玩。吾舒尔火烧夫妇也不会严格管教女儿,尽量让她自由快乐成长,饭馆里的事从不让她掺和。但是现在她做完作业,复习了功课之后,会主动去饭馆给客人倒茶,干一些擦桌子、洗碗、洗盘子的事情。

"你别干了,我的孩子。"这天,吾舒尔的妻子帕丽旦劝说女儿,"你不要干这些事,出去跟伙伴们一起玩吧!"

"我不是只知道玩耍的小孩子,妈妈。"古莱姆认真的样子让帕丽旦心头一暖。

一直围着锅台忙碌的吾舒尔看到女儿正在帮忙干活,也想走过去阻止,还没张口说什么呢,帕丽旦赶紧做手势阻止了他,拉着他的袖子往外面走。

"我们的女儿长大了。"她激动地把刚才古莱姆说的话告诉了丈夫。

吾舒尔开心地笑了起来。"我早就知道她会这样做,"他自豪地说道,"女儿是我们的骄傲,她很聪明。邻居们有时候就知道胡说八道。"

"你不要再阻止她了,不要给她的热情泼冷水。"

"好,我不会的。"

从那以后,古莱姆每到周末都会来饭馆帮忙。两个弟弟上小学了,古莱姆会主动辅导他们功课,还给他们洗衣服。她说话办事也有了明显的变化。吾舒尔感觉到女儿现在说话考虑周全,很有道理。吾舒尔认为这都是因为女儿读书有文化了,才会这样做。事实上也是如此。上高中以后,古莱姆开始用新的眼光看待一切。尤其是看到父母为了给他们创造更好的生活条件,每天辛苦地忙碌,有时候他们打烊回来,实在太累了,连衣服都懒得脱,倒在床上就能睡着。第二天一大早又要去饭馆做准备工作,古莱姆看着实在心疼。

有一天,她向父亲提议,自家的饭馆除了卖包子和火烧还应该增加几种凉菜。

吾舒尔认真考虑了古莱姆的提议。第二天,帕丽旦果然做了一盆凉菜,给顾客免费品尝,得到了大家的一致好评。之后,他们还跟女儿商量着给凉菜也定了合理的价格。古莱姆感到非常开心,她为父母没有忽视自己的想法,采纳了给饭馆加凉菜的建议而由衷地感到高兴。

古莱姆变得懂事乖巧了,胆子可没变小,善良也不减半分。

有一次放了学,他们几个同学沿着刀郎渠边的小巷往家走。孩子们为了走近路,准备从榆树林中间穿过去,这时路边的院子里突然窜出一条狗,咬了那个叫艾利亚尔的男同学一口。幸好狗只是咬了一下他的小腿,裤子烂了,但是伤口并不严重。艾利亚尔吓得脸色苍白,手脚无力,都站不起来了。孩子们很害怕,都顾不上看艾利亚尔的腿伤。

这时,古莱姆显得冷静又勇敢,看到艾利亚尔被狗咬伤,她当即捡起一截长棍和一块石头追过去,直到那狗哼哼唧唧打了几个滚儿,像喝醉了酒一样跌跌撞撞地逃回院子。同学们被她的勇敢壮举惊呆了。

"如果你也被狗咬了可怎么办?你的胆量和勇气都从哪儿来的啊?"

"看把你们吓成什么样了,"古莱姆撇着嘴说,"也就是一条狗罢了。所有的动物都有自己的弱点,只要找到它的弱点,别说是狗,就是老虎我也能制服它。"

虽然古莱姆说的这句话听起来有点夸张,但是同学们亲眼看到了刚才发生的一幕,对古莱姆更加敬佩了。艾利亚尔也凑上前跟她说谢谢。

"谢什么呀?"古莱姆逗他。

"你为我报了仇,狠狠地教训了那条狗。"

大家听了都笑了起来。

"没关系的,"古莱姆得意地说道,"我爸爸说过,就是再凶狠的恶狗,只要你抓住它的两只耳朵,它就咬不到你,乖乖地顺从你了。有一次,我看见他就是这样做的。"她说完,赶紧挽起艾利亚尔的裤腿,看到他的小腿被咬伤,有血渗出来。

"不要小看这个伤口,"古莱姆紧张地说道,"狗的牙齿是有毒的,狗咬伤的伤口很容易发炎,得了狂犬病的话可不是闹着玩的,还要打预防狂犬病的疫苗呢!"

"那我们该怎么办?"艾利亚尔很害怕。

"马上去医院看医生。先包扎伤口,然后再打针。"古莱姆不由分说,拉着艾利亚尔到社区诊所包扎了伤口,打了疫苗。

"真不好意思,古莱姆。"回家路上,艾利亚尔羞涩地跟古莱姆说。

"有什么不好意思的?"

"我是个男子汉,却要你来帮我赶走那条狗,还用你的钱打疫苗。"

"这种紧急的时刻还计较什么呢。我们是同学啊。"

"谢谢你,我回去跟爸爸要钱,然后还给你。"

"以后再说吧,你明天还需要再打一次针。"

"好的,我听你的。"

古莱姆为自己能帮助别人感到很开心。

这件事很快就在校园里传开了,很多同学都很敬佩古莱姆,都想和她做朋友。但是也不是没有嫉妒她的人,只是他们不敢在她身后说闲话倒是非,他们知道如果这些话传到了古莱姆的耳朵里,古莱姆会像收拾那条狗一样收拾他们。大家议论她时,称她为"王三街的古莱姆",她对这一点并不介意。

第 十 四 章

有些话也会偶尔传到吾舒尔和帕丽旦的耳朵里。他们知道女儿很勇敢，同时也有些担心女儿会莽撞。

"你离高中毕业只剩一年的时间了，我希望能在我活着的时候，亲眼看到你上大学。"有一天，吾舒尔语重心长地对古莱姆说。

"我亲爱的爸爸，你不要说那些丧气的话。你和妈妈一定还能看到我从大学毕业回来的那一刻。"

"愿那些好日子和我们有缘，我可爱的女儿。"

"你们放心吧，我一定不会辜负你们的希望。"

女儿的话掷地有声，吾舒尔对女儿的未来充满了期待。

一年时间说长不长，说短也不短。就这样，一年的时间转眼就过去了。因为古莱姆高考的时间到了，吾舒尔夫妇的饭馆停业了几天。这么多年来，他们的饭馆还从来没有停业关过门。

学校门口聚集了一群家长，他们站在烈日下，被晒得满头大汗，眼睛始终紧盯着校园的大门。虽然他们只是站在这里等孩子们考完试出来，也不能为孩子们多做什么，但是他们选择了这样一种方式，陪孩子们度过一生当中的重要时刻。吾舒尔夫妇也在其中。

经历过紧张考试、焦急等待成绩公布的日子，吾舒尔多年的付出终于有了回报，古莱姆考了全校第一名的好成绩！听到这个喜讯，吾舒尔高兴得手舞足蹈，他的饭馆也关着门，在这个梦想得以绽放的时刻，他想和女儿一起庆祝！

"这几年来，我们的女儿为了考大学受了很多苦。在她收到高考录取通知书之前，我们让她好好休息一下吧！"帕丽旦对吾舒尔说。

"我们当然应该这么做，我们的店关门，就是为了这个呀！"

"我们为啥不去一趟帕克勒克的亲戚那里呢？现在正是草原最美的季节，就让我们的女儿尽情地开心一下吧！"

"你看我这脑子啊！"吾舒尔往额头上拍了一下说道，"我怎么就没有想起来啊,你想得很周到啊,你真了不起,老婆!"

就这样,他们第二天就上路了。吾舒尔夫妇带着三个孩子,朝着位于北天山的帕克勒克草原出发了。现在草原的景色不仅最美,而且牧民们的酸奶、马奶等也已经做好了,草原上现在正是一片丰收的景象。吾舒尔的几个亲戚就在这个草原上放牧。

远处是白雪皑皑的托木尔峰,山峰脚下是碧绿的帕克勒克草原,山坡上满是郁郁葱葱的松树,瀑布哗哗地流下雪水……这里的风景的确很美,仿佛人间天堂,让人忍不住感叹世界的美好、生命的美妙。吾舒尔的亲戚们宰了羊热情地招待他们。草原上的羊羔肉十分肥美,非常好吃。他们在这里日子过得真舒心呀!这么多年来,他们天天在餐馆和家之间来回奔波,从没有如此放松过。享受生活本身也是一种幸福,孩子们玩得很开心。

"爸爸,妈妈,非常感谢你们。"从草原回来的路上古莱姆感激地说道。

"我的女儿,我们是你的父母,当然不用说感谢的话了。"

"正因为你们是我的父母,所以我才要感谢你们。你们对我付出了太多,在任何方面都支持鼓励我。你们每天辛苦工作也是为了我们的幸福,以后我会用自己的实际行动来报答你们。"

听到女儿的这些话,吾舒尔和帕丽旦彼此看了一眼对方,他们的眼眶湿润了。父母的心比天大,他们再辛苦也会因为孩子发自内心的一句感恩的话而忘记所有的累和苦。他们不要求孩子太多,只要能理解父母的心就足够了。

帕丽旦把女儿拉到怀里,喜悦的泪水滴在女儿的头发上。此时此刻,她的心沉浸在温暖的漩涡中。

他们期待的那一天终于来到了。古莱姆收到了天津南开大学的录取通知书。这消息瞬间传到了左邻右舍的耳朵里,这真是个大喜事,但

第十四章

令人不快的闲话也开始多了起来。

"我倒是听说过天津,那里离我们这儿是不是很远呀?"对门邻居萨日汗这么说。

"嗯,就是的,从这里走好多的路才能到那里。听说王三大哥的父亲就是天津人。"

"让一个女孩子去那么远的地方可怎么行呢?"另一个邻居摇着头说道,"就是不能去上学,女人嘛,要在男人的庇护下生活呢。"

"你说得对,女孩子再怎么上学,反正迟早还不都是外面的人。"

"吾舒尔要是厌倦了自己的孩子,就让她去那里上学吧!"

这样的风言风语没完没了。因为自己的女儿就要去上大学而兴奋不已的吾舒尔听到这些话后,就像突然被霜冻的树叶一样变得枯萎起来。因为天津与王三有关,所以天津这个地方吾舒尔还是很了解的。他也不忍心把心爱的女儿送到那么远的地方去读书,但是让女儿上大学是他最大的梦想之一。可是邻居们说的那些话,也确实让他犹豫起来。

"爸爸,你想的也和他们一样吗?"古莱姆流着眼泪说道。

吾舒尔从来没有见过女儿这个样子。她一直就像个男孩子一样勇敢无畏,她不会为一些小事委屈自己。前面有障碍,她会踢开了继续往前走,谁都无法挡住她向前的步伐。今天女儿痛苦的眼神让吾舒尔很难过。女儿的眼睛在流泪,吾舒尔的心在流血。很久以来,阻挡过太多人的传统观念今天也动摇了他的意志。

吾舒尔不知道该怎么回答女儿,他避开她祈求的眼神往别处看。

"爸爸,这不也是你的梦想吗?难道就在我们迈上这个新台阶的时候,突然又开始后退,那以前所有的努力不就白费了吗?"

吾舒尔当然明白这些道理,但是一种看不见的禁锢在折磨着他。吾舒尔默默地走了出去。古莱姆走到妈妈身边大声哭了起来。帕丽旦受不了女儿伤心痛哭,自己也忍不住哭了起来。

随着日子一天天地过去,古莱姆去学校报到的时间也越来越近了。其间,市教育局派人催了几次。一个学生考上名牌大学,不仅是父母的光荣,也是他们所生活的城市的光荣。王三街上左邻右舍的那些闲话还有人在说,但是也有几个人支持吾舒尔让女儿去上大学。不是每一个人都能取得这样优秀的成绩。一个人一生可能只有一次这样的好机会,一旦错过了就永远无法弥补。

吾舒尔陷入了重重矛盾思绪之中,他快崩溃了。最后他又想起了自己最敬重的王三叔叔的话,他终于决定送女儿去天津上大学。一说起天津,他的心就会被一股暖流包围,让他激动万分,仿佛又看见了王三叔叔聚精会神读书的样子。

"别人说什么都是他们自己的事,我一定要供女儿上大学。"他向家人庄严地宣布。

"啊,亲爱的爸爸,谢谢你。"古莱姆听到爸爸同意她去上大学,激动地冲过来,扑进爸爸的怀抱。

吾舒尔抱着女儿,亲了一下她的额头说:"女儿,放心去读书吧。这不仅是你的理想,也是我的愿望。"

帕丽旦擦干眼泪,露出了甜蜜的微笑。

吾舒尔当天就去火车站给女儿买了火车票,帕丽旦也开始为女儿准备行装。他们不在乎邻居们再说些什么闲话了。

古莱姆出发去天津的那天,吾舒尔和帕丽旦送她去了火车站。

"再见,爸爸妈妈!"古莱姆流着眼泪说。虽然她是一个坚强的孩子,但是第一次离开父母和家乡去那么远的地方,她心里还是很舍不得。

"我的好女儿!照顾好自己,一路上小心点。你一到学校就通知我们。"吾舒尔叮嘱古莱姆。

他们流着眼泪相互道别。

从车站回来,吾舒尔深深地舒了一口气。他仰望天空,蓝天上一只鸟儿飞过,这一幕似乎在预示着女儿将来的前程一帆风顺。他抹掉眼角的泪水,露出了欣慰的笑容。

"我的女儿,我希望你就像这只自由的鸟儿一样展翅飞翔!"他自言自语。

王 三 街（二）

第十五章

  阿克苏市的现代化建设正在深入推进。过去那些曲曲弯弯的小街巷都进行了改造，取而代之的是现代化的住宅小区、宽敞的街道和气派的商场。王三街上的一些房屋也已经开始拆迁。有一些人难舍自己的老房子，老房子就像鸟温暖的巢，连接着他们漫长的人生记忆，若要舍弃不是那么容易的事。王石城为改造王三街投入的资金已经到位，他的儿子魏博也将来到阿克苏参加改造工程开工仪式。托乎提也期待着见到从未谋面的堂哥，他耐心地给邻居们介绍新建居民区和商业区的概况。
  如今改造这条百年老街，不仅是王石城个人的愿望，更是国家现代化发展的需要。负责拆迁工作的社区干部每天都挨家挨户上门动员，可是说服一些老人可不是那么容易的事情。有的人不满意政府给的赔偿价，有的人提出的要求不符合工作程序。为妥善处理各种各样的矛盾，干部们真是绞尽了脑汁。也难怪，拆迁补偿是一方面，更重要的是人们在这里传承几代了，很多记忆都已经深深地扎根在了这些简陋的

第十五章

屋子里。记忆的碎片就像街巷小道中的灰尘,落在他们的头上,钻进他们的脑海,回荡在他们的梦里。这些房子不是简单的一排排居所、店铺,而是他们的精神世界。在漫长的人生经历中建立起的这份感情,哪能在短时间内轻易割舍掉。

阿皮孜老人就是这些舍不得老房拆迁的人之一。他压根儿就没有搬迁的想法,一大早就忙着把院子里的两根葡萄藤挂在葡萄架上。一个冬天都被埋在地下的葡萄藤,好像因有人破坏了自己的睡眠,不愿意搭上葡萄架,一个劲儿地往下落,让他受了不少累。

"喂,孜乃提汗,你出来一下!"阿皮孜老人一边朝屋里喊,一边扯开像蛇一样缠在脖子上的藤条。

孜乃提汗一边用围裙擦手,一边快步走到院子里。突然,院墙上飘进来的一阵风,把粘在葡萄藤上的泥土吹散,直接吹进她的眼睛里了。

"你先吃早饭,然后再干吧。"孜乃提汗眨巴着眼睛说道。

"快别说吃早饭的话了,我不把这个葡萄藤搭上去,就不吃饭。"

孜乃提汗知道丈夫的倔脾气,没再说什么,耐心地走到他身边。

"哎,孩子他爸,我能为你做什么呢?"

"你用那个撑子,把这个葡萄藤顶着。"

孜乃提汗按照阿皮孜的吩咐,拿起一根上头开叉的木杆子,站在丈夫身旁,顶着葡萄藤。他们折腾了很久,好不容易才把葡萄藤搭到棚架上,干完这些活儿,浑身上下都是泥土。阿皮孜累得上气不接下气,一个劲儿地吐嘴巴里的土末儿。

他嘟囔着说道:"这家伙真沉啊,可把我累坏了。"

"你再坚持几天的话,孩子们不是也回来了吗?让她们干吧!"

"我还有把子力气呢,就这个活儿还指望孩子们干吗?老婆子,葡萄藤又不是很多。"

"你的力气不够用啦……"

王 三 街（二）

"我不是力气不够,是这个葡萄藤变粗变长了。你这话是想说我老了吗,你啥意思?"

孜乃提汗笑了:"你还不服老呢。"

"就算我老了,也还有把子力气呢!"

"我去拿水,你洗一把脸。"

孜乃提汗不再跟他争辩,进屋提水壶去了。

葡萄树藤散发出的潮湿气息,融入春天干燥的空气之中,在院子里弥漫。阿皮孜老人深深地吸了几口新鲜的空气。自王三街开始拆迁以来,老人看着这个老院子感到更舍不得了。阿皮孜老人的这个院子在这附近算是很大的宅院了。院子中间有大大的空地,老人没有在这里盖房子,却开了一片小小的果园。他家对外出租了四间房子,两位老人就住在另外的四间房子里。对于老两口来说,这些房子已经足够住了。他们的两个女儿早已经出嫁了,有时一个月回来看一次他们,有时两三个月都不见人影。孩子们就像鸟一样,翅膀长硬了就会飞走。老人们也不需要她们给家里带什么东西,只盼着暮年时光能经常见到孩子们。但是,现在孩子们确实很忙。如今所有人的眼界都被打开了,每个人都希望活得像花儿一样,为了享受生命的乐趣,他们尽所有努力辛勤劳动,不断地改善着自己的生活状况。社会的发展让所有人都忙碌起来。

阿皮孜老人和王三是同龄人,只是王三先于他离开了人世。他和王三从小就很要好,当年阿克苏瘟疫大暴发,王三在院子里架了几口大铁锅给乡邻们熬煮中药,阿皮孜日夜在院子里帮忙。他的名字和王三岳父的名字一样,所以王三和提拉汗两个人都特别喜欢他。阿皮孜也许是因为年轻的时候太贪玩了,老大不小了还没有结婚,以至于后来都变成了老小伙儿了。

王三时不时地和他开玩笑:"哎,朋友,都这把岁数了,你咋还不娶老婆呀?"

第十五章

阿皮孜也调皮地回应:"等我再长大一点儿再说吧。"

"你还不长大的话,就会一下子变成老人了。姑娘们谁会看上老头?那时候,她们不会愿意嫁给你的。"

阿皮孜也不甘示弱,回他一句:"其他女人不愿嫁我就罢了,有一家人的女儿注定会嫁给我,我一定会娶她。"

有几次,他还和王三一起到山上采草药。

现在,只要说起有关王三的话题,他都会抢了话头。这不,听有人谈论起王三,阿皮孜忍不住自豪地说:"你们知道啥呢,我跟王三从小一起长大的,我还见过他父亲王老先生呢!"

"哦?那你给我们讲一下我们没有听说过的,关于王三大哥的一些事情。"有人不太相信他的话。

阿皮孜拍着胸脯说道:"这个没问题。"

大家起哄说:"那你就快说吧。"

"说就说!"阿皮孜清清嗓子,开始讲他的故事:

"有一次,我跟王三一起去博孜墩山上采草药,我们俩各骑了一匹马。他骑的是一匹高大勇猛的走马,我骑的是一匹脚力迟钝、身瘦毛长、走起来特别颠的瘦马。我怕在马上颠簸,也不敢走快。我们走了半天,我累得连骑马的力气都没了。你们也知道人骑上特别颠的瘦马的苦衷。"

他笑了一下继续说:

"我终于忍不住,侧着身子骑在了马的后腰上。

"王三的马走得快,不时就会跑远,到了一个地方以后,就会停下等我。他看见我侧身骑在马后腰上,就笑着说:'阿皮孜朋友,你怎么侧着身子骑在马背上了?你是不是想着路上会遇到个女孩子?'

"我抱怨说我的屁股都磨得快不行了,我以后再也不骑这么颠的瘦马了。

王 三 街（二）

"王三听了我的话哈哈大笑,说这不是你自己挑的马吗?

"是的呀,我看这家伙老实所以选了它,谁知道我会这样受尽折磨啊!

"王三下马走到我跟前,他把我的马鞍往后移了一点,重新绑紧。绑马鞍子的时候,他把两块手指头大小的石子夹在马鞍子下面。

"我担心地问他,这石子不会把马背弄烂吧?

"王三笑着说,你放心吧,你忘了我是个中医了吗?我可是特别爱惜牲畜的人啊!

"我们继续赶路,有趣的是,从早上开始一路颠簸折磨我的这匹马,再也不颠了。

"哎呀,这真是奇妙!我惊讶地说,一大早就这样做的话,我的屁股就不会磨破了!现在马是不颠了,但是我这个屁股磨破了,真是太糟糕了。

"王三就说到了山上我把你的屁股也修好。

"我们有说有笑地继续赶路,骑马走了整整一天,才赶到博孜墩。王三以前来过多次,他熟悉那里的环境,知道在哪里能找到最好的药材、什么地方适合搭帐篷夜宿之类的事情。晚上,我们在山腰上一个像露台一样的地方搭帐篷休息,王三说,经这附近要过夜的人基本上都在这里搭帐篷。整整一天骑在马背上,实在是太累了,于是我草草地填饱了肚子,很快就睡了。第二天早上醒来,我看到王三就坐在昨晚烧的篝火旁发呆,看他的样子好像一晚上没有睡觉。

"我边揉眼睛边问他是不是一晚上都没睡,心想是不是我打呼噜特厉害,吵着他了?

"'我睡不着觉。离开家我就睡不着,这是我的一个习惯。'他笑着说道。

"我跟他开玩笑说你是不是旁边没有老婆躺着就睡不着呀!

第十五章

"他老老实实地回答说不是的,说着指了一下离我们躺着的地方几步远的一个足印给我看。

"那不是马的脚印吗?我疑惑地问他,他站起身来,说那是熊的掌印!

"我一听到有熊,吓了一大跳,紧张地看了看四周。他却很平静,笑着说昨晚深夜,一只熊悄悄地走到这里看了一会儿,然后又走了。但是马受惊了,一直都不能平静下来。

"这山上有熊,多危险!王三却认真地说,野生动物也有自己的生存之道,只要人们不碰它们,它们也不会轻易伤人。这山上还有雪豹、野猪呢。

"我真后怕那一晚睡得像个死人一样,什么都没感觉到。幸亏王三没有睡,一直小心着,不然我们俩就危险了。毕竟它们是野兽嘛,我们咋知道野兽的脾性呢。

"我们吃了早餐,喂饱了肚子。按照王三的计划,再翻过两个山梁就可以采到草药,我们即刻出发。

"山里景色虽然很美,但是由于进入了秋季,花草开始枯萎泛黄。看着将枯的野花,不免让人伤心。世上的事情就是这样的,点缀大自然给人们带来无尽享受的花朵也会有枯萎的时候。不只是花,人也是一样,活得再精彩光鲜,最终也要融入大自然的怀抱。

"我走在山坡上,想了很多事,尤其对我自己的现状和未来想了很多。青春不是永恒的,一眨眼的工夫我们就将步入老年,就像山上开始枯萎的野花。我还要等到什么时候才能步入生活的正轨?怎么做才能不荒废生命?

"王三打断我的思绪,问我怎么了,是不是还在担心熊、豹子那些野兽。

"我深深地叹了一口气,一时不知道从何说起。

王 三 街（二）

"王三是个特别敏感心细的人,他早已经明白了我的心思。

"他放慢了脚步,若有所思地对我说,生命也有起点和终点,有来必定有去。虽然我们不知道什么时候离开人世,但是总有一天我们会面对这个残酷的命运,所以我们在短暂的人生中应该与人为善,不能把这一生浪费在没有意义的事情上。

"我感觉到自己就像是为了听他讲课才来到这山里。其实,我陪他来,纯粹是因为我们的情分,也是为了见识一些地方,多了解一些事情。这件事给了我反思自己的机会。我们还谈了很多事情,王三读的书多,讲的话有道理,还有深刻的意义,让人不得不深思。

"一路向前走,开始见到山蒜、手掌参、当归、皂角等草药,我们抓紧时间采集,整整收了两天。我们把采到的草药捆扎起来包好,驮在两匹马上准备下山的时候,王三向我示意看远处的山坡。我仔细一看,一群认不清是什么的动物,在山坡的小道上笔直地排成一排往上爬。王三仔细地给我讲,说那些是野猪群,大概是在这附近活动,听到我们的动静受了惊要走。

"我好奇地观察它们,它们都低着头快速往上爬。我放声大喊,它们却根本不理我。我听长辈们说过,野猪很凶,惹怒了它的话,它会用像刀一样锋利的牙齿把敌人的肚子豁开。这是我第一次看到野猪,所以特别好奇,并不害怕。看到这么多野猪因为听到了两个人的动静,急匆匆地转移躲藏,我当时就感叹,王三说过的话确实是真的,动物不会随便伤人的,了解大自然也是一件重要的事。

"为了让我多看一些景色,我们没有走先前来的路,而是绕开旁边的山转到另一个山谷,山谷中间有一条河。我们进入那个山谷,还没来得及走出来,天就黑了。

"王三说我们不要走夜路,现在马的负担很重,一旦在山路上滑倒,后果很严重。他说从这个山谷走出去以后,还有一个景色更漂亮的地方,不去看一下那个美景我会后悔的。

"这样就得在山谷过夜,我很担心安全问题。王三看出我有顾虑,告诉我山谷的尽头有一家牧民,我们今晚就住在他们家里。我一下子放心了许多,赶紧说那就好。

"果然,山谷的出口方向出现了微弱的光亮。我们把马头转向那边。听到马蹄声,两条牧羊犬狂吠着冲到我们面前。这时,从屋里走出来一个人,喊了几句'恰西,恰西',就把狗喊住了。

"'你们打哪儿来?'黑暗中,那人瞪大眼睛意外地看着我们。

"'我们从城里来的,哎,马合沙提大哥,是我呀。'王三赶紧打起招呼,随即下了马。

"那人听声音认出了王三,赶紧走过来和我们握手致意,热情地说这不是王大夫吗,是不是又去山上采药了?

"王三解释说我们采药下山晚了,所以来他家借宿。他立马热情地表示欢迎。

"我们把马拴在门前的松树上,在马嘴上套上了食袋,马儿们开始嘎吱嘎吱地嚼起袋子里的玉米。

"屋子里只有马合沙提大哥和他的妻子阿依谢嫂子。他们有一个儿子,去县里办事了。我以前就听说柯尔克孜族是非常好客的,这次我总算亲眼见到了,都那么晚了,他们还给我们做饭,把我们当作最尊贵的客人热情款待。按照他们的风俗习惯,不会给客人吃素食,吃完糕点喝完奶茶以后,他们把香喷喷的手抓肉端了上来。我们在寒冷的山谷,住在温暖的屋子里,吃着可口的饭食,喝暖乎乎的羊羔肉汤……我至今难忘那一晚我们吃的那顿饭,他们的好客令我感动,我也越来越钦佩他们。

"吃完饭,我们坐在炕上聊天。我看阿依谢嫂子的气色不太好,王三也注意到了这一点。

王 三 街（二）

"王三问马合沙提大哥嫂子是不是不舒服，马合沙提回答说他老婆这样病恹恹的很久了。问他怎么没带她去看医生，说是没有人看管家里的牲畜，他们的儿子在草原上待的时间不多，住不了几天就走了。

"王三给阿依谢嫂子把了把脉。他在灯光下翻看了她的眼睛，并检查了她的舌苔，按了按她的指甲……他把中医诊断的步骤都做了一遍。马合沙提大哥在一旁看着，心里着急，一直问阿依谢嫂子生了什么病，能不能好起来。

"王三让他放心，告诉他嫂子的身体虚弱，是身上的湿气太重了，也没有什么大病。听了这话，马合沙提大哥感到心安了，说你们瞧啊，这不应验了'这病要想好起来，中医自个儿就会到家门'这话了吗？你们今天晚上来我家做客实在是太巧了，这真是命中注定的事情啊。

"因为天色实在太晚了，我们当晚就先休息了。第二天一整天，王三都忙着给阿依谢嫂子准备调养身体的草药。马合沙提大哥不顾我们坚决反对，执意又为我们宰了一只羊。趁这个机会，我也转着看了很多景色优美的地方。当我们准备回去的时候，王三把备好的药交给阿依谢嫂子，并细心嘱咐她吃完药以后要好好休养。

"我们回来后过了很长时间，我都对这次进山采药的经历记忆犹新。这一次上山让我明白了很多道理。我改变了关于人生的很多错误的观点，更加深刻地体会到了活着的意义。没过多久，我就跟孜乃提汗结婚了。这之前，我还担心老小伙儿的婚礼不热闹，谁能想到，在王三的精心安排下，我们的婚礼办得非常隆重热闹。从那以后，我的生活也走上了正轨，我开始更加珍惜眼前的生活。我忘不了王三意味深长说的那些话，所以，我也尽自己所能帮助别人。

"有一天，我看到那个叫马合沙提的柯尔克孜族牧民大哥把一只羊驮在马背上，来答谢王三。据他说，他的妻子阿依谢吃了王三给她准备的药以后，身体状况一天比一天好了，现在可以一口气翻一座山。可喜

第十五章

可贺的是,他们之后又生了一个男孩。

"人世间常会发生这样奇迹般的事情。王三所走的每一步路上都散发着一股吉祥和善的芬芳,他走到哪里都在做一些有意义的事情。像他那样活着,确实太难得了。作为他的同龄人,能和他相识相知,我感到非常自豪,这是我一生的荣耀。"

阿皮孜的故事结束后,大家都陷入了沉思。

最后,一个调皮的小伙子打破沉默,开了一句玩笑:"阿皮孜大哥,我的王三大哥给那个牧民的妻子给了什么药呀?"

"你想说什么呢?"憨厚的阿皮孜没有察觉他话中有话。

"我就说嘛,年纪大了还能要上孩子,那药是不是有让人青春焕发的药效呢?"

阿皮孜这才明白了他话中的意思,而那个年轻小伙子的脸上也露出了滑稽的表情。

"哎呀,你这个不听话的孩子呀,"阿皮孜装出生气的模样,皱着眉头说道,"你是不是又在耍我啊?赶紧去玩你的那个花花绿绿的石头吧(打台球)。"

周围的人哄笑起来,阿皮孜也跟着笑了。

对于阿皮孜老人来说,过往的日子仿佛一眨眼就过去了。最近这些日子,在草原上看到过的霜打花朵枯萎的模样,一直在他眼前挥之不去。他努力忽略自己的衰老、虚弱,并试图让自己的心平静下来,每一天都对明天充满新的希望。

院子里的小果园里有两三棵杏树、一棵苹果树,沿着墙边栽了几棵石榴树。院子中央小巧玲珑的葡萄架,在夏天的时候仿佛一顶绿色遮阳伞,清晨或傍晚坐在葡萄架下乘凉,是一件很惬意、很舒服的事情。但是如今这院子就要被拆掉了,阿皮孜老人一想起这件事就会伤心难过,他不知道该向谁倾诉内心的苦楚,而又有谁能体谅他心里的痛苦

王 三 街（二）

忧伤？

孜乃提汗走过来把丈夫衣服上的灰尘擦掉，端着洗手壶倒水给他洗手洗脸。阿皮孜老人洗了把脸，感觉似乎轻松了一些。他深情地环视着自己深爱的院子。

"现在，你该回屋里吃早饭了。"孜乃提汗看着丈夫忧心忡忡的样子，温柔地说道。其实，阿皮孜老人心里在想什么，她是很清楚的，丈夫的心思她都明白。

"好了，你就把餐布铺在这里吧，我们就在院子里吃早饭。"

"大太阳底下的……"

孜乃提汗看了一眼丈夫的眼睛，马上就不说话了。他们老两口仅仅通过一个眼神就会明白彼此的意图。她默默地进屋拿出一块毡子铺在院子里的板床上，然后在一边铺上柔软的褥子，毡子中央铺上餐布。等一切都布置好，阿皮孜老人便惬意地坐了上去。

蓝色玻璃一样清朗的天空中，早春的阳光洒向大地，慷慨地润泽万物。杏枝上，橘红色的花蕾含苞欲放，还有两三天杏花就要盛开，到了那时迷人的芳香将弥漫整个院子。这是初春带给老人的第一个笑容。紧接着，大自然将忽地一下披上绿色的外衣，这时节是多么舒适多么美啊！观赏初春的杏花对阿皮孜老人来说，是人生莫大的享受。谁知道呢，到来年杏花再开时，自己是不是还活着。谁知道呢……

"你看什么呢？"孜乃提汗端着一杯牛奶，疑惑地问正盯着院子里的杏树愣神的阿皮孜老人。

老人很快缓过神来。

"嗯？你说什么？我什么都没看。"

自从街道开始搞拆迁，老人就一直郁郁寡欢。他向妻子瞒着自己的心思，努力表现出轻松的样子。孜乃提汗心里哪会不明白。

"茶都凉了。"

第十五章

"哪里呀,这不是还烫嘴呢吗?"阿皮孜老人突然活跃起来,脸上露出了笑容。

"我还以为都烫不着你的嘴唇了呢!"孜乃提汗也配合着巧妙地回了一句玩笑话。

"没烫得冒烟,所以你就不知道了呀,老婆。"

"我觉得,男人只有烧焦了才不会冒烟。"

"我这不是还有火种嘛,你看,还在一闪一闪冒着火光呢。"阿皮孜老人一边拍着自己的胸口,一边自负地说道。

"只因为有了火种,我们才一起生活了这么多年呀!"

说完,两个人都忍不住笑了起来。

"瞧我们都说了些什么呀,都老夫老妻了,还这样逗乐子。"孜乃提汗有些不好意思地说道。

"我们没有老,我们现在成熟了,知道吗,老婆。"

春天不仅明媚了万物,也激发了他们的热情。阿皮孜老人的生命仿佛被注入了新的活力,他感觉自己一下子年轻了许多。

吃完早饭,阿皮孜老人又开始拾掇起葡萄藤。快到中午的时候,他终于把最后一根藤条搭在架子上,然后把所有的藤条一根一根都绑紧了。虽然藤条还没有发芽,老人却觉得满院子已经绿意盎然。下午,他想翻松葡萄根下面的土,但是一下子腰疼得难受。毕竟是上了年纪的老人。阿皮孜担心的也正是这个,他不愿承认自己已经老了,不能下地干活了。可这是自然规律,再不愿面对,它依然残酷地存在,每个人都必须经历人生的这一关。

孜乃提汗很想帮丈夫干一些活儿,不过阿皮孜老人除了那天叫她帮着把两根葡萄藤搭上架子以外,什么事都没让她掺和。固执的阿皮孜老人从不服老,从不屈服于这个自然规律。他期待一切都还是新鲜和美好的。

王 三 街（二）

过了几天,杏花开了,院子里一下变得特别美。阿皮孜老人激动不已,他不停地绕着杏树转,不时地钻到树枝间,赶走正在啄花的麻雀。他舍不得杏花落在地上,连一朵都不能落地。如果这些花不落下来,就这样耀眼地盛开,该多好啊!然而就像王三说的那样,所有的事物都有开始和结束,生活中快乐和悲伤始终会陪伴着彼此。

阿皮孜老人努力让自己开心一点。快乐就是生命的花朵,他这么一想,真感觉心里有了朵朵鲜花。

在春天的阳光下,沉睡了一个冬天的石榴树也都开始发芽了。看着这一切,阿皮孜老人的心里萌生出青春的花朵。他仔细地给这些树浇水,帮助它们孕育新的生命。他往葡萄田里浇两次水,用软土堆起来的土埂一下子就变得潮湿了。阿皮孜老人突然想在田埂上种南瓜,他想象着葡萄架上挂着葡萄串,还挂着漂亮的南瓜的景象,这不是给院子里的美景"景上添瓜"吗?

第二天,他兴致勃勃地在潮湿的田埂上撒上了南瓜种子。阿皮孜老人一边播种,一边沉浸在美好的期望之中,院子里进来了几个社区干部都没有察觉。

"喂,阿皮孜大叔,您在种什么呢?"突然传来的声音惊得阿皮孜老人猛地抬起头来。两女一男三名社区拆迁办的干部走进院子,站定了看着他。老人艰难地伸直了僵硬的腰,对他们说道:"哦,就是……我想种南瓜。"

干部们面面相觑。

"您可要保重啊,阿皮孜大叔。"那位叫迪力夏提的男干部关心地对他说,"劳动是件好事,但是扭伤了腰就麻烦了。"

阿皮孜老人点了点头说:"谢谢。"

他们过来坐在院子里的床板上。

"喂,孜乃提汗,给客人们铺餐布。"阿皮孜老人高喊了一声。

第 十 五 章

"不麻烦了,阿皮孜大叔,别麻烦了,我们只是想跟您谈谈这个院子的事情,我们不会待多久的。"

但是两位老人却不愿这么怠慢客人,孜乃提汗不顾年事已高,麻利地跑过来往床板上铺好餐布,很快把馕和茶也摆好了。客人们碍于主人的面子,端起清香的药茶喝了一口,然后掰开一小块馕放进嘴里。这不是他们第一次来。为了说服阿皮孜老人搬迁,他们隔三岔五都过来看看。

"你们不拆这些房子不行吗?"老人伤心地说道。

"我们要说的还是那句话,"迪力夏提解释道,"城市的发展一年比一年快,我不说您也看到了身边的巨大变化。改造旧房子和街道是时代发展的要求。"

"嗯,你说的是有道理,可是……"

"街道里的情况您自己也很清楚,"其中一个叫马梅的女干部说道,"街道的路窄,高低不平,尘土飞扬,一下雨,几天都得踩泥浆路。"

"可不是嘛!"另一个女干部帕丽古力插话道,"这条街改造以后,街道变得宽敞,楼房里明亮整洁,而且水、电齐备,下水道也会通畅,我们小区里再也不会出现污水满地的现象。"

"你说得在理。"阿皮孜老人已经松口,"但是孩子们,我的心里舍不得这房子、果园。你们看这些花、这些绿色,楼房里哪有这些呢?"

"我理解您的心情,阿皮孜大叔。"迪力夏提笑着说道,"谁说楼房里没有绿色呢?等楼房建好了,我们把院子里的绿化搞好了以后,才会让你们搬进来的。"

"让我再考虑一下吧,我的好孩子。"阿皮孜老人实在找不到别的理由,就借口说,"等我的女儿们来了,我还得听听她们的意见呢。"

"好的,阿皮孜大叔,但是不能再拖了。改造工程越早开工,大家就越早住上新房。"

王 三 街（二）

"我们过几天还会来的。"迪力夏提一边站起来，一边耐心地说道，"我希望您能配合我们的工作，该说的我们都说了，该解释的也都解释了。而且这里的街道改建工程是王三叔叔的大哥投资的项目，他想把咱们的街道建得更加漂亮。"

听到王三的名字，阿皮孜老人一下子不说话了。他一直很尊敬王三，平日里几个人聚在一起聊天，他就会把自己和王三的故事挂在嘴边。他也听说了王三的大哥回到这里的事，可是自己一直没机会和他见上一面。他听说了这条街的拆迁与王三的大哥有关，只是他不知道其中的来龙去脉。迪力夏提说的话让阿皮孜老人开始动摇。

拆迁办的干部走了以后，阿皮孜老人一直低头坐着。

"他们说什么了？"孜乃提汗走到心事重重的丈夫身边问道。

"还能说什么呢，和以前一样，还是拆迁房子的话。"

阿皮孜老人看了一眼妻子，说："你想让他们快点拆迁吗？"

"你不让拆，难道他们会听你的吗？"

"我也没说不让拆，只是……"

"嗯，我知道，你的心舍不得这里的一切。"

"那倒也是，最重要的是我们应该和女儿们商量一下吧。我们除了两个女儿，还有什么亲人呢？她们也说一下自己的想法，如果同意拆迁也行啊。"

"你说得对，她们也有段时间没过来了，搞拆迁的消息可能还没传到她们的耳朵里呢，不然她们一定会回来的。"

"你这说的是什么意思？"阿皮孜老人觉得妻子的话有点莫名其妙。

但孜乃提汗不想把自己的心思告诉老伴。

杏花在枝头婆娑了几天，就一片片地落了下来。地上满是白白的杏花。新的东西总会替代旧的东西，现代化的城市建设即将改变旧的街道。只是阿皮孜老人不明白，自己为什么变得如此伤感。他从前也

第 十 五 章

喜欢花,花朵谢了却不会像现在这样唉声叹气。

旭日东升,新的一天又开始了。阿皮孜老人的身体随着太阳升起开始变暖。他庆幸自己又活了一天,于是他的心里充满了新的希望,新的激情,不管他能干多少活儿,他都会坚持让自己动起来。他理解"生命在于运动"这个道理。

转眼间,杏树长出了绿叶,葡萄树开始发芽,院子里一片生机盎然。细枝间或隐或现火红的石榴花,无花果树的枝条上结满了嫩绿的果实,苹果树也开花了,院子里又一次溢满了花的芬芳。

南瓜苗带给他一个新的希望。但是女儿们还是没有消息。期间,负责拆迁动员的社区干部又来了好几次。阿皮孜老人每次都会让他们再等几天,然后打发他们走。

拆迁的范围渐渐地扩大。在两位老人的苦苦等待中,女儿们回家来看他们了。大女儿叫萨尼亚,毕业于地区师范学校,当了一段时间乡村小学的老师,后来又调到了县教育局下属的一个部门工作。她已经结婚有七年了,有两个孩子,丈夫是一名教师。二女儿名叫热依拉,先是在地区财贸学校读书,毕业以后在姐姐工作的那个县的农业机械管理局工作,几年前跟一个同事结了婚,并留在了那里。

当年,孜乃提汗接连生了两个女儿后就没有再生,他们觉得家里有这两个孩子已经足够了。在生活中,他们给了两个女儿一切能给予的爱护,在人们的眼里两个姑娘就像一对红花一样美丽。孩子们就这样快乐长大,阿皮孜和孜乃提汗希望她们将来能有个体面的工作。深受王三影响的阿皮孜明白,只有孩子们好好学习,掌握更多的文化知识,才能实现自己的这个愿望。所以,他一直非常关心孩子们的学习,坚持让她们读完初中。后来,大女儿考上了地区师范学校,小女儿考上了财贸学校,都找到了相对稳定的工作。想到这些,两个女儿都非常感激父亲。

王三街（二）

老话说，"女孩子终究是外面的人"。两个女儿出嫁后，阿皮孜老两口确实感到很孤独。阿皮孜对此并没有后悔，女儿们有稳定的工作，家庭和睦，这对他来说就是最大的安慰。有时候，孜乃提汗因为家里的琐事太多没人帮忙而唠叨几句，阿皮孜就会说好话来安慰她，然后又夸自己的女儿们现在的日子过得如何如何好，孜乃提汗听了也就心平气和了。对父母来说，哪有比孩子的幸福更大的事情呢？

女儿们终于回来了，一进门就开始打听拆迁的事。看来，她们最近才知道王三街改建的消息。从她们的话语中可以看出，她们一得知消息就马上赶过来了。

"亲爱的爸爸妈妈，我们没能常过来看望你们。"萨尼亚表达了自己的歉意，"这都是因为我们之间离得太远了。"

热依拉接着说："可不是嘛，因为我们都在工作，平时不能丢下工作就走，其实我们也想每天都来看望你们。"

"谢谢，我的孩子们，"阿皮孜老人深情地看着女儿们说，"只要你们过得好，我们就心满意足了。我们俩过得很好，只是这些房子马上就要拆迁，我们想听听你们的意见。"

"就是的，我的孩子们，"孜乃提汗也补充了一句，"我们已经老了，这些房产在我们之后的主人就是你们，所以我们想听听你们的意见。"

"太好了，"萨尼亚高兴地说道，"你们俩孤孤单单地过日子的状态终于要结束了。"

"这……你这是什么意思，我的女儿？"孜乃提汗不解地问道。

"因为这院子拆了的话，你们也就没有天天牵挂的房子了呀。"

"但是社区干部不是说要给我们楼房吗？"

"我的妈妈，你们要房子干吗？我觉得我们就要补偿款。"

"那我和你爸爸住在哪里呢？"

"您为这个操心干吗呢，妈妈？你们当然就轮流住在热依拉家和我家呀。那时候,我们会天天见到你们,你们也不用担心我们了呀。"

"我姐姐说得对。"热依拉非常支持姐姐。看来她们已经商量好了。

阿皮孜老人和孜乃提汗听了这些不知该说什么,一下子就愣在了那里。他们没想到女儿们会有这样的想法。"树要有根呢,人要有家呢,一家子人没有一个归宿可怎么办?"两个女儿是自己的心肝宝贝,但是自己到了这把年纪了,还要在女婿面前缩着脖子过日子,这不是他们想要的生活。虽然女儿们也很关心年迈的父母,但是事情突然变成这样,他们一时间接受不了。

看着父母亲不说话了,萨尼亚又开始劝说:"爸爸,妈妈,你们千万不要犹豫,木拉提比爱自己的父母更爱你们。我就想让你们过得好一些。"

"你们的女婿皮亚尔也是那样的,很久以前他就说了想让爸爸妈妈跟我们一起住的话了,只是没机会商量这件事。现在好了,所有的事情都解决了。"二女儿也表态说。

女儿们你一句我一句说着,为了说服父母亲她们在做最大努力,但是阿皮孜和孜乃提汗心里越来越不是滋味。现在,他们自己也拿不定主意,不知道到底该怎么办了。

萨尼亚打算去找社区干部,她想争取在房子的补偿款上多一些照顾。没想到阿皮孜老人却阻止了她。

"好了,我的女儿。"阿皮孜老人委婉地说道,"我自己去找他们吧,我们已经让干部们跑了很多趟。"

"您走路不方便,爸爸,还是我去吧。"热依拉说。

"我还没到走不了几步路的地步呢!"老人说完,直接出门去找迪力夏提主任了。

在社区办公室,阿皮孜老人把心里的话都告诉了迪力夏提主任。说完,他紧张的神经稍感放松,心情也舒畅了。

迪力夏提主任想了一会儿,给阿皮孜老人提了这样一个建议:"阿皮孜大叔,听您这么一说,我也感觉到您的两个女儿都开始打拆迁款的主意了。这里是您出生成长的地方,有您很多美好的回忆,您要去一个陌生地方生活一定会不习惯,您住在女儿的家里,也许她们会好好地照顾您,但是女婿什么态度确实说不准。您在那里住一天两天的,没多大事,但是时间久了,他们难免会有想法。"

"对,你说得对。"阿皮孜打断了迪力夏提主任的话说道,"我也是这么想的,钱倒是没什么大不了的,这些房子以后反正就是这两个女儿的。不过,现在我真的不想住在孩子们家里。"

"您沿街的四间房子都是商铺,所以我们评估的时候会把赔偿价跟别的房子区别开来。您的院子很大,所以你们先登记一套好一些的楼房,剩下的钱呢,留够日常花销,其余的分给您的两个女儿。您和孜乃提汗大婶就在自己的房子里安心舒适地过日子吧!"

这些话正中阿皮孜老人的心思。他感觉自己的眼前豁然开朗,整个人都轻松了。

"好的,我的孩子,一切就按你说的办。"他高兴地说道。

"您放心吧,"迪力夏提主任又说,"我去给您的两个女儿做工作。还有,在楼房建好之前,我们会妥善安排你们的住处。"

"好呢,我的孩子,非常感谢你。"

事情终于有了说法,阿皮孜老人安心地回了家。

所有的事情就按迪力夏提主任说的那样进行着,两个女儿也没能再多说什么。最后,她们也觉得父亲的打算是最合适的。

女儿们走了,又剩下阿皮孜和孜乃提汗老两口孤孤单单。

"好了老婆子,"阿皮孜老人笑着说,"你也不要伤心难过了,我们出生的时候也是一个人来到这个世界,死了也是要一个人走。这世上的事情从来都是这样的。至少现在我有你、你有我做伴儿呢。在我的印

第十五章

象中,王三在最难的日子里也是个很沉稳的人。有一次我好奇地问他'你是不是也有伤心难过的时候?',他回答说:'哎,阿皮孜朋友,这世上难道还有不会伤心难过的人吗?我们又不是石头或者砖头。但若光顾着伤心难过了,这世上的很多事我们都来不及干呢。'所以,我们要开开心心地活着,一切都会过去的。我们还有几天的日子呀,我们要珍惜每一天。"

孜乃提汗听到这些话,对这件事也释怀了不少。

阿皮孜和孜乃提汗在社区安排的临时住房里度过了三年时间。第三年春天,他们搬到了新盖的楼房里。

以前尘土飞扬,下雨化雪便泥泞不堪的街道,如今铺展着宽敞整洁的柏油马路。安置楼房周围设施齐全,人们住上了舒适敞亮的房子。

这条面貌焕然一新的大街依然叫"王三街"。

第十六章

王三街的西段是王石城老人投资建设的两个小区,沿街还建有两层楼的商铺。由于这一片区处于商业圈,地段好,交通便利,加上工程质量也非常好,很多临近县市的人也来这里买房子租门面。因此,改建后的王三街更加繁华热闹,人气更旺了,沿街商铺的生意也更红火了。

萨喀尔把天津的生意交给合伙人,自己回到阿克苏待了很长一段时间。他一直想在王三家老院子旁边的拐角处买间门面房,但是等他从天津回来,早先看上的那间房子已经被别人买走了。后来,他在王三家老院子后面买了一套商铺。他还在这条街的另一端买了一间门面。他舍得花大钱,从喀什请了非常有名的装修师傅把门面房装修成了这条街上最豪华的具有独特风格的餐厅。

他为什么这么热衷于在王三家的老院子附近买个商铺?其中的原因除了他自己以外,谁也不知道。也许王三街上的很多人都忘记了曾经在这条街上发生的关于马木提的故事。萨喀尔正是马木提的儿子。

马木提去世后,他们家的家境越来越差。不久后,萨喀尔就跟着别

第 十 六 章

人到天津学做生意。最开始的时候,他攒了些钱,像父亲那样开了一个小饭馆。等适应了那里的环境以后,经营范围就扩大了。其实开饭馆只是一个幌子,他主要是干一些拐骗青少年、贩毒、盗窃等违法的事。他长期干这些勾当牟取暴利,不到几年就赚了不少钱。

被萨喀尔一伙拐骗的孩子基本上都是王三街附近人家的,熟人好下手,他正是看准了这一点。这一次,萨喀尔手下一个叫外力的人准备把王三街上两个从小失去父亲的孩子带到天津去。外力在学校没有好好读书,十几岁就跟着街上混日子的人偷东西干坏事。他的父亲沙吾提·艾孜木是个老实人,外力的脾性根本不像他父亲。长大以后,他不听父母的话,每天一大早出去,半夜才回家,有时甚至两三天都不回家。后来沙吾提·艾孜木去世了,他的妻子孜维迪汗靠给别人干零活维持生活。外力经常给他妈妈一些钱,但是孜维迪汗知道儿子是用什么方法赚的钱,所以她从不收儿子给的钱。她没有本事让儿子改邪归正,就想通过这种方式来抗议儿子的行为。街坊们都觉得沙吾提·艾孜木就是因为儿子的不孝,早早地离开了人世。

外力走起路来总是低着头,而且走得很快。他几乎一天时间就可以走遍阿克苏城里所有的街道,从不固定地待在某一个地方。其实,他虽然看起来是在低头走路,却在暗中观察着周围的一切。一旦发现了"猎物",转瞬间他就会行动,然后迅速从这里消失。这里的人看他走路的样子,习惯叫他"外力尤尔尕"("跑得快的马"之意)。后来萨喀尔看中了他,答应给他高额报酬,把他带到了天津。外力很快就成为萨喀尔的主要帮手,先后完成几件"重大任务"。他常常往返于阿克苏和天津之间。

晚上,外力来到了东托帕盐碱市场附近的一个院子里。这里藏着他拐骗的那两个孩子。

"你们都准备好了吗?"他一进门就问两个孩子。

王 三 街（二）

其实孩子们没有什么可准备的,外力怕别人怀疑,什么东西也没让他们买。

"我们准备好了。"孩子们也没太听懂他的话,直接就回答。

"那我们走吧。"外力头也不抬说道。

"你不是说晚上一点钟走吗？"其中一个孩子迟疑地问道。

"嗯,火车出发的时间提前了。"

孩子们至今都没有出过阿克苏城,所以他们也不太懂外力说的事情。现在,他俩除了跟着外力走以外,没有别的任何选择。他们沿着小巷走了一会儿,然后走到大街上拦了一辆出租车,直奔火车站,一路上谁都没有说话。

就这样,他们坐上了去往天津的火车。两个孩子对这次的冒险之旅既兴奋又担心,他们在不知不觉之中,把自己的命运交给了眼前这个人。火车走了七天到达北京,他们又从那里坐上长途汽车走了几个小时才到了天津。外力一路上非常照顾他们,就像对待自己的亲弟弟。孩子们也非常信任他,一口一个"哥哥"地叫着,可亲热了。

长途车进站以后,两辆小轿车迎面停了下来。

"萨喀尔大哥！"外力赶紧跑到从车上下来的身材肥胖、小眼睛透着寒光的那个人面前,热情地与他握手。

"嗯,看到你平安归来我很高兴。"萨喀尔不冷不热地把手伸过去。

"托您的福,我们平安回来了。"

外力一边回应萨喀尔,一边用下巴指了指身后的两个孩子。

"跟以前的都一样吧？"

"是的,不会出任何问题的大哥。您放心吧。"

"那就好,你把他们安排一下。"

萨喀尔坐上一辆小轿车出了车站。外力把两个孩子带到另一辆车上,和刚才一直待在车上面部表情冷冰冰的两个人一起上路了。汽车

第十六章

穿过许多街道,最后停在一栋大楼前。

"跟着我走!"外力用一种命令式的语气低声说道。

两个孩子感觉到了他的态度突然发生了变化,但是他们现在什么都做不了,什么也说不出来,只有默默地跟在外力后面。意想不到的是,外力并没有带他们上楼,而是带他们下了地下室。他们在狭窄、阴暗的地下室走廊里走了好一会儿后,走进一间大房子。在昏暗的灯光下,这里显得十分脏乱,地上胡乱放着几张木板和纸板,上面有脏兮兮的被褥床单等东西,房子里面充满潮湿难闻的怪味。墙角的矮床上呆坐着四个十五六岁的男孩。

"你们快起来!"外力冲着他们恶狠狠地喊道,"快把这里收拾好,给这两个哥哥腾地方!"

这时,两个孩子突然看到他眼里闪过的冷酷的寒光,心里咯噔了一下。他们感觉到在他那黝黑的脸庞下,似乎还隐藏着许多不可告人的秘密。那些孩子赶紧站起来收拾东西,一眨眼的工夫就把纸箱等杂物归拢到一边,给他们腾出了一块地方。看到孩子们动作麻利地干完这些,外力对他们笑了一下。

"今天你们就住在这里,剩下的事情,明天萨喀尔大哥会安排的。"他一边说一边拍了拍衣服上的灰尘。

外力也没等他们说什么,径直走了出去。这两个男孩子,大的叫热夏提,小的叫艾克热木。热夏提十九岁,艾克热木十七岁。虽然他们不是一家人,但是在近一个月朝夕相处的过程中,他们好得就像亲兄弟。外力在阿克苏给他们许下了很多承诺,天真的孩子们还以为只要到了天津,他们就会挣到很多钱,享受到美好的生活。谁知道离开家乡来到这里,却要住潮湿肮脏的地下室!

热夏提深深地叹了一口气,拉着艾克热木的衣角示意他一起坐下来。经过一番长途跋涉,他们实在太累了,身体变得就像泥巴一样软绵

王 三 街（二）

绵的,就想有块地方躺一躺。

另外的四个男孩子,什么都不做,眼睛一直盯着新来的这两个人。他们想说说话呢,但是又好像怕什么。热夏提拿过一条满是污渍的毛毯,铺在纸箱子上,歪着身体躺下了。此时此刻,他不知道该不该好好梳理一下满脑子的困惑。

"你们怎么一直像看怪物一样看我们呢?"热夏提笑着说。

四个孩子相互对视了一下,没有说话。

艾克热木说:"来吧,我们握个手。"

孩子们来到热夏提旁边,坐在了毯子边上。

"你……你们,是来给我们当大哥的吗?"其中一个孩子胆怯地问。

"什么? 当大哥?"热夏提吃惊地看着那个孩子。

"是的,如果你是大哥的话,就饶了我们吧,我们是新手,笨一些。"

"你们不在饭馆干活吗?"热夏提惊讶地问他。

"不,我们是逛街的。"

"我咋不明白你们说的话。"

"你们不逛街吗?"

"不,我哪有闲工夫逛街,我是做饭的厨师。"

"那么我们干的事就不一样了。"

"是谁把你们带到这里来的? 你们从哪儿来的?"

"刚才的外力大哥把我们从阿克苏带过来的。"

"哦,我们也是阿克苏的,家住在王三街上,你们呢?"

"我们也是,王三街上的。"

"那我们是一条街上的人嘛!"热夏提高兴地说,然后稍稍直起身来,轻轻地拍了一下艾克热木的肩膀,"你们来这里都干了些什么?"

孩子们互相看着对方沉默不语,又时不时担忧地看向黑暗的走廊那边的门。热夏提觉得他们心里一定有说不出的隐情。

第十六章

"我们是同乡又是一条街上的人,今天我们又在这里相聚。外力大哥说过,在餐厅工作会给我们很多工资。不过,我看这情况有点不对劲。有什么我们不明白的事,请你们提醒一下吧。"

孩子们喘着粗气默默地坐着,他们好像在怕什么。最后,看上去稍大点儿的一个孩子胆怯地看向房间紧闭的木门,低声说:

"哥哥,我们是同乡。我跟你们说,我们是被骗到这里来的。就像外力哥哥跟你们说的一样,我们也是被各种诱惑骗到这里的。我们也不知道什么时候才能回家。在这里,我们能做的就是少说话,看见什么也不说,给老板多挣点钱。其他的我们无能为力。"

热夏提听着这个说话像大人一样有条有理的男孩子的话,心中一沉,仿佛验证了什么似的。他心中一热,想要轻轻地拥抱他一下,就在这时,不经意间看到他手臂上有紫红色的伤痕。热夏提把他的衬衫掀开看了看他的后背,全是被打的伤痕。

"这……这……这是怎么回事?"

"好了,哥哥,你就当没有看到吧。这是我们所有人的命运。"

热夏提看了一眼艾克热木,心里一阵慌乱。他意识到,对他们来说,未来将是一片黑暗。

"哥哥……"艾克热木紧张地看着热夏提。

热夏提没有说别的话,他的脑子也是一片空白。他感到自己无能为力,不敢想今后会发生的事情。

这一夜,热夏提在半梦半醒之间仿佛忘记了自己,也不记得自己是在哪里躺着。

第二天起床的时候,屋子里的灯还亮着。地下室没有窗户,看不出是什么时辰,睡在墙角的那四个男孩子都不见了,不知道是什么时候出去的。艾克热木还在熟睡。门开着,热夏提沿着走廊摸着黑走上楼,突然,阳光刺目,眼睛都睁不开了。等适应了外面的亮光,展现在他眼前

王 三 街(二)

的是一个崭新的清晨和一座新的城市。此时太阳已经升起,从高楼大厦之间穿出的一道道光线像一把把利剑,闪亮夺目。院子里有许多风景树和几大块草坪,几位老人带着小孩子在草地中央的小道上溜达。他们用别样的眼光看着热夏提。

一辆车绕着草坪开过来,停在了热夏提面前,从车上下来了两个三十多岁的男人。其中一个长下巴、圆眼睛,高个子。另一个长得壮实,额头宽,有一双青蛙眼。两个人的表情都非常冷漠。热夏提本想过去和他们握手致礼,但是他们的态度非常冷淡。

"另一个孩子呢?"青蛙眼粗暴地问道。

热夏提顿时感觉全身发冷。

"你把他叫出来,我大哥有事交代。"不等他回答,青蛙眼吩咐道。

热夏提以为外力会来找他们,可谁知道,现在连他的影子都看不到了。显然,那家伙以前说的那些漂亮话都是骗他们的鬼话。热夏提什么也没说,转身往地下室走去。艾克热木还在睡大觉,热夏提轻轻地摇醒他。

"现在什么时间了?"艾克热木揉着眼睛说道。

"已经过了吃饭的时间。你起来吧,有人来叫我们了。"

"外力大哥呢?"

热夏提默默地摇了摇头。艾克热木站起来整了整衣服,看这里没有洗脸水,也没有什么可吃的东西填饱肚子,深深地叹了一口气,跟着热夏提往外走。

那两个人正在车旁边抽烟。热夏提和艾克热木还没走到他们跟前,青蛙眼就开始催:"快!快!我大哥在等着呢。"

热夏提和艾克热木不知道他们会把自己带到哪里。他们心灰意冷,心中充满了悔恨。透过车窗朝外看,街道上人山人海,车水马龙,到处是拔地而起的高楼,各式各样的商铺……

第十六章

两个孩子被新奇的一切吸引,一时忘记了他们现下的处境。正值春分时节,此时的阿克苏树木才刚开始发芽,而这座城市已经到处都是绿色了。两人的目光对视了一下。他们看到了对方脸上的好奇,互相用眼神交流了一下,好像在说:至少我们来到了这么美丽的一座城市,看到了这里的美景,这也是一件难得的事。

过了一会儿,轿车停在了一个拥挤的小巷里。这里有三个维吾尔族男孩子在卖烤肉。青蛙眼指着那三个孩子对艾克热木说:"你暂时帮那些孩子卖烤肉吧。"

艾克热木不知道说什么,一下子就愣住了,他一点儿都不想离开热夏提。外力在阿克苏的时候明明说过,他们不会被分开的,他们会在同一个餐厅一起工作。但是他们一到这里,情况就完全不同了。

热夏提看到艾克热木难过的表情,挺身而出。

"我呢?"他带着埋怨的语气问道。

"你要去海子沟的餐厅。"青蛙眼皱着眉头说道。

"那里离这儿多远?"热夏提生气地问。

青蛙眼不耐烦地说:"过几条街就到。"

"我不能丢下我弟弟一个人在这里,我去哪儿他也会去哪儿。"热夏提不甘示弱。

这时,那个圆眼睛男人插了一嘴:"你跟我们说这些没有用,兄弟。我大哥说什么就得做什么,谁也不能违抗他的安排。"

"那么,我要去见外力哥哥。"热夏提固执地说道。

"他早上去北京了,你见不到他的,而且他也管不了这种事。"

"那让我去见萨喀尔老板他本人吧。"

"我说了,没有用。见大哥没那么容易,他不是你想见就能见的,没有特别紧急的事情我们也不能去找他。"

听到这话,热夏提一下子就泄气了。外力许诺的那些挣大钱的话

王 三 街（二）

只不过是骗他们的谎话,现在别说是挣大钱了,他们两个都不能为自己做主了。

"要不你弟弟先在这里干吧,"青蛙眼为了尽快解决这个事情,开始给他说好话耍手段,"等过几天再想办法去到你身边也可以啊!"

看这个情形,他们俩也不得不妥协了。艾克热木无奈地下了车。

"你自己要保重。"热夏提依依不舍地说道。

艾克热木没说话,他的眼里充满了泪水,感觉自己像是将永远离开热夏提似的,心里特别痛苦。

青蛙眼把艾克热木带过去,交给烧烤摊上的几个孩子。艾克热木转过身去看他们,车已经不见了踪影。他忍不住大哭了起来。

"你好吗?别哭了阿达西（"朋友"之意）,要哭的事情还在后面呢。"其中一个孩子走到他身边安慰道。其他孩子也过来和艾克热木握手打招呼。

"你从哪儿来的,朋友?"一个孩子问道。

"从阿克苏来的。"艾克热木轻声说道。

"哦,我们也是从阿克苏来的,我们是老乡啊。你们好像是新来的?"

"是的。"

"你叫什么名字?"

"艾克热木。"

"我叫艾山。你瞧,我们要干的活儿就是这个,阿达西,大声吆喝着卖烤肉。卖得越多越好,老板会高兴,我们也会开心的,否则我们要挨棍子和拳头。"

他说完,调皮地向艾克热木眨了一下眼睛,扯着嗓门吆喝起来,像是在给艾克热木做示范呢。

"烤肉,烤肉,新疆的羊肉串!羊羔子肉,吃羊肉的多不吃的少,吃

第十六章

了羊肉就开心,吃了羊肉腰板硬……"

他的吆喝声压过了街上的喧闹声,一直传到街头巷尾。艾克热木万万没有想到自己会来这里成了一个卖烤羊肉串的伙计,外力灌输在他脑子里的虚幻的梦想开始破灭。但对于他来说,此时只能接受现实。

站在烤炉边的一个男孩子把手中的扇子递给了艾克热木,着急地说道:"过来,你也别傻站着,用这个扇子扇烤肉槽子上的火,朋友,要不等一会儿吐尔逊大哥来了看到你这个样子会生气的。"

艾克热木拿起扇子,心不在焉地扇烤肉槽子里的煤火。烤肉铁扦子串着拌了馅料的羊肉,烤在火上滋滋滋地滴着油水,撒着孜然、辣子的烤肉香气一下子在整个街上飘荡。艾克热木感到肚子饿了,他看着熟透的烤肉直咽口水。但是,这些烤肉是卖给别人的,他不能吃。艾克热木很委屈地想到自己真是可怜,他想起了自己的家,还有可怜的母亲。他们家虽然穷,但是日子过得还算开心,父亲去世后,体弱多病的母亲总是想尽办法让他过上好一点的日子。但是艾克热木总是跟在街上的坏孩子们后面玩,不怎么管妈妈。他刚离开家乡不久,就开始想念自己的母亲,意识到了亲情的珍贵。但是,他不知道什么时候才能再见到母亲……

"我们……我们什么时候吃饭?"已经饿得受不了的艾克热木忍不住开口问。

"等会儿,等吐尔逊大哥来的时候才吃饭。"一个孩子说道。

艾克热木听到几次"吐尔逊"这个名字,心想,那个人可能就是这家烧烤店的老板。眼前有的是美味的烤肉,但是自己却不能吃,这是多么痛苦的事情啊!

晌午时分,一个四十岁左右,留着时髦的胡子,满脸长疙瘩的男人出现在了烤肉摊边上。孩子们立即紧张起来,毕恭毕敬地迎接他。

"嗯,生意怎么样?"吐尔逊冷冷地问道。

王 三 街（二）

"还可以呢，我们卖了两百串。"艾山赶紧回答说。

"这么大半天了才卖了两百串吗？这样卖的话，你们不能吃饭啊。你们要大声吆喝着卖呀，笨蛋！"

"好的，大哥，我们大声吆喝。"

艾山叫喊了一会儿，招揽了一些顾客以后，停了下来，把艾克热木介绍给他。

"这个朋友是巴拉提大哥带来的。"

"你不说我也知道呢。"

吐尔逊粗暴地喊了一句，上下打量了艾克热木一眼，说道："看你的样子，好像是个老实听话的孩子，好好干活，不要出什么乱子，这里可不是阿克苏。"

艾克热木不知道该说什么，站在那里发愣。艾山见状忙捅了一下他的腰，说道："赶紧说谢谢大哥呀，他是我们的头儿。"

"谢谢……"艾克热木木然地回应着。他一时还很难接受眼前的一切。

吐尔逊把自己提来的塑料袋放在桌子上，艾山走过来打开塑料袋。袋子里有几个盒饭，这就是卖烤羊肉串的孩子们的午餐。孩子们一下子围了过来，艾克热木也没有客气，跟着一起吃起来。

"你们吃饱肚子，赶紧好好地卖烤肉，"吐尔逊说道，"我在外面有点事情。"

"好的，大哥。"艾山代表孩子们回答。看来，他是管卖烤肉的孩子们的"小头儿"。

就这样，艾克热木傻傻地跟着外力来到天津，成了一个卖烤肉的巴郎子。因为大家都是同乡，艾克热木和其他孩子相处得非常好。这些孩子都是王三街或附近街巷的，他们有的父母离异，有的父亲或母亲去世，都是在家庭情况比较特殊的环境中长大的。在和他们交谈的过程

第 十 六 章

中,艾克热木了解到阿克苏的萨喀尔在天津有很多生意,他手下有很多人在为他打工。但是,他直到现在再没见过萨喀尔老板。外力把两个孩子送到天津后,再也没有出现过。艾克热木和热夏提也是再没有见过面。那个青蛙眼巴拉提说的几条街以外的那个餐厅,烤肉摊上卖烤肉的孩子们也不知道。

随着时间一天天地过去,艾克热木开始感到特别烦躁。他每天都很思念母亲和家乡。想离开这里的孩子不只有艾克热木一个人,他们都想回到自己的家乡阿克苏。吐尔逊每天送两顿饭给孩子们,然后借口有事就走了。但是,艾克热木知道,他就在这周围转悠着监视他们。孩子们成天卖烤肉,谁也不敢吃哪怕一串,艾山曾经告诉过他,之前有个偷吃烤肉的孩子被打得很惨。

还有一件事,也引起了艾克热木的注意。吐尔逊每两天会带着一个漂亮的铁盒来。听艾山说,那盒子里装着烤肉用的调料。但是卖烤肉的孩子们谁也不敢打开那个盒子,甚至连碰都不敢碰。下午,会有一个陌生人走过来,拿走这个盒子。拿走盒子的人不是同一个人,他们常常会换人,其中的原因谁也不敢问。

过了三个月以后,艾克热木向那个叫吐尔逊的人讨要工钱。谁能想到,吐尔逊暴跳如雷,对他大发脾气:

"你想挨打吗?不知好歹的家伙,萨喀尔大哥给你们每个人饭吃,给你们提供睡觉的地方,这么照顾你们,你还打算问他要工钱吗?"

"我做什么了要挨打呢?"艾克热木也不甘示弱,"我问一下自己的工钱也错了吗?"

"你这是在做梦!你最好不要有这样的想法。"

"我们在阿克苏干得好好的,外力大哥跟我们说,'你们去天津的话,我们会给你们几倍的工钱',把我们带过来了。"

"哈哈哈,你外力大哥只是中间人罢了,一切事情都是我们老板萨喀尔说了算。"

"那……"

"你给我闭嘴,你再说话,我就要你好看。"

"我们是在王三街长大的,也不是那么容易被人欺负的!"

"你个臭小子,我要是不收拾你的话,你就不会清醒的啊!"

艾山没来得及为艾克热木求情,吐尔逊就像老鹰捉小鸡一样,把他拖到后面的房子里去了。艾克热木再怎么挣扎也斗不过比自己身材高大的吐尔逊,他被拖进宿舍挨了一顿毒打,直到昏倒在地吐尔逊才肯罢休,回到了烤肉摊子上。

"你去看看那个家伙,"吐尔逊恶狠狠地对艾山说,"如果他没死的话,就给他好好讲一下这里的规矩。以后,夹紧沟子好好干活,不然的话,下场比今天还要惨。"

"好的,大哥。"艾山温顺地说道。

吐尔逊走后,艾山匆匆赶去宿舍,只见艾克热木躺在地上不省人事。艾山用湿毛巾擦了擦他的脸,折腾了好久才让艾克热木苏醒过来。

"我亲爱的朋友,唉,你怎么这么冲动啊!这些人根本不会把我们当人看。其实,我们这会儿应该在上学呢,都怪我们放弃学业,什么都不懂就早早走上社会,我们真是活该呀。"

艾山说完,忍不住哭了起来。他也多次被这样毒打,这帮残酷无情的恶棍经常虐待他们。他相信总有一天自己会摆脱这一切,这个信念支撑着他坚持到了现在。

艾克热木没吭声,但是他心里想的也和艾山一样。他发誓,如果摆脱了这帮恶魔,自己要一辈子待在母亲身边,好好珍惜安宁的生活。

"好了,你也不要太担心我,回到烤肉摊去吧,待会儿吐尔逊过来了,别找你麻烦。"

"那你自己保重。"艾山叮嘱他说,"你不要胡思乱想了。"

第十六章

"你放心吧,我会坚持到见到妈妈为止。"

"好样的。"

艾山出去了。艾克热木连动一下的力气都没有,稍微动一下,全身就剧烈地疼痛。他就这样躺了一个星期,伤痛使他痛苦,但是也让他的意志更加坚强。他的性格中确实有一股不甘被人凌辱的志气。

夏天,天津雨多,天气虽然炎热,但是湿度比较大,不像阿克苏那么闷热。艾克热木喜欢上了这里的天气和美丽的城市环境。沿街的花木很多,一有空他喜欢盯着那些花看,这能让他内心稍微得到一点安慰。只是到现在他还没跟热夏提再见上面。他也没有问吐尔逊自己朋友的下落。"只要我活着,我就一定能找到热夏提,我们俩一定能逃出他们的魔爪。"这个想法始终在他的脑海,时刻提醒着他。

日子就这样过着。艾克热木在卖羊肉串的过程中,认识了一个叫小葛的小伙子,他二十五岁左右,但是看起来和艾克热木差不多大。他把艾克热木当成自己的朋友,动不动就叫他"朋友,朋友"。这天,被烟熏得睁不开眼的艾克热木感觉到有人在叫他,抬起头一看,小葛就站在几步以外看着他笑。

"哎,朋友,你还好吗?"小葛摆摆手打招呼。

"好,好呢。"艾克热木示意小葛过来说话,他忙得不可开交。

小葛走到艾克热木跟前,直接说明了来意:"今天是节日的第三天,晚上我请客,你把你那个朋友也一起带上。"他指的是艾山。

"好的。"艾克热木一边扇着烟气,一边说道。

"那我们晚上见吧。"小葛说完就走了。

现在只有艾山和艾克热木两个人在卖烤肉,其他孩子一大早就被吐尔逊带走了,直到天黑才能回来。

"他们要去逛街。"艾山解释道。他说去逛街其实是去街上扒窃。

艾克热木没有多想这件事,当然他想了也没用,连自己烤的烤肉都

王 三 街（二）

不敢吃一串的可怜人，怎么管得了其他事情？最让艾克热木觉得神秘的是吐尔逊每两天就带来的那个漂亮的铁盒子。说是烤肉的调料，但是像艾山一样早来的人也不能碰那个盒子。如果真的是做烤肉的调料，何必要这么神秘呢？为什么总会有陌生人把盒子带走？

艾克热木不愿想这个事情，但是它一直在眼前发生着呢，不由得他不去想。

晚上，小葛过来接他们了。他问艾克热木想去哪儿。

"我很想去看大海，但是到现在还没有这个机会。如果你同意我们就去海边吧。"

"没问题，"小葛笑着说，"那我把车开过来，带你们去塘沽那边，那里是海边最漂亮的景点，值得一看。"

"怎么，你还有车吗？"艾克热木惊讶地问道，"我到现在都没见过你开车呢。"

"我爸爸的车，"小葛解释道，"我说要带新疆的朋友们去玩儿，他就借我了。"

艾克热木开心地竖起大拇指说："你是好样的。"

汽车飞快地行驶着，他们走了相当长一段路。艾克热木再一次深深地感受到天津是一座多么大的城市。当然，再大的城市还是有一个尽头的。这不，眼前的楼房越来越少，显现几座绿色的山。再往前走他们就听到了一种奇怪的轰鸣声。

"这是什么声音？"艾克热木惊讶地问。

小葛笑着说："这是海浪声。"

"什么？我们已经到海边了吗？"

"是的，我们到了。"

艾克热木兴奋不已，忍不住把头伸出车窗，欣赏海边美丽的风景。海浪声越来越大，不一会儿，他们面前突然出现了一片广阔的海域。小

第十六章

葛把车停了下来。

"我们再走近一点吗?"他说。

"好了,我们就待在这里吧,要是再靠近一点,大海就会把我们吞下去了。"艾克热木开玩笑说。

"别怕,有我在,在大海吞下你之前我就会救你的。"小葛也开玩笑说道。

他们尽情地笑起来。

艾克热木觉得到天津以来,这天是他最自由开心的一天。他心里对小葛有说不尽的感谢,自己从阿克苏来到这么远的城市,能够遇到像小葛这样的好朋友,真是他的福气。

他们走进了一个帐篷式的大餐厅,餐厅的后面连着大海。他们边吃东西边喝着冷饮,抬眼望去,可以清楚地看到在大海中航行的游艇和小船。

吃饱了肚子,他们顿时来了精神,热烈地聊起来了。小葛开始问起烤羊肉串的孩子们的生活情况。艾克热木把自己所遭遇的悲惨经历全部给他讲了,说着说着,泪流满面。小葛像哥哥一样安慰他,并许诺一定会帮助他们。他们没想到,小葛专门提起了吐尔逊带来的那个铁盒子。

"那是烤肉用的调料。"艾山解释说。

"是你们家乡产的吗?"

"孜然是我们家乡产的,黑胡椒可能是从外面带来的。"

"没有那些调料烤肉就不香吗?"

"是的。"

"为什么你们自己不去买,还要老板特意给你们送过来呢? 还是因为太贵了?"

"那个盒子里的东西我们不用,给其他烤肉摊的人。"

241

王 三 街（二）

"哪儿的烤肉摊？"

"这个我们不知道，老板也不会告诉我们的，我们只看着别人来拿走。"

"为什么老板不亲手给他们呢？"

"不知道。"

两个卖烤羊肉串的孩子对小葛好奇地问铁盒子的事情感到有些奇怪，但是也没有多想。从大海里传来一种潮湿的气息，海边夜市热闹非凡，他们在海边散步，又逛了夜市，直到夜深才回去。艾克热木特别开心。回到烤肉店，艾山道了别后回宿舍了，艾克热木却不知道应该怎么表达对小葛的感激之情，呆呆地站在那里。小葛拽着他的衣襟拉着他重新上了车。

"你相信我吗？"小葛紧紧地握着艾克热木的手诚恳地问道。

"当然，"艾克热木有些摸不着头脑，"这还用得着问吗？"

"我听了你所受的苦，我很想帮你，"小葛认真地说，"但是必须除掉这些拐骗你们的坏人。"

听到这句话，艾克热木有点紧张了，要想除掉像萨喀尔那样已经形成了黑恶势力的人不是那么容易的事情。萨喀尔可是什么事情都能做得出来的坏人，艾克热木经历了几次磨难之后意识到了这一点。但是，为了能够尽快回到家乡，他愿意冒险做一些事情。

"我很高兴你会帮助我，但是他们的力量不可小看。"

"这方面你就放心吧，再凶猛的老虎也会有弱点。我们现在需要的就是找到他的弱点。"

"弱点？难道……"

"你搞清楚吐尔逊带来的那个铁盒子里到底有什么东西，其他的事你就交给我吧。"

"这很难。"

第十六章

"你一定能做到。"

"好吧,我努力一下。"

"好样的,我等你的消息。"

他们就这样道了别。这一夜,艾克热木失眠了。他想了很多事情。最后他想象着找到热夏提以后,跟他一起回家乡的美好情景……

两天后,吐尔逊像往常一样带了一个铁盒子过来,他把盒子放在烤肉的调料箱子里就走了。艾克热木和艾山趁他去方便的机会打开了盒子,里面有一个塑料袋,包着白色粉状的东西,绝不是烤肉的调料。

当天晚上,艾克热木就把这个秘密告诉了小葛。

"好的,"小葛高兴地说,"你就像往常一样,继续做你的事吧。"

过了几天,那个来拿铁盒子的人刚离开烤肉摊,一群警察突然出现,把他抓走了。从第二天开始,烤肉店也关门了。

"吐尔逊大哥也被警察抓走了。"艾山对着艾克热木的耳朵小声说道。

"为什么?"艾克热木惊讶地问道,此时此刻他心里已经明白了,小葛不是普通人,可能是警察。艾克热木为此非常高兴。

"你知道那个盒子里有什么东西吗?"艾山又问。

"不知道。"

"里面有毒品,我早就知道了。"

"哦?"

艾克热木没吭声,他正想着要找小葛去呢,没想到青蛙眼巴拉提突然走过来,把艾山和他都拉走了。艾克热木突然想到可能再也见不到小葛了,自己所有的希望都将破灭,他陷入了深深的恐惧和痛苦之中。

第十七章

　　古莱姆来到天津的南开大学以后,精神面貌发生了很大的变化。这可不是一所普通的大学,她从父亲口中听说过不少关于王三爷爷和天津的故事,但她没有想到自己有一天竟然真的会来到历史文化名城天津,在南开大学这所国家重点大学学习知识。

　　古莱姆感到一种莫大的幸福。她知道这不是能够轻易得到的幸福,一切和父母的无私付出分不开。除此以外,她还要感谢王三爷爷。自打古莱姆懂事起,他父亲吾舒尔就会用汉字写出自己的名字,而且书写得非常漂亮。这几个字是王三爷爷教给父亲的,父亲描述过王三爷爷把眼镜架在鼻梁上,坐在院子里聚精会神地读书的模样。这件事在古莱姆幼小的心灵中留下了特别深刻的印象。

　　回忆总是能够唤醒我们的心灵,为我们的未来提供精神启发。有意义的记忆是人类的精神食粮。

　　古莱姆以饱满的热情和最大的努力投入学习中。她还是那么有活力,时不时也会展示自己独特的吹口哨技能,她的口哨声让同学们惊叹不已。在和同学们交流的时候,她会说:"我是王三人。"王三街上的人常常这么自称。

为了方便和女儿联系,吾舒尔在家里安装了有线电话。当他听到古莱姆激动地讲述关于学校的事情时,他感觉自己所有的梦想一下子变成了现实,无比高兴。

"我的女儿,你一定要好好学习。"他好像说不出别的话来,就知道重复这么一句。其实,这一点吾舒尔自己心里也明白,这话是一个父亲的期望。古莱姆也没有辜负父亲的期望,为了在学习上不落后,不给家乡阿克苏和王三街丢脸,她在课堂上认真听讲,课后抓紧一切时间读书学习。她付出十分的努力,如愿成了班上学习的佼佼者。

大一上学期快结束时,学校举办演讲比赛。同学们都没想清楚应该讲什么内容,讲什么样的故事。古莱姆心里有了一个精彩的故事,主动报了名。

正式比赛的时间到了,全校各院系各专业精心挑选出来的选手可真不少。轮到古莱姆上场的时候,她还真有点紧张。

"加油!加油!"同学们一个劲儿地鼓励她。

"镇定点!"古莱姆望着同学们点了点头,鼓起勇气走向演讲台。她手里拿着一张纸,这是她要讲的故事梗概。班主任老师为她捏了一把汗。

古莱姆非常自信,她登上演讲台,先给主席台上的评委老师们鞠躬致礼,然后向台下的同学们鞠躬。

"尊敬的老师们,同学们,大家好!"她不慌不忙地开场。

"我很幸运自己能参加这次演讲比赛,请允许我再次向老师们、同学们表示深深的感谢。今天我要给大家分享的故事绝不是虚构编造的,而是我出生长大的城市里最繁华的一条街的故事。打小我就知道这条街叫'王三街',从我懂事开始,就见过我父亲会用很漂亮的汉字书写自己的名字。这是他最引以为豪的事。后来当我知道父亲并没有上过学时,我很纳闷父亲怎么会用汉字写自己的名字呢?

"我父亲是个特别爱讲故事的人。他所讲的故事很多都是关于王三爷爷的。我父亲会写的这几个汉字,就是王三爷爷教的。

"百年前,就在我现在读书的这座天津城里,有一对夫妇去了阿克苏。男人叫王福才,是个商人,也是一名医者。大家知道他是个有学问的人,都尊称他为'王先生'。有一年,阿克苏暴发瘟疫,不少人染病身亡。王先生的近邻肉孜卡尔万和妻子夏热皮罕都染上了瘟疫,奄奄一息,他们有个还不满一岁的儿子。夫妇俩临终前把儿子托付给了王先生。王先生和妻子本来就有两个儿子,但他们把这个孩子也当成自己的亲生儿子一样抚养,给他取了个小名就叫'王三'。王三在王先生和王夫人的呵护以及两个哥哥的疼爱下长大,还跟着哥哥们念私塾学了知识。但天有不测风云,没几年,王夫人突然病逝,悲恸之中王先生打算回老家天津寻根。他赶着三驾马车,带着三个儿子,向天津出发。这时王三已经十岁了。也不知道当时他们到底走了多久,最后历经艰辛王先生带着孩子们终于回到了天津城。一家人在天津老家生活了整整八年,靠经营一间粮店维持生计,两个哥哥帮着做生意,王三则被王老先生送到学堂继续读书。后来,家里的亲戚大部分都不在了,王老先生惦记自己的妻子还葬在阿克苏,于心不忍,下定决心要再回到阿克苏。此时他的大儿子和二儿子已经成家,各自的事业也有了起色,他们不愿随父亲回阿克苏。天津城繁华热闹,这里有他们的小家,他们舍不得离开。只有十八岁的王三愿意陪着父亲,他说爸爸到哪儿,他就跟着去哪儿。于是,王先生带着小儿子王三,长途跋涉,又回到了阿克苏。

"王先生守着葬在阿克苏的妻子,和小儿子王三一起生活。多年来,王三在天津的学校里读书,在天津城里生活,学到了不少文化知识,长了不少见识。王先生还传授他中医知识,把这个儿子培养成了一个知识渊博、医术高明的有才之人。他们将阿克苏老屋后院的花园改建成了巴扎,以王三的名字命名为'王三巴扎',年复一年、日复一日用心经营,这个巴扎日渐发展成一条各民族商户团结友爱的商业街,成为阿克苏城最繁华热闹的地方之一。后来大家开始称这条街为'王三街',一直延续到现在。

"在王三二十七岁的时候,王先生将他亲生父母的遭遇和收养他的事情告诉了他,后来又为王三操办婚事,娶了一个叫提拉汗的漂亮的维吾尔族姑娘。王三心怀感恩,尽心照顾父亲,操持家业,帮扶邻里。王老先生临终之时,很欣慰他养育了一个孝顺有爱心的儿子,王三也因此成为王三街上备受大家尊敬的人。抗日战争期间,王三毫不吝啬支援抗战,还号召商户捐款捐物,使王三街的名气越来越大。在王三的带动影响下,王三街上形成了各民族团结互助的氛围,'王三精神'影响和激励着所有的王三人友爱、奋进,传承不息。

"如今,这样团结互助、尊老爱幼、忠孝友爱的故事在我的家乡依然在延续。我没想到我会被天津的南开大学录取,来到这里上学,我觉得这也是王三街故事的延续。本来王三街就和天津市有着深厚的渊源。我为此非常自豪,我觉得自己是世界上最幸福的人。如果有机会我希望老师和同学们去阿克苏,亲眼看看承载着这个感人故事的王三街。我的分享结束了,谢谢大家!"

演讲结束,台下爆发出持续热烈的掌声。古莱姆激动得热泪盈眶。

学校里传遍了王三和王三街的故事。

"这个故事你可以试着写成一本书吗?"班主任老师鼓励古莱姆说。

古莱姆羞涩地回答:"我水平低,可能写不了。"

"你一定能写成。"班主任老师继续鼓励她,"一直写到你的学业结束,如果到那时候还没写完,毕业以后继续写。这是个非常感人的充满人间大爱的故事,值得被更多人看到,我相信你能传递好这人间最朴素的真善美,以及这故事中体现的真情和孝道。"

在老师的建议下,古莱姆心里埋下了一颗种子。

这场演讲比赛之后,许多学生开始关注古莱姆,其中包括和古莱姆一样从阿克苏来天津南开大学读书的加帕尔。加帕尔性格内向,平时和同学们交流比较少。他和古莱姆来自新疆的同一个城市,但至今两人都还不认识。

这天,下了晚自习,加帕尔鼓起勇气去找古莱姆。他拜托一个女同学帮他把古莱姆从宿舍里叫了出来。

"你的那个故事讲得真棒。"加帕尔激动地说,"原来我们是在一个地方相邻街道上长大的。"

"你也是王三人吗?"

"也可以这么说吧。"

"那太巧了!怎么不早点来找我呀?很高兴认识你!"

加帕尔挠着脖子,尴尬地笑了笑。

"现在离熄灯时间还早呢,我们去操场那边走一会儿好吗?"加帕尔热情地邀请古莱姆。

"可以。"古莱姆说。

"你讲的故事我也是从父亲那里听说的。"加帕尔一边走一边说。

"哦。"

"我们来自同一个地方,怎么就没有交流过呢?看来这个学校真大。"

古莱姆听出他的紧张,一时不知道该怎么回应他,只默默地往前走着,他们就这样围着操场走了好几圈。加帕尔满脑子的话,但是却不知怎么说出来。古莱姆个子还比他高一点,他苦恼如何接近这个高个儿女孩。

第十七章

"你没有话要说吗?"古莱姆终于忍不住停下了脚步。

"我……"

加帕尔就像哑巴了一样,一句话都说不出来。

"那我就回去了。"

古莱姆迈着大步向女生宿舍方向走去。加帕尔有点不知所措,像桩子一样呆站在原地。古莱姆走了一段路,回头一看,在昏暗的灯光下加帕尔还一动不动地站在那里。古莱姆感到既惊讶又好笑。

这之后,他们又碰到过几次,但都没有多聊。虽然他们没有说过几句话,但在古莱姆的心里开始对加帕尔萌发出一种特殊的感觉。

大学生活就像流水一般匆匆而过。古莱姆忙着努力学习,四年里只有三次趁假期回家看望父母。吾舒尔夫妇也十分理解女儿。现在的王三街发生了很大的变化。新的街道扩建好了,住宅小区也建起来了,还有好几家大商场。吾舒尔每次跟古莱姆通电话,都会滔滔不绝地讲起王三街上的这些变化。

岁月如织,时光如梭。孩子们学到的知识越来越多,对世界的认知有了很大的提高。尽管古莱姆整天埋头刻苦学习,其实她也时常关注着加帕尔,可偏偏他们见面的机会很少。加帕尔很少主动找她,即使见面了,他也不说好听的话,甚至话都很少说,让古莱姆觉得很难理解。但不知道为什么,加帕尔沉默寡言又阳光温暖的独特个性,让古莱姆有些着迷。

加帕尔跟古莱姆一样为青春的悸动感到幸福又困扰。他来自阿克苏市郊区一个叫麦田村的地方,那里有一片一眼看不到边际的麦田,离王三街不远。他家里并不富裕,但父亲却是个明事理的人,坚持让加帕尔上学读书。读高中时,加帕尔更加体会到了读书的重要性,他感激父亲创造条件支持自己上学。为了自己的未来,为了不辜负父亲的期望,他拼命地努力学习。幸运的是,他考上了天津的南开大学。但见识到更为广阔的世界的加帕尔并不那么自信,他发现自己和身边的很多同学在各方面都有差距,所以在爱情来临的时候,他还缺少一点勇气去向开朗自信的古莱姆表明心意。甚至那天他收到一封落款为古莱姆的表白信时,都不敢相信,以为是有女生在捉弄他,他把信给撕碎丢掉了!

加帕尔在困惑和挣扎中把更多的时间和精力用在学习和锻炼自己上。他得到了老师的关注和帮助,还在学习和生活上得到了同学们的鼓励和关照,温暖的一切滋润着他的心田,也在悄然改变着这个有点自卑的小伙子。

即将毕业的日子里,各班都在准备毕业晚会,加帕尔鼓足勇气主动申请组织并主持几个班级的晚会联谊活动。在这样的离别时刻,加帕尔无比珍惜,他内心有太多的不舍和感慨了,他想给同学们留下不一样的印象。内心的坚定是最大的动力。晚会一开始,所有的同学都惊呆了,平日里少言寡语的加帕尔展现了他自信而又多才多艺的一面,他甚至还表演了一段新疆舞,引得大家都跟着跳起来,把晚会的气氛推向了高潮。最后,加帕尔和同学们都激动得眼含热泪。

加帕尔没想到古莱姆会来到他身边,她的眼角也是潮湿的。她站在那里,咬着嘴唇。

"祝贺你顺利毕业!"她傻傻地站在那里,表情异常激动。

"也祝贺你。"他轻声说道,虽然心里有些难过,"祝贺我们所有人顺利毕业。"

"四年来,在我认识的同学中,我最不理解的人就是你。"古莱姆鼓起勇气带着抱怨的语气说道。

"你为什么那样说?"

"我自己也不知道,这些年来有很多男生向我表白,我都拒绝了。但是,我没想到自己真心表白的男生会让我的爱情没有答案。"

加帕尔一下子愣住了,他不敢想象古莱姆的嘴里能说出这样的话。

第十七章

"什么？你……你……真的……"加帕尔感觉被人掐住了脖子，禁不住大口大口地喘息。

"你真是个特别复杂的小伙子。"古莱姆摇摇头说，"说你是个高傲的人吧，你又不像。说你笨吧，你看起来又很聪明机灵。说你是个没有感情的人吧，听了你今天在台上说的话，我又觉得自己的这个看法也是错误的。"

同学们的喧闹声几乎盖住了古莱姆的声音。今天，大家尽情地抒发着自己的情感，他们是那么地真诚，那么地自由，那么地彼此亲近。

"对不起。"加帕尔突然说道。此刻，他双眼发黑，头晕目眩，心里有股难以忍受的疼痛："我愚蠢，我胆小，当时看到那封信时我特别激动，我想马上就去见你。但……但……但我以为那不会是你的心意……"

"那天我在操场等，等到太阳落山了，你还是没来，难以忍受的屈辱感让我伤心难受。你明白这对一个女孩意味着什么吗？"

加帕尔深深地叹了一口气，他望着天花板发呆，闪烁的灯光仿佛在嘲笑他。

"像我这样麻木的人，运气总在我还没有感觉到的时候就过去了。"

"你不是麻木的人，你的内心充满了很多美好的理想和向往。在崇高的理想面前，一个女孩的爱情又算得上什么呀！"

加帕尔听了古莱姆略带讽刺的话语，苦笑了一下。

"你说什么都行，但是我感觉此时此刻无法面对自己。"

"我真不明白……"

"现在才明白我的理由确实是无理、荒谬的。"

"现在说什么都没有用了。"

"这个我也知道。但是我情愿一辈子带着愧疚的心偿还你的爱情，古莱姆。"

"不，你不用这样。"

王 三 街（二）

"这些往事可能会成为我们一个荒唐的回忆。"

"你太让我伤心了。"古莱姆伤心地摇了摇头,"将来你会有你的美好生活,以后你会把这一切都彻底忘掉的。"

"你也会这样忘掉吗?"加帕尔的眼睛里充满了渴望、爱意和痛苦,他盯着古莱姆看了很久。

"我不知道。"

他们都沉默了。这时舞曲响了起来,一个男生走过来请古莱姆跳舞。古莱姆一边走向舞池一边向后看了两眼。加帕尔感觉心脏被人刺伤了,痛苦不堪。他的全身都被火点燃了,自己沉默寡言的性格绝不是懦弱的理由。为什么不能勇敢地说出心中的爱呢？不！现在自己应该清醒了,加帕尔,你是个男子汉,所以要像个男子汉一样冲过去。

加帕尔下定了决心,他拨开跳舞的同学们,走到古莱姆身边。他向那个同学道了歉,抓住惊讶万分的古莱姆的手。

"你当时讲的故事至今还在我耳边回响,王三街上有那么美好的爱情故事,那里几乎所有的人都知道,现在那个爱情故事不正好能够延续吗……"

"你这是什么意思?"

"你心里明白,那一次我真的不是故意的,我因为自卑而错过了那么重要的一次机会。但是我希望你能再给我一次机会,给爱情一次机会。"

"加帕尔……"

"我准备好了,你有任何要求我都会满足你。"

"你真的……"

"我也是在王三街跟前长大的啊！"

听到这句话,古莱姆一下子笑了起来。加帕尔仿佛看到了云开雾散的明月,他激动地紧紧拥抱住古莱姆。

第十七章

"我没想到今天会有这样的结果。"古莱姆温柔地对加帕尔说。

"自古以来爱情的道路就是坎坷曲折。"

"哦,以前就看到你不爱说话的样子,谁能想到呢,其实你有满肚子的话呀。"

"呵呵,我们俩还要牵手一起回到那个充满爱的故事的大街。"

"对,就让王三街见证我们的爱情吧。"

第十八章

青蛙眼巴拉提在烤肉店前停了车,慌里慌张地四下看了看。当他确定没有什么异常情况,带着艾克热木和艾山上车走了。巴拉提恶狠狠地盯着两个孩子,仿佛眼下发生的一切就是这些孩子造成的,他咬牙切齿不停地骂人。艾克热木和艾山从他的气急败坏中察觉到了不祥之兆,始终低着头不敢吭声。

车在附近的几条街道上转来转去,最后停在了高楼密集的一个地方,有人在这里等着他们。那个人和青蛙眼巴拉提一起把两个孩子带到了楼下黑暗的地下室里。他们这伙人就像穴居人一样,到哪里都会选择楼下的地下室。

有人摸黑把灯打开了,低瓦数的灯泡在地下室里发出暗淡的光。巴拉提将两个孩子带进房间里,把门紧紧关上出去了,随后又传来锁门的声音。

"他们是不是把我们关起来了?"艾克热木惊恐地说。

"好像是那样的。"艾山显得并不那么在意。

第十八章

"他们会把我们怎样?"

"反正不会有什么好事。"

地下室里除了废旧的纸箱子外,什么都没有。他们躺在纸箱子上,潮湿发霉的气味异常刺鼻。没多久,他们的呼吸开始急促起来,房间里太闷了,他们在沉闷、饥饿之中备受煎熬。

他们不知道在这间地下室里待了多久,他们的身体变得非常虚弱,尽管一直躺在那里,却难以入睡。他们已经分不清幻觉和现实,像做了噩梦一样痛苦不堪。

就在他们在痛苦的煎熬之中即将失去意识时,忽然听到门被打开的声音。屋子里出现了几个黑影,向他们靠近。

"起来!"传来一个粗鲁的声音。

艾克热木和艾山艰难地站了起来。

"你给我出来!"有人拉着艾山的肩膀把他拽了出去。

艾山就这样被他们带走了。随后,有人往屋子里搬了两把椅子。一把椅子是木头的,另一把椅子是皮面的。满嘴冒着一股难闻的烟味的那个人坐在皮椅上,伸了伸懒腰。一个人摁着艾克热木坐到木凳上。艾克热木感觉自己就像即将被宰杀的羔羊一般虚弱、无望。地下室的灯光昏暗,围着他的那些人面目可憎……这感觉真的非常痛苦!

艾克热木觉得自己在慢慢死去,但他还是能清晰地感觉到身边的一切。他无力地看了一眼面前这个趾高气扬的人,心里想象着自己将会遭遇什么样的辱骂殴打。就在这时,那个人开口了:"喂,小伙子,感觉怎么样?"

从他嘴里喷出的烟气吹在了艾克热木的脸上。艾克热木知道他这是在装腔作势,事实上他已经没有力气说话了。

"警察问了你们什么?"那个人没等艾克热木张口说话,又继续问道。

王 三 街（二）

艾克热木抬头看了他一眼,觉得有些面熟,他的眼睛里闪烁着一种让人毛骨悚然的寒光。艾克热木舔了舔嘴唇,艰难地开口说话。

"问我什么时候到这儿来的,还问我做什么的。"

"调料盒子的事呢?"

"也问了。"

那人顿时紧张起来,身子不由自主地动了一下,椅子跟着嘎吱嘎吱响了起来。

"你说什么了?"

"那个,那个是撒在烤肉上的调料。"

"还有呢? 还问了些什么?"

"问得不多,他们之后问的问题我都不知道。"

"他们提到萨喀尔老板的名字了吗?"

"没有,根本就没提。"

"真的?"

"真的,没有提到他的名字。你若不信就去问他们自己嘛。"

艾克热木说的这句老实话,让那人哭笑不得。他说话时的表情非常自然,所以他们没有怀疑他在说假话。

房间里一阵沉默。

"好吧,我会搞清楚你说的是真话还是假话。你要是骗我的话,要好好地想想你的下场。"

说罢,那个人站了起来,大概他要问艾克热木的问题都已经问完了。他刚转过身去,艾克热木就拉住他的衣襟,哀求道:

"我亲爱的哥哥,我的肚子饿坏了,给我点吃的东西吧。不然我可能会饿死的。"

他一把扯开艾克热木的手,冷冷地说:"你等一会儿吧。"

他们出去了,耳边传来锁门的声音。这些人显然是担心艾克热木

第 十 八 章

逃跑。艾克热木浑身无力地一屁股坐在了纸箱子上,他饿得难受,没有力气动弹一下。

大概过了一个小时,门又被重新打开,有人端着一个饭盒进来,扔在艾克热木面前:

"饭来了,你就往饱里吃吧!"

艾克热木捧起饭盒,不管不顾地用手抓着吃起来,一盒饭不一会儿就空了。艾克热木这才觉得自己的手脚有了点力气。地上还有一瓶水,他举起瓶子,一口气把水喝完了。当他的身体恢复了活力,大脑开始清醒,他才回想起刚才那个人像喂狗一样把饭盒扔在他面前的样子,他的眼里噙满了屈辱的泪水。他伤心地想着自己的遭遇,自己在家乡好好地生活,被骗子带到这里以后,在萨喀尔团伙的欺压之下遭受了多少的屈辱。小葛曾经给了他希望和信心,但是现在他不可能见到小葛,也不知道什么时候才能逃出这个阴暗的房间。

就在他失去信心绝望地等待死亡的时候,门突然打开了,有人跌跌撞撞地倒在他身边。艾克热木赶紧趴过去摸了摸他的脸,仔细辨认,这人竟然是艾山。他努力睁开眼睛看着艾克热木:

"你……你还在这儿吗?"

"是的,我在这里,我在……"

在阴暗的地下室里被绝望逼得快要发疯的艾克热木,看到艾山凄惨的模样,眼泪像是决了堤的洪水。

"你……你是在哭吗?"

"是的,不不,看到你……"

艾山挣扎着坐起来:"你的情况怎么样?他们也打你了吗?"

"没有……"艾克热木看到艾山满脸的血,心都在颤抖,"这……这是怎么回事?"

"没关系,"艾山挤出一丝笑,喘着气说道,"这种事我见多了。狗日的坏蛋们总会受到惩罚的。"

艾克热木深深地叹了一口气,此时此刻他非常想念小葛。只有得到小葛的帮助,他们俩才有可能逃脱这群歹徒的魔爪。

现在,他和艾山困在这幽暗的地下室,就像折断了翅膀的鸟儿。艾克热木想不停说话。他不管艾山听不听,一直滔滔不绝地讲话,似乎只有这样,他才能冲破这让人分不清日夜的黑暗幕布,哪怕只是片刻,他也会感到些许宽慰。

两天后,艾山的伤好多了。他的精神和情绪都很好,比起艾克热木来说,他受过很多这样的磨难,已经习惯了。

"那天他们都问你什么了?"艾山握着艾克热木的手问道。

艾克热木把自己的遭遇原原本本地告诉了他。

"就那么多吗?"艾山用一种难以置信的语气说道。

"是的,他们问一句我就回答一句,很快就结束了问话。其他的我就不知道了。你呢?他们带你到哪里去了,问了些什么?"

"嗯,他们把我带到海边,沉入大海,无边无际的大海……黑暗的海底……我遇见了死神,我们在海底相遇了,他抓住了我的手……"

艾山看着艾克热木的手陷入了沉思。

"为什么……他们为什么要那么做?"

"就是那个盒子的事,那是个特别重要的东西。他们说,我来得早,知道其中的秘密,肯定是我告诉别人盒子的事情。"

"后来呢?"

"我失去了知觉。等我醒过来时,发现自己躺在一个又窄又黑的地方。我的手脚都被绑住了,我感觉自己已经死了,死神就在那里看着我。"

"谁?是谁这样干的?"

"你知道的,只有一个人能控制我们。"

"萨喀尔……"

"是的,我本来还很担心你的。还好,你现在身体好着呢,看得出你的嘴也很紧。"

两人都沉默了一阵子。艾克热木的眼前又浮现出了小葛的身影,他现在是他们唯一的出路。

"我们一定会逃脱的。"艾克热木突然自信地说道,像是在安慰艾山,又像是在安慰自己。

艾山默不作声。

过了几天,艾山身上却发生了奇怪的变化。他就像得了重感冒的人一样,一会儿打喷嚏,一会儿流鼻涕,嘴巴还不停地打哈欠,然后突然就开始打摆子,整个人都在晃动,全身都在抽搐。艾克热木起初以为他生病了,就把外套盖在他身上,轻轻地抚摸他的脸。

"你怎么了?你哪里不舒服?"

"我难受死了,我可能快要死了。"艾山艰难地说。

艾克热木被眼前的情形吓得愣住了,他当然不能理解艾山身上发生的这种变化。艾山突然拼命地爬到门口,然后开始猛烈地敲门:

"你们快开门,快救救我!"

他疯狂地撞门砸门。

终于有人开门进来了,那个人身上散发出来的烟味开始在屋子里弥漫。他走过来,弯腰托起艾山的下巴,问道:

"怎么样,你开始犯瘾了吗?"

"啊,啊,大哥,你帮帮我吧,我,我可能会死的。"

"放心吧,你不会死,只要你听我的话,马上就会好起来的。"

"大哥,我听你的,你说什么我都会照办。"

"那你告诉我,你都跟警察说了什么?"

"我什么都没说……大哥……"

"盒子的事你跟谁说了?"

"我给谁都没说,我真的不知道盒子里有什么。我什么都不知道,我的好大哥。"

"那你就去死吧。"

"不,不,好大哥,你饶了我吧,我真的什么都不知道。"

艾山死死抱住那个人的腿,央求他,但那个人嘴里始终没有说别的话。看着艾山的样子,艾克热木心里难受极了,但是他却给不了艾山任何帮助。

门外突然有人"啪"地点开了打火机,明晃晃的火光很快就消失了,更浓重的烟味弥漫进来。

"好了,给他吧。"是一个沙哑的声音,看不清说话人的脸。

那个踩着艾山的人从身上掏出一个注射器,刺向艾山的胳膊。过了一会儿,艾山就安静下来了。

门砰的一声被关上了。

艾山就像漏了气的皮球一样瘫在地上,但他还是在努力调整自己,在艾克热木的搀扶下慢慢地坐在纸箱子上。

"我完蛋了。"他轻声说道。

"他们对你做了什么?刚才打的是什么针?"

"那不是在打针,是在注射毒品呢。他们给我注射毒品了。"

"毒品?"

"是的,他们就是想通过毒品控制我,但我不会那么容易屈服的,我已经受够了。"

听到这句话,艾克热木陷入了沉思。他不知道那是什么,也无法理解眼前的一切。但他下定决心,要尽快逃出魔鬼的巢穴。

"现在你打算怎么办?"过了好一会儿,他问艾山。

"我不知道,也许除了等死以外没有别的法子。但我绝不会向他们

第十八章

屈服。"

"我们一起想办法吧,我的朋友。也许还有摆脱这里的出路呢。"

"怎么摆脱?你以为他们会那么轻易放过我们吗?"

"我说了,我有办法呀。"

艾山绝望地摇了摇头。

艾山被打了第三针以后,那些人又带着他俩出门了。强烈的阳光刺得他们睁不开眼,城市里的喧闹声传入耳朵,刺激着他们的心灵,他们多想肆意享受光明世界里新鲜的空气,多想拥有阳光美好的生活。

但是现在他们的生活被人扼制住了。

"赶紧走!"被粗暴地推搡着,他们沿着小道深一脚浅一脚地走到一个院子里,那里停着一辆蓝色的小轿车。艾克热木和艾山不知道自己会被带到哪里,更不知道接下来会发生什么。他们就像坐在即将沉没的船上,无望地挣扎着。眼前的一切都像幻觉一样,那么不真实。

一直提心吊胆的两个孩子,都记不清楚到底走了多少路。轿车突然驶进一个不太宽敞的街道,放慢了车速,只见街边有一家装修漂亮的餐厅。一看到那餐厅,艾克热木激动起来。他记得,和热夏提分别的时候,他们说过热夏提要在餐厅上班。艾克热木紧紧地贴着车窗,眼巴巴地望向餐厅,他的心禁不住剧烈地跳动起来。

车子还没有停稳,艾克热木就要冲下来,却被车上一个长头发男人一把抓住肩膀。

"你急什么呀,就像狗闻到了臭肉一样!"

他的话像毒刀一样刺中了艾克热木的心,但是他还是咬紧牙关默默地忍受着。这些人除了钱什么都不认,他们本来就是一群十恶不赦的坏人。艾克热木心想,自己只要找到热夏提,所有的事情一定都会好起来的,所以他要咬牙忍耐。

长头发男人带着艾克热木和艾山来到餐厅厨房的后面,从这里能听到餐厅里传来的喧嚣声。他们走进一间小一点的房子,这间房子虽然小,但是装修得很豪华,桌子后面的转椅上背坐着艾克热木见过两次的那个趾高气扬的男人,是萨喀尔。青蛙眼巴拉提和长头发男人急忙上前和他握手致礼。

"怎么样,变老实了吗?"那个人问道。

青蛙眼巴拉提屁颠屁颠地说道:"老实了,他们变得像小虫子一样老实听话了。"

那个人点了点头,转过椅子,面对着两个孩子。他的眼神就像一条毒蛇,狠辣冰冷。

"现在,你们就在这个餐厅上班,不许随便出去,不许跟外人打交道。只要你们犯一点点的错误,我就会打断你们的腿,挑了你们的筋,让你们永远都站不起来。"他仿佛立刻就会扭断这两个孩子的脖子一样,双手紧握手指交叉发出咔嚓咔嚓的声音。然后,他眯着眼睛看着艾克热木说道:"你哥哥就在这个餐厅,不想永远离开哥哥的话,就乖乖地做好自己的事情。"

听到热夏提的消息,艾克热木激动得快要晕过去了,他真的惊喜极了。

青蛙眼巴拉提粗壮的手掌狠狠地打在了他的脖子上:"你急什么呢,小坏尿,你没听见我哥哥的话吗?你连感恩他的话都不会说吗?"

艾克热木突然遭此一击,眼睛发黑,跟跟跄跄地往前绊了几步。

他毫不畏惧地狠狠地瞪了青蛙眼巴拉提一眼。从听到热夏提的名字开始,他的心里就格外兴奋,先前的恐惧感瞬间就消失了。

青蛙眼巴拉提带着两个孩子来到了餐厅的后堂。后堂里有十来个厨师在忙活着,根本无暇顾及他们。他们身穿白大褂,头戴白帽,猛地一眼很难分辨出来谁是谁。艾克热木看到一个正炒菜的人的背影特别像热夏提。

第十八章

"哥哥……"

热夏提漫不经心地转头看了一眼,当他看到盯着自己的艾克热木时,简直不敢相信自己的眼睛。他立刻放下手中的活儿,冲到艾克热木面前,紧紧地抱住他。

"我的弟弟,我亲爱的弟弟,你还好吗?"

艾克热木忍不住号啕大哭,来到这里后所遭受的一切委屈和痛苦,一一浮现在了眼前,他已经被这不幸的遭遇伤透了心。

"哥哥,我们……我们……离开这里吧,不管怎样,我们都要离开这里……"他一边抽噎一边说。

前厅传来了催饭的喊叫声,热夏提急忙擦干眼泪,说道:"我的好兄弟,你现在忙你的去吧,晚上我们再聊。"

艾克热木做不了餐厅的厨师,就在后堂帮忙干洗菜、切菜、洗碗的活儿。为了不让热夏提为难,他努力做好自己的事情。他现在特别开心,感觉自己就像是在给热夏提帮忙打下手一样,特别肯干,手脚非常麻利。

晚上打烊,他们俩来到热夏提的宿舍。厨师们的宿舍也安排在了楼下的地下室,大房子用复合板隔成了单独的隔间。他们的床非常窄,只勉强躺得下一个人。艾克热木在灯光下仔细地端详着哥哥热夏提。热夏提比以前瘦多了,但是脸一下子变白了。白净的脸,配上两撇小胡子,显得格外英俊潇洒。他肩膀和胸前的肌肉健硕,看起来非常壮实。

热夏提从口袋里掏出一根香烟点燃。

"你都学会抽烟了吗?"艾克热木笑着说。

"是的,在心里忧愁的时候,香烟能抑制住一点忧虑和悲愤。"

"我一直在打听你的下落。"

"我也一直在打听你的消息,如果不是为了找到你的话,也许我早就跑了。他们威胁我说,'如果你不听我们的话,就会失去你的弟弟'。

王 三 街（二）

那些家伙还让我写下了欠条。"

"什么欠条？"

"有一天，我正在宿舍待着，巴拉提大哥带着两三个孩子进来了。"

"就是那个青蛙眼吗？"

"嗯，就是，他们说要玩骰子赌博，因为我不喜欢赌博，拒绝了他们。他们却逼着我赌，使出各种手段，不得已我就玩了几把。也不知道怎么回事，他们后来一起对我喊'你输了，你输了'，就这样我欠了他们两万多块钱。"

"啊，这么多？"

"这就是个骗局，他们就想通过这种手段把我拴在这里，然后把你当成人质，胁迫我。所以到现在为止，我一直都在老老实实地为他们干活。你呢？他们没有欺负你吧？"

"我就在那天我们分手的地方卖烤肉。他们拿走了我身上所有的钱，想跑也跑不了。后来，吐尔逊大哥被抓的时候——"

"就是那个留着时髦胡子的家伙吗？"

"是的，你认识他吗？"

"当然认识，他经常来这里。他应该是萨喀尔的重要伙伴。"

"嗯，就是那个吐尔逊，被抓了。"

"所以你们被带到这里来了呀……这些天他们看上去有点不安，原来是遭遇了危机。"

"警察也把我们带过去询问，之后就让我们回来了。"

热夏提眉头紧锁，表情异常严肃地说道：

"你要多注意啊，我的兄弟，这些家伙不会平白无故把你们带到这里来，一定是有什么不可告人的阴谋。"

"你放心吧，我有一个叫小葛的警察朋友……"

艾克热木话音未落，热夏提赶紧用手堵住了他的嘴，然后从宿舍门

第十八章

那探出头去,小心地往外看了看。还好,别的厨师都在外面转悠,宿舍里没有别人。

"这个非常危险。"热夏提回到床上坐下,紧张地说道,"只要稍不注意的话,我们就会完蛋。"

"我们能不能打听到有关萨喀尔老板干的那些坏事的具体情况?"

"他干的事太多了,他有饭馆、烤肉店、宾馆,好多营业场所。他们就在这样的幌子下,暗地里干着一些贩毒、组织扒窃等可恶的勾当。"

"你确实知道很多事情。"

"知道了有什么用?我们又没有能力阻止他们,我们甚至连自己都解救不了。"

"小葛在啊!他是警察,他会帮助我们的。"

"好吧,我们走一步看一步吧。"

艾克热木和热夏提相聚,日子过得还算开心。艾克热木非常信任热夏提,只要他在的地方,他就会感觉很安心。艾克热木匆匆忙忙地穿梭在餐厅和后堂之间,丝毫不觉得疲倦。看着他卖力地干活的样子,萨喀尔的手下也不再打骂他了。艾克热木开始接受这样的生活。

一天,餐厅里来了三四位顾客。艾克热木一眼就认出了其中的小葛。他太激动了,手里端着的空碗差点掉在地上。他调整了一下情绪,悄悄地回到了后堂。

艾克热木回到前厅的时候,小葛和与他一起过来的客人还没有吃完饭,只见小葛抬手示意艾克热木过去。艾克热木紧张得厉害,手脚都开始不听使唤,难道他是要当着自己凶残老板的面对自己说话吗?

艾克热木忐忑不安地走到他的身边。

"哎,小师傅,你帮我从外面买一包烟过来好吗?"小葛装着不认识艾克热木的样子,漫不经心地说道。

"老板不让我们随便出门。"艾克热木小心翼翼地回答。

王 三 街（二）

"怎么回事啊？你们的服务太差啦！"

在前台关注店里情况的老板娘看到小葛在喊叫，艾克热木则看着顾客发呆，她立刻把艾克热木叫了过来。

"他们说啥呢？"

"烟，那位老板叫我出去给他买包烟。"

老板娘仔细地盯着他们看了几眼，觉得他们都不是一般人，得罪这样的人可是不会有好下场的。她看了一眼艾克热木，用下巴示意他道：

"去，给他们买去。"

正当艾克热木转身准备走的时候，小葛身边的伙伴拉住他递过去五十元钱。

"哎，你把这个拿着，去买两包香烟来。"

艾克热木害怕自己露了馅，没有丝毫犹豫，拿了钱就匆匆往外走。离餐厅稍远的地方有一家超市。当他走进超市，来到摆满香烟的货架时，小葛突然出现在他身边。

"这一段时间以来，一直没有你的消息，我很担心你。"小葛紧紧地握住他的手说道。他的声音里流露出一种温暖。因为时间紧迫，他急匆匆地继续说道："我昨天听说你在这家餐厅，所以马上就来找你了，怎么样，你还好吗？"

艾克热木的眼睛里噙满了泪水，他赶紧擦了擦，很快调整好自己的情绪。如果事情的发展没有这么复杂的话，他可能会叫上热夏提跟着小葛走。但是，现实是很残酷的。

"我过得还好。"艾克热木轻声说道。

"找到你哥哥了吗？"

"是的，他就在这个餐厅做厨师。"

小葛小心地观察了一下四周，接着说：

"你掌握什么新的情况了吗？"

第十八章

艾克热木简短地将自己那天被关了起来,然后萨喀尔亲自审问了他跟艾山,他们给艾山注射了毒品,以及有几个神秘人经常来餐厅鬼鬼祟祟地跟萨喀尔老板说话等事情说了一遍。

"这个犯罪团伙的蛇头就是萨喀尔!"小葛斩钉截铁地说道,"我们这次行动太匆忙,只踩着了他的尾巴。以后你要多注意观察有关他的事情!"

"好的。"

"拿着这个纸条,"小葛把一张小小的纸条递给艾克热木说道,"这是我的电话号码,如果有什么特殊情况,赶紧想办法给我打电话。"

"好的,我很希望这些事情快点结束,我们能早点回家乡。"

"快了,只要萨喀尔落网,你们就可以放心地回家了。"

两人就此分手。小葛先走了几步,他快速走到餐厅门前,摆出一副在门口等他的架势。他从艾克热木手里接过两包烟,大声说道:

"小师傅,你的动作咋这么慢啊,我烟瘾都犯了,差点忍不了啦。"

"对不起,我不知道挑哪种烟,耽误了时间……"艾克热木故意这么说。

"好吧,还是要谢谢你的,剩下的零钱是你的小费,放进你的口袋里吧。"

小葛一边说着,一边像个没事人一样坐回到自己的座位。前台的老板娘始终盯着他们,丝毫没有放松对他们的监视。艾克热木把小葛给的小费放在柜台上,说道:

"姐姐,这个钱是那个客人给的。"

"嗯,去忙你的吧。"

老板娘把钱拿起来扔到抽屉里,朝艾克热木的背影瞪了一眼。

自此,艾克热木看起来更加全身心地投入到餐厅的工作当中,但是暗地里却一直在不停地打听萨喀尔的事情。其间,他终于有机会单独和艾山见面。

"他们还在给你注射毒品吗?"他看着艾山枯黄的脸,轻声说道。

"哪有那样免费的好事呢,现在我自己掏钱买毒品注射。"

"这……怎么会这样呢?这些畜生!"

"刚开始他们为了让我上瘾,免费给我注射,现在他们达到了目的。我被他们套牢了,就是给他们干一辈子的活儿,也还不完欠他们的债。"

艾克热木愣住了。此刻他的心里充满了对艾山的同情,以及对萨喀尔的憎恨。他想把艾山带到一条光明的大路上,但又不知道该怎么向他解释。他犹豫了很久,终于开口了:

"你想回家乡吗?"

艾山苦笑着说道:

"你怎么好像没听懂我刚才说的话呀?现在,我是身不由己,我落到了他们手里,失去了一切自由。家乡我是回不去了,别说是在现实中,就是在梦里也回不去了。我的未来全完了。"

"不,还是有希望的。"

艾山摇了摇头。

"你还记得小葛吗?"

"小葛?哦,带我们去海边玩的那个小伙子吗?"

"是的,你知道吗,他是警察。"

"警察?!"

"是的,他想帮助我们。他们要把萨喀尔一伙人一网打尽,到时候我们也会安全的。"

"怎么一网打尽?要是能这样的话,早就给抓走了,谁也奈何不了他呀。"

"你看你,都给吓坏了,警察总会收拾他们的。我们要先掌握他暗地里干的那些坏事。"

第十八章

艾山沉默了好一会儿,不知道他是害怕了,还是在权衡什么。过了好一会儿,他终于开口了:

"你说的都是真的吗?"

"当然是真的,昨天他到餐厅吃饭了。这是他的电话号码,你要背下来,到时候会有用的。"

"好,我会尽力的。只要能逃脱这些家伙的魔爪,我会拼尽全力的。"

"好样的!"艾克热木紧紧握住艾山的手,"我们不努力争取的话,好事不会自动上门的,我的朋友。"

艾山毫不犹豫地点了点头。

那天晚上餐厅打烊以后,热夏提和艾克热木都很疲惫。但是热夏提不想睡,他把藏在枕头下面的半瓶酒拿出来,放在了桌子上。艾克热木吃惊地看着他:

"这,你要干什么?难道……"

热夏提看到艾克热木的表情笑了一下,把塑料袋里的花生、大豆摆在酒瓶边,然后把从厨房带来的热茶倒进了杯子里。在准备这些的时候,他们俩谁都没吭声。

"怎么办呢,我的兄弟。"热夏提叹了一口气说道,"以前我不抽烟,不喝酒,但是现在生活的压力实在太大。活着确实很难,为了能承受住这些压力,需要一些提振精神的东西,但是我们周围有什么呢?谁会关心你?当你遇到不开心的事情,需要这样的烈酒来缓解坏情绪。"

艾克热木的眼里噙满了泪水,他心里非常难受,就想马上离开这里,回到家乡,像以前一样过舒心的生活。但是他们没有选择自己生活的余地,所有的这一切都是以萨喀尔为首的恶势力造成的。

一想到萨喀尔那个坏家伙,艾克热木气不打一处来。

热夏提已经干了第一杯酒,酒的苦辣让他皱起眉头,坐在一边不说话。

"我不会勉强你的,"他小声说道,"虽然我们不是一个母亲生的亲兄弟,但是在困难的日子里,我们共患难,是好兄弟,我应该对你负责的。"

他说完这些话,又干了一杯酒。

"哥哥,你说得有理。"艾克热木把手放在热夏提的肩膀上,"我看到你要喝酒的时候,感觉很吃惊,但是我知道你的苦闷。这次能回到你身边是我的幸运,就让我们一起为将来更好的日子而努力吧。"

艾克热木有些激动,他把和小葛说好的计划郑重地向热夏提说了一遍。热夏提半天都没吭声,只是一杯接一杯地喝酒。后来酒也喝光了,他盯着空瓶子,开始唠叨起来:

"我感觉人生就像这一瓶酒,又苦又涩。但是苦中还有一种味道。"

"哥哥,"艾克热木抱着他的肩膀说道,"是不是血缘上的亲兄弟,这不重要,重要的是我们是患难与共的真兄弟。你是我的哥哥,永远是我的亲哥哥。你现在不要躲避话题,快说说我们今后该怎么办。尤其是要想办法协助小葛抓住这些家伙的把柄,尽快把他们绳之以法。"

热夏提已经喝得头脑发涨了,但是还没有失去理智。他再次叹了口气,低声说道:

"我知道,你急着回家乡,我也是这样想的。但是……但是萨喀尔老板可不是个好惹的人,他在这里的势力根深蒂固,要不然警察能到现在还不动手抓他吗?所以这件事我们还是多想想,谨慎一点。"

"我亲爱的哥哥,萨喀尔老板的把柄就攥在我们手里呢,只要我们努力……"

"他的把柄在哪儿呢?他是个干大事的人,怎么会有把柄让我们攥住?"

"只要我们想抓住他的把柄就一定能抓住,我的哥哥,请你相

第十八章

信我。"

"你说得容易,做起来却难,这世上哪有那么容易的事情?"

热夏提内心充满了忧虑。

"你说说看,我们在家乡好好的,被这些坏家伙骗到这里来了。他们说,在这里我们挣的钱可以用麻袋装,结果我们连自己的自由都失去了。"

"哥哥,我们做的事总不会一直就这样失败下去。"艾克热木坚定地说道,"这次我们身边有小葛,他可是警察,他会给我们做主的。"

"我们睡觉吧。"热夏提意识到他们的争论是不会有结果的。艾克热木就像他的亲弟弟一样,所以热夏提特别担心他会出事。

"哥哥……"

"睡觉吧,我的兄弟,已经太晚了,有什么话,明天再说吧。"

兄弟俩都心事重重地躺下了。黑暗中,可以听到艾克热木不时发出的深深的叹息声,渐渐地疲惫不堪的他们就睡着了。

突然,艾克热木感觉自己的喉咙被紧紧地勒住了,腹部还被踢了几脚。他不能确定自己是在梦中还是在现实中。最后,他被强行晃醒了,但是他的眼睛却什么也看不见,一切都在黑暗之中。艾克热木感觉到自己的头被什么东西包裹住了,他听到身边有人发出粗粗的喘气声。

他被带上了车,走了很长的路。他不知道热夏提是否和自己在一起,他感到焦急万分。不一会儿,他闻到了海水的味道,接着海浪声传入他的耳朵。这些人到底是谁?为什么要在夜里把他带到海边?他还没来得及细想,一双有力的大手一把把他拽了起来,狠狠地扔在细软的沙子上。等头上的布袋被摘掉了,艾克热木才看清楚自己真的被带到了海边,另一辆车上的人正把热夏提拉下车。不远处站着萨喀尔老板,他身边是青蛙眼巴拉提和那个长头发男人。

"狗东西们,"萨喀尔愤怒地喊道,"你们竟敢出卖我!"

王 三 街（二）

艾克热木和热夏提这才明白眼前发生的一切。也许他俩夜里说的那些话被人听到以后，汇报给了萨喀尔。不管怎么样，他们现在的处境非常危险。他们也没机会给小葛打电话。死亡的危险离他们如此近，两个人都被吓出了冷汗，浑身打战。他们无助地望着波涛汹涌的大海。

"你们搜他们的身了吗？"长头发男人望着押着艾克热木和热夏提的两个壮汉问道。

"我们搜过身了。"他们赶紧回答，"我们从这个家伙的口袋里搜出一个纸条，上面有电话号码，没有写人的名字。"

"嗯，这当然就是那个警察的电话。"萨喀尔哼着鼻子说道。

"哥哥，我们要不要审问这两个家伙？"长头发男人问。

萨喀尔老板冷冷地说道："你们可以把他们的嘴打开，我们听听他们临死前还有什么要说的。"

两个壮汉把缠在艾克热木和热夏提嘴上的胶带撕掉了。他们深深地吸了一口气。此时艾克热木并不渴求这些坏人放过自己，也不想再向坏人求饶。向这样冷酷无情的人说好话能管用吗？

"你们咋不说话了？"萨喀尔老板恶狠狠地说道。他见两人没有任何回应，气得喊道："开始吧！"

几个人收到指令，像凶恶的豺狼一样举着刀向艾克热木和热夏提扑了过去。热夏提突然冲上前，狠狠地踢了几脚，尽管他的双手被绑着，但他在拼命地反抗。他一边用身体护着艾克热木，一边拼命地反击。那些人一下子愣住了，他们本以为这些孩子是不会做任何反抗的。

"快跑，我的兄弟，你快跑……"热夏提大喊。

萨喀尔见状，气得大喊大叫：

"你们这些蠢货，快点动手啊！这么多人还打不过绑着手的两个孩子吗！"

听到萨喀尔老板的吼叫，那些人又重新扑过来。艾克热木并没有

第十八章

逃跑,他和热夏提肩并肩勇敢地站在一起。

"快跑,我的兄弟!"热夏提又喊了一声。

但是艾克热木一动不动,他要和哥哥一起跟坏人进行生死搏斗。转瞬间,热夏提倒下了,浑身上下鲜血直流。那些人高举着砍刀准备继续砍杀热夏提,艾克热木用自己的身体挡了上去。

这时,远处传来了尖锐的警笛声。他们听得很清楚,而且警笛声离他们越来越近了。萨喀尔感觉大事不妙,赶紧叫人逃跑。来的警车远不止一辆,这一片都被警方牢牢地控制住了,这些坏蛋没有任何机会逃跑了。

艾克热木在医院醒来时,身穿警服的小葛就站在他身边。

"你们受苦了!"小葛紧紧地握着艾克热木的手说道,"请原谅我们来晚了,还好你的朋友给我们打电话了,不然后果……"

"我的朋友……"

"是的,就是那个跟我们一起去海边的朋友。"

"是艾山?"

"是的,他把一切都告诉了我。是他把我们的联系告诉了萨喀尔。但是后来他看到萨喀尔带人连夜绑着你们出去,担心你们会出事,所以就给我打电话了。"

"这个艾山……"

"好了,忘掉这件事吧。他本来就不是个坏孩子,而且及时补救了。"

艾克热木哀叹了一声。艾山可怜的样子浮现在他的眼前,他心里充满了对他的同情。

"我的哥哥,我的哥哥怎么样?"艾克热木突然紧张起来。

"放心吧,"小葛笑着说,"他在另一个房间治疗呢,为了让你们在安静的环境里得到最好的治疗,我们特意安排了单间。"

艾克热木这才露出笑容:"谢谢你,我的朋友。"

"我的朋友,"小葛的声音变得严肃起来,"我再告诉你一件事,萨喀尔团伙被一网打尽了,我们跟阿克苏警方协作,一举侦破了他犯下的所有罪行。他确实是一个极其凶残没有人性的罪犯。这一次,我们把他团伙里的所有罪犯都抓住了。王三街的人祸都已经被拔除了,等你们出院后,会把你们安全送回家。"

"谢谢!"艾克热木激动极了,再次向他道谢。

"应该是我向你道谢才对。"小葛笑着说道,"局里也准备奖励你们呢。"

艾克热木忍不住又哭了起来,他流下了激动的眼泪,幸福的眼泪。

半个多月后,热夏提和艾克热木身体痊愈出院了。天津警方特意安排专人护送他们回到了家乡阿克苏。

第十九章

　　吾舒尔火烧还在干着老本行。光顾他饭馆的顾客越来越多,原来的店面显得有些小了,有时顾客都要站在外面排好长的队等待。但是他家的火烧值得等待,不管顾客多少,吾舒尔火烧始终保证包子、火烧里肉馅的分量绝不会少一点儿。遗憾的是,这些年吾舒尔火烧显得苍老多了,稍微劳累些,就直不起腰来。

　　看到丈夫身体有些吃不消,帕丽旦建议关门停业不再干了。

　　"你看你在说什么呢!"吾舒尔根本不能接受妻子的建议,着急地说道,"如果我们停业了,怎么对得起这么多年照顾我们生意的老顾客呢?"

　　"阿克苏市里做包子、火烧的饭馆也很多啊!"

　　"但是顾客们都已经习惯了吃我们家的包子和火烧了呀。说实话,我到现在为止不想关门停业绝对不是为了钱,我就是想看到大家美滋滋地非常享受地吃我们家的包子、火烧。人活在这个世界上,总要做一件有意义的事情,虽然我做不了什么大事,但是只要能得到大家的认可,我就心满意足了。吃饭不只是为了填饱肚子,更是为了享受美味。"

"再说了,"帕丽旦怕惹丈夫生气,小心翼翼地说道,"我们的女儿也成了政府的一名干部,我们卖包子、火烧,怕会影响她的脸面。"

"唉,老婆,你今天到底怎么了?"吾舒尔生气地说,"我们做的不是丢人的事啊,很多大领导也会来我们饭馆里吃饭。现如今我们做的事情会让女儿丢脸吗?"

"我是想说……"

"好了,好了,不要再说这话了。"

吾舒尔生气地走开了。帕丽旦原本是为丈夫着想,但是话没说清楚,反而惹得他不高兴,现在她也不知道该怎么解释了。

大概过了半个多月时间。一天中午,古莱姆来饭馆了。看到女儿,吾舒尔的脸上露出了笑容,疲倦的神情一下子消失了。

"快进来,我的宝贝女儿。"吾舒尔亲了亲古莱姆的额头高兴地说。帕丽旦也开心地拥抱女儿,亲了她的脸颊。

"我肚子饿坏了。"古莱姆对父亲撒娇。

"马上,现在就有得吃!"吾舒尔就像在招呼一个非常重要的顾客,语气中都有点儿紧张。"笼屉里的包子快熟了,你先吃这几个火烧吧,我的女儿。"吾舒尔一边说着,一边把两个火烧端到女儿面前。古莱姆二话没说埋头吃起来。

帕丽旦老觉得饭馆里的顾客都在用一种奇怪的目光看着古莱姆。很长时间以来,她一直担心他们这样卖包子、火烧会影响到女儿的形象,所以,她几次劝吾舒尔不要再开饭馆了。她觉得,古莱姆是从王三街走出来的名牌大学的大学生,现在的工作单位也是地区的重要部门,这样的情况下,他们作为她的家人却卖包子和火烧,当然会给女儿丢人呀。古莱姆小时候一放学就跑到饭馆帮忙干活,但那个时候能和现在一样吗?

第十九章

现在古莱姆一来饭馆,帕丽旦就会感到尴尬。古莱姆的个子比她妈妈高,而且看上去特别有气质,这店里墙壁都被熏黑了,破旧的饭馆在帕丽旦看来似乎不太适合女儿的气质。帕丽旦多么希望女儿快点吃完饭去忙自己的事。但是,古莱姆看起来一点儿都不着急,吃了两个火烧垫了一下肚子,她就开始帮着干起杂活来。

帕丽旦最不愿女儿干饭馆里的活儿,她既感到紧张,又觉得尴尬,一时不知道怎么办。最后,她下定决心,贴着吾舒尔的耳朵说:"你赶紧给我们的女儿几个包子,让她吃了快走,她上班不要迟到了。"

吾舒尔不明白妻子到底什么意思,不过正好有一笼包子出炉,吾舒尔拣出来一盘子,叫女儿赶紧来吃:"我的女儿,赶紧吃饭吧,不然上班要迟到了。"

古莱姆看了看手表,不慌不忙地说:"你放心吧,爸爸,我还有时间,我帮你们干一会儿活儿。"

"好了,我的女儿,"吾舒尔一边劝女儿吃饭,一边说道,"我和你妈妈完全能干得了这里的事情,你只要做好自己的工作就好。"

"对了,"古莱姆突然想起一件事,漂亮的眼睛一闪一闪地说,"单位安排我到咱们的街道办事处蹲点工作两年。从明天开始,我每天中午都在咱们家饭馆吃饭,中间有两个小时左右的时间帮你们干点活儿。"

"那好啊,我要亲手给你做饭吃。"吾舒尔高兴地说道。

但是帕丽旦一听这话就不高兴了。她看了一眼古莱姆,把吾舒尔拉到一边,埋怨道:"孩子她爸,你咋还说太好了呢?我们的女儿怎么能天天泡在这个饭馆里呢?她还要在饭馆里和我们一起干活……"

吾舒尔不明白老婆想说什么,挠着脖子嘟囔道:"她每天中午能到我们自己家的饭馆里吃饭不是好事吗?"

"但是你有没有想过,她现在的身份……"

吾舒尔这才明白了妻子话里的意思,马上皱起了眉头。过去王三

王 三 街(二)

街上有些人对古莱姆去上大学不认同,说三道四,但是吾舒尔坚持自己的想法,让女儿去天津上了大学。古莱姆没有辜负父亲的期望,刻苦努力学习,以优异的成绩完成学业,之后在吾舒尔的大力支持下,又读了三年研究生。吾舒尔也对女儿所取得的成绩感到无比欣慰和自豪。虽然现在女儿长大了,但是她还是吾舒尔的女儿,难道就因为进了这家饭馆就会影响她的形象了吗?开饭馆卖包子、火烧真的是丢人的事吗?

吾舒尔怎么也想不通,也许是妻子想多了,也许是吾舒尔对当下的社会了解得不够。到底该怎么做呢?

他不安地看了女儿一眼。

聪明的古莱姆当然发现了父母情绪不太对劲。

"出什么事了吗?"她放下手里的包子,看着他们问道。

"没,没什么……"吾舒尔躲开女儿的眼睛。

"有什么事不要瞒着我,"古莱姆紧张地说,"你们有什么事情,我都能看出来的。"

一向说话直率的吾舒尔也不想对女儿隐瞒妻子的顾虑和担忧。看店里的顾客也不多了,他用围裙擦了把手,小声地说道:"你妈妈是特别在乎你的名誉,这饭馆……确实,你现在是政府的领导干部,常来这么简陋的小饭馆不太合适。"

古莱姆一听这话忍不住笑了。

"哎呀,我亲爱的爸爸,你说这些话咋不像你自己了呀?我的今天就是你们给我的,包括这个饭馆。说实话,这个饭馆可不是什么简单的包子店,而是为我留下很多美好回忆的地方,这是一个温暖的家。我为你们感到骄傲,也为我们的饭馆感到骄傲。"

听到女儿说出这么感人的话语,吾舒尔的眼里充满了激动的泪水,心里所有的顾虑都一扫而光。到底还是上过学的人呀,说话就是不一样,吾舒尔一生经历了很多坎坷,他懂得什么是好、什么是坏,什么是傲

第十九章

慢,什么是善良和诚实。他为自己当初不顾别人的闲话坚持送孩子上大学,再一次感到无比自豪。

过了中午,来吃饭的顾客慢慢地少了,吾舒尔松了一口气,挺直了腰。今天因为有了古莱姆帮忙,帕丽旦也没有那么紧张忙碌。老两口心满意足地送女儿走了。

"你们不要太累了,"古莱姆临走前叮嘱,"晚上一下班我就过来帮忙。"

"好的,我的女儿。"在这样一个体贴懂事的女儿面前,他们还能说什么呢?

吾舒尔老两口以自己的女儿为骄傲。他们还不知道,王三街进一步的改扩建工程项目就有女儿的参与,这该是一件多么值得开心骄傲的事情呀!可是古莱姆却觉得不能把所有的事情都告诉父母,她为了这个项目昼夜埋头苦干,如果父母知道女儿这么辛苦地工作,一定会很担心。就算这样,哪有当父母的不为孩子担心的?瞧,古莱姆已经过三十岁了,对于一个女孩子来说,到了这个年龄还没有出嫁,总是一件让人操心的事。当年在他们背后说"不能让女孩子去读书"的闲话,差点影响古莱姆前途的那些倒是非的人,现在又有新的话题嚼舌根了。在他们眼里,古莱姆就是个"没人要的老女孩",吾舒尔和帕丽旦为了这件事一直头疼烦恼。

这天,帕丽旦没忍住,专门找女儿谈了她的婚事。

"妈妈,我有对象呢!"古莱姆果然是受过高等教育的现代女性,直截了当地回答了母亲的疑问。

帕丽旦高兴地说:"那我们快点把婚事办了吧,我的女儿。"

"现在不要催我们,妈妈,我们心里有理想和目标,先实现了这些目标以后,再考虑结婚的事情。"

帕丽旦知道女儿非常懂事,也相信女儿知道该怎么做,所以也就没

王 三 街（二）

再多说什么。听了妻子转述这些话以后,吾舒尔也安心了。

其实加帕尔被单位下派到一个叫柯克亚的乡里工作,很少有机会见到古莱姆。但是这对情人情真意切,心有灵犀。加帕尔一有时间就给古莱姆打电话。虽然加帕尔也想尽快和古莱姆结婚,但是按照他们之前的约定,他们要续写新时代王三街的故事。这不仅仅是一句诺言,还包括很多具体的亟须解决的大事。这对新时代的年轻人要在王三街的发展历程中发挥自己的所学所能,要为王三街的孩子们筹集助学金,还要将王三爷爷和他的养父王福才的故事,以及王三街上那些动人的故事写成书,让更多的人了解呢!

古莱姆在街道工作期间,接触到了这里的许多老人,听他们讲了许多有关王三的感人故事。她还翻阅大量资料,了解到了当年阿克苏和天津的一些历史。一部充实又动人的作品已经在她脑海中构思好了,她知道了该写什么,怎么写。

有一天她给加帕尔打电话,说了自己的一些想法。

"挺好的。"加帕尔激动地说道,"如果你把故事的前半部分尽快写完,后续部分就写我俩在王三街举行盛大的婚庆典礼那该多好啊!"

"你想快点结婚吗?"古莱姆笑着说。

"当然呀,这是我梦寐以求的事情。"

"嗯,不要分散精力,好好工作吧!"古莱姆故意严肃地对加帕尔说。

"好的,我会时刻记住我的公主的指示。"加帕尔笑道。

"不能有任何弄虚作假。"古莱姆故意逗他。

"我不是那样的人,这个你很清楚的。"

"但我要说,人是会变的,万一……"

"是不是你有什么想法呀?"

"加帕尔,你是知道的,初次表白爱意的人可是我。"

加帕尔深深地叹了一口气,说道:"亲爱的古莱姆,你是我的花儿。

第十九章

你不用试探我,我用我的一切来爱你,这一点永远不会改变。"

"你开始紧张了吗?"古莱姆笑了起来。

"当然。"加帕尔诚恳地说,"我已经错过一次了,我再也不想犯错,你的每一句话对我来说都是不可忽视的命令。你刚才说的那些奇怪的话,吓得我的心都快跳出来了。"

"真的?"

"当然是真的。"

电话里传来了古莱姆调皮的笑声。片刻,她悠悠地说出了自己的心里话:"我想你了,我的加帕尔。"

加帕尔的呼吸急促,声音开始颤抖,心中迸射火花。

"我也……我也想你了,亲爱的。"

两人沉默了,彼此都能听见对方急促的呼吸。他们谁也不想结束通话。但是,他们总要说再见的,他们还有很多事情要做。

"再见,我的王子……"古莱姆不舍地说。

"再见,亲爱的花儿,我的公主……"

在挂电话前,加帕尔突然想起了一件事,但他没有着急说出来,他想给古莱姆一个惊喜。

日子在忙碌中度过。尤其是古莱姆,几乎没有休息的时间。中午两个小时的午休时间,她也会去饭馆帮忙。除此之外,她一有空闲时间就看资料,写初稿。她的同龄人大多一有空就去玩儿,享受生活。古莱姆却有更重要的事要做。这天,古莱姆写书正写得认真,加帕尔的声音突然出现在她身后。她简直不敢相信,她无比想念的加帕尔会突然出现在她的面前。

"是我,我的古莱姆,不用怀疑,我休假啦,迫不及待地来到你身边!"看着吃惊的古莱姆,加帕尔温柔又调皮地向她解释说。

古莱姆开心得正要冲上去拥抱她的加帕尔,发现他的身边还站着

王 三 街（二）

一个高个儿圆脸的小伙子。

"他叫王维汉,维吾尔语名字叫买买提托乎提。"

古莱姆想了一会儿,一下子高兴地喊了出来:"我知道,我知道,这位是王三爷爷的孙子王维汉,我听说过他,但是没有机会见面。谢谢你,加帕尔。"

"你不用谢我呀。"加帕尔开起了玩笑,"我还是觉得你平常说的话更适合我,因为我们……"他真的很想念古莱姆,说话的时候眼睛都离不开她。

加帕尔看见古莱姆挤眼睛示意身边有别人呢,笑着把没说完的话揣回心里。他发现自己的话让古莱姆感到害羞了,向她做了个鬼脸。

"我和维汉在一个工作队里工作,他比我先到了好几年。我告诉他,你想写一本关于王三爷爷和王三街的书。"加帕尔转过身来介绍说。

古莱姆难为情地笑了一下:"我是有这样的计划,但是我不知道自己能不能写好这本书。"

"加帕尔可是天天把你挂在嘴边。"王维汉说道,"我从他这里认识了你,我觉得你一定能写好这个故事。"

"谢谢你的鼓励。"

他们聊了很久,王维汉把爷爷的许多事情讲给古莱姆听。这些事情对古莱姆来说,就像一段神奇的传说深深吸引着她、感染着她。虽然关于王三的那一段往事已经成为历史,就像花儿终会枯萎,但是花儿生长的地方依然留存有一片清香。这段故事的灵魂依然在这条王三街上萦绕。

古莱姆创作灵感大发,更有自信能做好这件事,好像有一股力量不停地给她加油。她就在那样的激情中拿起了手中的笔。

故事写好后,古莱姆的内心依然忐忑不安。这是她第一次写这么长的故事,又是自己家乡王三街的故事,她很在意写得好不好。没想到

第十九章

投稿后,她写的这本书得到了出版社的充分肯定。编辑老师们对这本书给予了很高的评价,并很快列入出版计划。对古莱姆来说,这仿佛就像一场梦。

古莱姆将王三街的故事写成了书,讲给更多人听,这让她的父母和王三街的父老乡亲感到非常自豪。书即将出版的时候,加帕尔和她商量,在书正式出版的那天举行他们的婚礼。由于加帕尔的父母身体不好,婚前的所有准备事项都由吾舒尔夫妇承担了。他们还打破了多年以来形成的婚礼上的所有费用由男方承担的传统。他们的婚礼仪式举行得非常隆重,热闹非凡。

纳格拉鼓敲起来,
唢呐吹起来,
婚礼的喜庆洒满天,
一对儿新人喜牵手,
幸福大路通天边。

此时一对儿新人正享受着人生的幸福时刻。这场婚礼就像王福才老人在自家院子里为王三举办的婚礼一样热闹,所有人都见证了他们的幸福。

在这条团结和谐的王三街上,流传着美丽动人的故事。这些故事讲述着美好的爱情,还有人间温暖。

结　局

艾克热木和热夏提在天津警方的大力协助下,平安回到了阿克苏,这一段悲惨的遭遇成了他们终生难忘的经历。生活还在继续,为了生活必须要劳动。这个世界上哪有平白无故得到的东西?确实,两个孩子被这一段遭遇给吓着了,他们的精神世界还被一种莫名的恐惧感笼罩着。人在彷徨迷茫的时候,眼前的道路会充满迷雾,此时,他们只觉得前路一片空白。

从天津往阿克苏返程的时候,小葛给他们做了很多思想工作。他特别希望自己有机会去阿克苏的时候,能够看到这哥俩充满朝气的新的精神面貌。但是期待和现实之间竟有这么大的距离,这是他们没有想到的。

艾克热木的母亲拉莱罕在市环卫大队工作。她每天黎明时分就走出家门,工作到晚上才能回来。她看起来总是那么地憔悴不堪。当看到儿子平安归来,她激动得几乎昏过去。只要想到自己的儿子,她就会忘却一切的疲惫和烦恼。艾克热木呢,他将自己的遭遇告诉了妈妈,并为自己草率出走表示非常懊悔,请求妈妈原谅自己。拉莱罕禁不住流下眼泪,她一把将儿子抱住,深深亲吻他的额头。

"我的宝贝儿子,我的心肝,"她哭哭啼啼地说道,"你年纪这么小就遭受了那么大的苦难!还好你活着回来了,如果你有个三长两短,死在他们手上,我可怎么活下去呀,我的儿子!"

"原谅我,亲爱的妈妈。"艾克热木钻进母亲温暖的怀抱,"我已经做错过一次,今后我绝不会再惹您生气。"

"我知道呢,你是个好孩子,你从小失去了父亲,我不想让你受到一点儿委屈,但是,我却没有做到。请你也原谅我,我的儿子。"

"不,妈妈,我从小就得到您的精心呵护,您自己省吃俭用全力照顾我,给予我一切,在这条街上我没有比其他孩子低一等,我生活得非常幸福。这一切都是因为您爱的付出。但是我却没能好好地报答您,还离家出走,让您担惊受怕。"

"没事,我的儿子,没事,一切都会过去的,从今往后,我们一刻都不分开。"

"一定会这样的,妈妈,我出去干活挣钱养您。"

"谢谢你,我的心肝宝贝儿子,你先好好地休整一下,其他的事我们慢慢地商量着办。"

从此以后,这个家的灯火越来越暖了。过去,拉莱罕手在干活,眼睛却盯着四处看,只要看到长得像儿子艾克热木的孩子,她就会跑过去仔细确认一下。后来她彻底绝望了,身心都已经垮了。她心里充满了无限的忧伤,时常听到儿子在呼唤自己,又一下子惊醒急忙四处寻找。她的眼泪都要流干了,她为自己的儿子差点发疯了。孩子是自己的心头肉,她怎能不担心挂念呢?她丈夫去世的时候,艾克热木才刚满两岁。她带着孩子艰难度日,干了很多活儿供养艾克热木。艾克热木一天天长大了,而拉莱罕还不到四十岁就有了白发。她并没有抱怨生活

王 三 街(二)

的艰辛。她想把孩子教育好,让他好好长大,这就是她所有的心愿。

可没想到,艾克热木离家出走,让可怜的母亲的生活被乌云笼罩。她的心里充满了忧伤、悲苦,她吃不下饭,整晚上睡不着觉。死亡也不会这么痛苦啊!对于一个单身女人来说,这一切痛苦除了自己以外谁也体会不到。

因孩子而失魂落魄的拉莱罕在打扫街道时,好几次差点被车撞到。环卫队怕出事故,想让她暂停工作,但又考虑到她的生计,就把她调到了刀郎公园从事花卉养护管理工作。经历了这么多苦难的拉莱罕,看到自己的儿子艾克热木平安归来,感觉自己又获得了重生。

艾克热木几次想出去找工作,但是拉莱罕怕再次出现不幸,失去儿子,一直不同意。但是对于一个已经成年的男孩子来说,整天闲着不干活,本身就是一个大的问题。艾克热木给小葛打了几次电话。他电话里说,自己在一家餐馆打工,工资四千元,他母亲身体还好,每天都要去上班。但是他说完这些,心里就特别不是滋味。他的话一半是真的,一半是假的。当时,他向小葛承诺以后要做一个诚实守信的人……只可惜,艾克热木回来以后,还没有找到一个正经的活儿干。他就像个残疾人一样,靠着母亲辛勤工作挣钱而生活。这些话怎么能告诉小葛呢?

有一天,他去找热夏提。热夏提的母亲再那甫汗也是一个单身女人,从早到晚都是拉着小车,沿街卖水果。其实热夏提也可以帮妈妈做小买卖,但不知道为什么,他对这种一天到晚在街上推着车卖水果的事情没有一点儿兴趣。妈妈也知道他的脾气,没有勉强他。但谁的生活都不容易,不管是富人还是穷人,不努力的话就过不上好日子。

近几年,王三街开办了夜市,繁华的街道更加热闹了。从早到晚,这条街上的人络绎不绝。热夏提起初想在一家餐厅里打工,但是他一想起往事,就对餐厅有一种强烈的反感。尽管萨喀尔团伙已经被绳之以法,但是他每次看到手臂上留下的深深的伤痕,就会想起那些可怕的日子,心里充满了焦虑和不安,无论如何也摆脱不了这种情绪。

有一天,热夏提在王三街夜市上闲逛,突然,脑子里出现了一个想法。他们在天津的时候,经常看到一些卖麻辣串的小吃摊,这个不用多大的成本就能办成。过往的路人闻到麻辣串的香味,一定会吃上几串再走。

热夏提把这个想法告诉了妈妈,但是他还是有很多顾虑。再那甫汗没说什么,直接把一沓钱塞到了儿子的手里。

"儿子娃娃找到一个生意门道的时候,一定要勇敢地去做。"再那甫汗鼓励儿子,"做生意有赔有赚,一心就怕赔钱的人做不好生意。只要你努力了就会有好的结果。"

母亲的话让热夏提信心大增,他决定好好做这件事。他认真想过了,虽然有一段被坏人伤害的经历,但是要相信生活依然美好。

热夏提能吃苦,人很勤快,又讲诚信,很快把麻辣串的生意做得红红火火。再那甫汗也由衷感到高兴。

工作还没着落的艾克热木把自己的烦心事讲给热夏提。

"看来你也长大了。"热夏提轻轻拍了拍他的头说道。

"哥哥,你这是在嘲笑我吗?"艾克热木有些不好意思了。

"我的兄弟,我怎么会嘲笑你呢?"热夏提很认真地说,"我们俩是一起经历过生死的伙伴,至今一想起那些日子,我依然会心惊胆战。但是我们必须要摆脱这份恐惧,开始新的生活。你现在这个样子和我几个月前很像啊。"

"哥哥……"

"是的,我们还要好好地活下去。为了不辜负那些帮助过我们的好人们的期望,我们也要好好地生活。"

"你说得对,哥哥,"艾克热木的眼前浮现出小葛亲切的面庞,"我们必须要站起来了,这一次的挫折绝不能毁了我们的未来。"

王 三 街（二）

"你有什么计划吗？"热夏提用试探的目光盯着艾克热木。

"没有。"艾克热木叹了口气，无奈地说道，"所以我来找你。你永远是我的大哥，请你给我指条路，我不能再看着妈妈为了我继续受苦了。"

"好样的！"热夏提紧紧地拥抱了他，"我们是永远的好兄弟，你的事就是我的事。如果你愿意，这个麻辣串的生意咱俩一起做吧，赔了算我的，赚了我们平分。"

艾克热木抬起头盯着热夏提的眼睛。

"我们俩是真正的亲兄弟，对吗？"

"是的。"

"那你为什么说，赔了算你的，赚了我们一起分？你这明明就是看不起我嘛！"

热夏提一下子笑了："我怎么会看不起你呢？我是哥哥，所以我得多承担一些压力。"

"不，既然我们是兄弟，就应该有难同当，有福共享。那个时候，你为了保护我，用身体去挡住那些家伙的刀。我一想起这件事，心里就会充满感激，就算是亲哥哥也未必能做到。你刚才不是说我长大了吗，是的，我已经长大了，我一定会尽全力帮你做成事。"

"哎呀呀，看你多会说话啊！"热夏提笑着又一次拥抱了艾克热木。此时此刻，两个人的内心里都充满了难以言表的幸福感。

从那天起，兄弟俩一起在夜市上做起了卖麻辣串的生意。热夏提的性格比较稳重，艾克热木则很会说话，他用幽默风趣的话语吸引顾客。

看到他俩协力做生意，两位母亲也放心多了。

热夏提和艾克热木不知道，负责王三街这一片工作的红桥社区的干部们也在默默地关注着他们。社区的张书记心里盘算着要为这两个小伙子做点什么事情。年轻人是未来的希望，应该帮他们谋一条更光明的出路，这样一来，他们未来的生活就能长久幸福、安宁。

结　局

　　这天,社区张书记突然走进了热夏提的家。再那甫汗推着手推车出去卖水果了,艾克热木和热夏提两人正忙着准备晚上巴扎上卖的麻辣串。看到张书记突然来访,两人感到有些紧张,都忘了握手打招呼,站在书记面前发愣。

　　"哎,小伙子们,你们正忙着呢?"张书记笑着打破尴尬。

　　"我……我们在忙……书记……"

　　"嗯,没关系,你们忙你们的,我们一起边干活边聊吧。"张书记一边说,一边蹲下来看哥俩准备的麻辣串原料,满意地点了点头。

　　"好啊,你们选的食材质量很好,食品卫生这一块儿也做得很好。"

　　眼瞧着书记看着他们干活呢,两人有些不自然了。他们不清楚书记的来意,心里充满了疑惑。

　　"我知道你们俩的经历。你们能逃离黑势力的魔爪,平安地归来,真是太好了。现在,你们又在一起做起了生意,非常好啊!"张书记察觉他们的紧张,拍了拍手站起身说。

　　"谢谢,张书记,"热夏提回过神来说道,"都是因为身边有那么多好人的帮助,我们才有今天。"

　　"是啊,"书记笑着说,"到处都有好人呢。我这次来的目的,就是想告诉你们,我们社区也想为你们做点事。"

　　"书记,这……谢谢……我们……"

　　"前两年我们在王三街设立了创业基地,这其中有各种的帮扶项目。我听说你们干过厨师,有这方面的经验,如果你们愿意的话,就在这条街上开一家特色餐厅吧,其他的事我们会帮你们解决的。"

　　两个孩子听了书记的话,激动得说不出话来。这真是一件出乎意料的好事呀!

　　一向稳重的热夏提连忙把手擦了擦,紧紧握住了张书记的手:"张书记,非常感谢您!"热夏提的心中充满了感激。

王 三 街（二）

"这是我们应该做的，"张书记笑着说，"希望你们为了美好的未来继续努力奋斗。"

"好的,我们……我们一定会努力的！"

"那你们开始做开工营业的准备吧，餐厅的位置我们也已经解决了，等相关的手续办完，由社区来负责举办一个隆重的营业仪式。"

"谢谢您，张书记！"

热夏提和艾克热木太激动了，现在他们坚信，一个人只要善良、诚实，而且能够选择一条正确的谋生之路，就会有好人来帮助的。

没过多久，王三街上出现了一家挂着"一家亲"牌匾的餐厅。这就是在红桥社区的大力帮助支持下，由热夏提和艾克热木牵头开办的餐厅。

良好的开端奠定好的结果，"一家亲"餐厅在热夏提和艾克热木的努力经营下，没几年就成了王三街上响当当的招牌，同时也一直是无私帮助困难乡邻的"爱心驿站"。再那甫汗不再干摆摊卖水果的生意，就在餐厅帮忙做一些事情。拉莱罕也辞掉了环卫队的工作，过来给餐厅帮忙。两家人就像一家人一样和睦相处，给这条街上的人们树立了榜样。

就在瓜果成熟的七月，人们正沉浸在丰收的喜悦之中，小葛从天津来到了阿克苏。

热夏提和艾克热木捧着一束花在机场热情地迎接了他。小葛比以前胖了一些，眼神更加明亮、锐利。艾克热木跑过去紧紧抱住他，激动的时刻让人心潮澎湃。

"你比我高了呀！"小葛看着艾克热木的高挑个子说。

"哪里呀，"艾克热木笑着说，"就算我个子长得再高，在你面前我还是个小兄弟。"

"哈哈，咋能叫你小兄弟呢，"小葛笑着说道，"你现在是王三街上的大老板呀!"

"行了,别笑话我了,老板这个称呼不适合我们。"

"实事求是地讲还是可以的。"小葛不依不饶。

"我们还是不要忘了过去才好,"艾克热木认真说道,"更不能忘记在困难的时候伸出援手的人。"

说着,他用感激的目光望着小葛。小葛一只手紧紧握住艾克热木的手,一只手轻轻地拍了拍他的肩膀。

"王三街的变化很大吧?"小葛透过车窗望着阿克苏市宽敞的街道,兴奋地说道。

"是的,"热夏提回答,"发展得很快。"

"街道虽然改变了,但是它的名字、名声和气息都没有变。"艾克热木笑着说。

"真好,这是当然了。"小葛点了点头。

终于来到王三街了。这条街比小葛想象中更繁华热闹,就像艾克热木说的一样,一踏上这条街就会让人感觉到一股股暖流,感受到一种美好香甜的滋味。

更让小葛没想到的是,当他们走到"一家亲"餐厅门口时,餐厅里的所有员工都在门口手捧鲜花热情地欢迎他。拉莱罕和再那甫汗也在他们中间。

"欢迎你,孩子,你是我们孩子的救命恩人!"两个母亲异口同声地说道。

小葛激动得不知说什么才好,他被王三街上这些善良热情的人感动了,一个劲儿地说着:"谢谢,谢谢阿姨,谢谢你们。"

这一切,正是阿克苏和天津之间又一个新的故事的开始,王三街上还会有更多的故事发生。毋庸置疑,所有故事的主旋律一定还是和谐、友善和团结。

感谢阿克苏地委宣传部、阿克苏文联对本书创作、翻译、出版工作的大力支持！